Ausgebrannt

Roman

Sina Graßhof

TWENTYSIX – Der Self-Publishing-Verlag
Eine Kooperation zwischen der Verlagsgruppe
Random House und BoD – Books on Demand

© 2016 Graßhof, Sina

Herstellung und Verlag:
BoD – Books on Demand, Norderstedt.

ISBN: 9783740708351

26. August 2013

Ich liege im Koma. Ich sehe kein Licht, keinen Tunnel, kein Ende, keinen Anfang. Aber ich fühle, ich werde nicht mehr aufwachen. Wo ich bin weiß ich nicht. Auch wer ich bin ist mir entfallen. Ich spüre mich nicht mehr. Aber ich weiß, dass ich nicht alleine bin. Um mich herum wird gesprochen. Die Stimmen klingen besorgt. Sie reden miteinander. Ich höre jedes Wort. Doch das wissen sie nicht.

Um mich herum ein beängstigendes Tal von 1000 Kilometern Radius. Egal wie weit ich komme, auch wenn ich mit letzter Kraft renne, bleibe ich darin gefangen. Wenn überhaupt komme ich hier nur mit fremder Hilfe raus. Doch die kann ich nicht rufen. Niemand wird mich erlösen. Ein hoffnungsloser Fall. Zum Sterben verdammt. In sich gefangen. Ohne letzte Worte werde ich von dieser Welt gehen. Ohne Abschied. Ich kann nicht einmal winken, denen, welchen ich wichtig bin. Denjenigen, die sich vielleicht um mich sorgen.

Wie wird meine Beerdigung wohl werden? Und wer wird sich dort einfinden? Meine Mutter? Die Mutter, die sich nie für mich interessiert hat? Weder für meine Träume, meine Talente, mein Seelenwohl, noch für meine Gefühle oder Empfindungen? Mein Vater? Der Vater, der sich aus dem Staub gemacht hat um durchzudrehen und immer noch neben sich steht? Der mich im Stich gelassen hat und mit dem kein vernünftiges Gespräch möglich ist? Klara? Meine Klara. Die Klara, die mich einfach aus ihrem Leben gekickt hat, ohne mir einen Grund zu nennen? Meine Freunde? Meine Bekannten? Vielleicht. Wer weiß schon, wer am Ende zu einem hält.

Ich liege bewegungslos da. Alles um mich herum ist weis, dieses sterile Krankenhausweis. Befremdlich und kalt. Ich habe langsam die Augen geöffnet – vielleicht geht es mit mir doch nicht zuende.

****

Was passiert mit einem Menschen, wenn tiefe Trauer und immense Wut im Inneren aufeinander treffen? Man verliert für eine Weile den Verstand. Man stürzt sich ins Leben, um nicht nachdenken zu müssen. Doch es ist ein aussichtsloser Wettlauf mit der Zeit. Gefühle die du verdrängst holen dich ein, früher oder später. Spätestens dann, wenn du alles verloren hast was dir wichtig war. Wenn du im Kern er-schüttert wirst.

Ein schlauer Mann hat vor langer Zeit etwas sehr Weises gesagt. Seine Worte hallen schon seit Tagen durch meinen Kopf: Das Leben beginnt nicht zu irgendeinem späteren Zeitpunkt, auf den es sich zu warten lohnt. Das Leben findet genau jetzt statt. In diesem Moment. Es ist wie es ist. Und es liegt an uns, das Beste daraus zu machen.

Wenn es so ist, wenn ich mein Schicksal in der eigenen Hand habe, möchte ich, dass alles sofort ein Ende findet. All das, was sich Leben nennt. Ich halte es nicht mehr aus. Das alles hier ist nichts für mich.

****

Menschen, die sich in einer ausweglosen Lage befinden, sollten versuchen, die Situation von außen zu betrachten – ihren Blickwinkel ändern. Das habe ich probiert. Vor zwei Tagen entschied ich mich für die Vogelperspektive. Ich stand am äußersten Rand meiner Dachterrasse. Eigentlich wollte ich gar nicht springen, aber irgendetwas trieb mich. Dennoch konnte ich mich erst nicht überwinden. Ich fing an nachzudenken.

Möchte ich das wirklich? Einfach springen? Ist das ein guter Weg? Mein Weg? Der einzige Ausweg? Ich möchte nicht wirklich sterben. Den Schwestern in der Charité habe ich die Wahrheit gesagt. Ich will mich nicht umbringen, aber ich will auch nicht mehr leben. Am liebsten hätte ich mich freiwillig für eine Weile ins Koma legen lassen, um danach wieder frisch und lebensfroh aufzuwachen. Ich möchte einfach nur ganz lange schlafen. Möchte alles vergessen. Und endlich keine Ängste mehr haben. Ich möchte diese trüben Gedanken loswerden, die schon beim Aufwachen wie eine dunkle Wolke über mir schweben. So schwer, dass ich es nicht mehr aushalte. Mein Kopf ist kaputt, er funktioniert nicht mehr richtig. Ich schaffe es nicht länger durchzuhalten. All dem ein Ende zu setzen ist der beste Weg. Das war's.

****

Ich bin in keinem normalen Krankenhaus, das habe ich schnell bemerkt. Der behandelnde Arzt sagte mir, nach ein paar komatösen Tagen und Nächten, ich sei krank, sehr krank. Und, dass es lange dauern kann, bis ich wieder vollständig genesen bin. Er sagte mir ich hätte Schizophrenie. Ok, ich bin in der Psychiatrie.

Ich fühle mich vor den Kopf gestoßen. Vor ein paar Tagen noch sagte mir eine Ärztin, mit mir wäre alles in Ordnung. Ich solle mich ein paar Tage ausruhen, genug schlafen und vor allem – genug Wasser trinken. In ihre Obhut bin ich geraten, nachdem ich beim Joggen ohnmächtig wurde. Es war ein heißer Tag und ich hatte eine harte Nacht hinter mir; hatte einiges getrunken. Mein Lebensstil war schon seit einer Weile ziemlich ungesund. Um meinem Körper etwas Gutes zu tun, wollte ich joggen gehen. Ich setzte mir eine Wollmütze auf – als Sonnenschutz, im August. Ich hatte nicht zuende gedacht. Erst als ich im Krankenhaus torkelnd nach der Toilette fragte, völlig orientierungs- los und unendlich müde, wusste ich, dass ich ein Problem hatte. Ich war nicht betrunken, ich war dehydriert und mit den Nerven am Ende. Ich weinte bei den kleinsten Anlässen. Aber ich war dabei sehr dezent, niemand bekam etwas mit. Und so wurde ich nach zwei Tagen entlassen. Soweit, so gut.

****

Woher weiß man, ob man den Verstand verliert? Ob das eigene Urteilsvermögen einen trügt? Ob man noch zurechnungsfähig ist? Ich bin mir was das angeht inzwischen sehr unsicher. Ich habe nie im Koma gelegen, das wurde mir glaubhaft versichert. Ich hätte jedoch schwören können, dass es so war – zumindest in dem Moment. Das war Teil der Psychose, erklärte mir der behandelnde Arzt. Womöglich verbunden mit einem sehr starken Wunschdenken. Aber einfach nicht real.

Der Wahnsinn kann überzeugender sein als die Realität, das ist das Gefährliche daran. Man gerät in einen Strudel, aus dem man nur mit fremder Hilfe herauskommt. Doch diese anzunehmen ist beinahe ein Ding der Unmöglichkeit. Je mehr Selbstbewusstsein man besitzt, desto schwerer wird es. Glücklicherweise war meines sehr gering. Ich war hochgradig verwirrt und sehr offen für jegliche Hilfe. Und ich bekam sie, gerade noch rechtzeitig.

Ich war immer ein Stadtmensch. Mit Natur konnte ich nie etwas anfangen, doch das hat sich geändert. Seit ich in der Klinik bin, habe ich das Verlangen Natur zu spüren. Ich denke darüber nach, Bäume anzufassen. Und ich tue es. Will mit der Natur verschmelzen und laufe einfach durchs Gebüsch, spüre die Äste an meinem Körper. Das war mir ein sonderbar dringendes Bedürfnis. Es ist mir egal, ob mich jemand sieht während ich meinem Drang freien Lauf lasse. Ich habe jegliches Schamgefühl verloren. Um mich zu genieren geht es mir viel zu schlecht.

24. August 2013

Man kann zweifellos sagen, mein Leben war extrem. Auf allen Ebenen. Zumindest in den letzten Monaten. Das, was die meisten Menschen nur in Träumen erleben – diese wagen Erinnerungen an verrückte Aktionen oder Situationen, war bei mir oft genug Realität. Viele dieser Dinge sind aus meinem Gedächtnis gelöscht. Es funktionierte noch nie besonders gut. Nur an Weniges kann ich mich noch genauer erinnern. Wie zum Beispiel die Geburtstagsparty eines Bekannten. Eine wilde Feier, wirklich wild. Es war die Art Party, bei der einfach alles egal war. Fielen Gläser zu Boden und zerbrachen, wurden sie einfach liegen gelassen. Fielen Leute um, wurde es genauso gehalten. Jeder Mensch für sich allein und alles war möglich. Ein Typ, der ständig auf irgendwelchen Technopartys unterwegs ist, hatte irgendeine neue Designerdroge dabei, die er großzügig unter den Gästen verteilte – sein Geburtstagsgeschenk, sozusagen. Danach sind alle durchgedreht. Ich bekomme nur mit viel Mühe Zusammenhänge hin. Doch das, woran ich mich erinnere, ist völlig klar und sehr intensiv. In einem Moment tanze ich mit einem Mädel auf der Balkonbrüstung, im nächsten quatscht mich einer auf der Toilette voll. Auf einmal bin ich im Schlafzimmer, inmitten einer Orgie. Soweit ich mich erinnere, bereute ich im Anschluss, darauf eingegangen zu sein. Die Sachen die da abgingen waren zu schräg um sich daran zu erfreuen.

Wie ich nach Hause kam weiß ich nicht mehr. Am nächsten Tag lag ich dort regungslos am Boden, mein Fernseher auf mir. Ich muss ihn beim hereinstolpern umgerissen haben. Vielleicht war ich ohnmächtig und hatte eine Gehirnerschütterung. Die riesige Beule an meinem Kopf und das Erbrochene auf meinem Oberteil deuteten auf so etwas hin. Aber ich habe das nicht abchecken lassen, es war mir relativ egal.

Normalerweise trinke ich nicht über mein Limit. Eigentlich mochte ich Alkohol noch nie besonders. Doch das hat sich in letzter Zeit geändert. Er beruhigt, gerade, wenn man den Eindruck hat, die Kontrolle zu verlieren. Und das ist leider mein Alltag. Mein Herz steht kurz vor einer Explosion. Nicht vor Freude. In Momenten, in denen ich mir wünsche, mich nicht mehr zu kennen, tue ich alles Menschenmögliche, um mich von mir zu entfernen. Von mir und von meinen Gefühlen. Das war schon immer so, und das wird jetzt zu meinem größten Problem.

Ich habe mich verliebt. Wirklich verliebt. So verliebt, dass man sich wünscht, in die andere Person hineinzukriechen, um sich so nahe wie nur möglich zu sein. Ich habe es gewagt. Habe es drauf ankommen lassen. Etwas, das ich vorher nie gewagt hatte. Und wurde enttäuscht. Zum ersten Mal. *Einmal ist keinmal.* Wenn es nur so wäre. Dieses keinmal hat mir komplett den Boden unter den Füßen weggerissen. Mein freier Fall dauert seitdem an – schon über vier Monate. Ich würde alles dafür tun, endlich zu landen. Selbst, wenn es irgendein verdammter Asphaltboden ist. Mir könnte nichts gleichgültiger sein.

Ich war immer tapfer. Ich weiß nicht, was die Veränderung bewirkt hat. Doch sie ist geschehen. Ich bin ein absoluter Angsthase geworden. Und dafür schäme ich mich – vor mir selbst und vor allen, die es bemerken. Wenn die wüssten, was mir in letzter Zeit alles passiert ist, sie würden sich wahrscheinlich fragen, warum ich überhaupt zögere alles zu beenden.

Mein bester Freund wurde erstochen. Wie ein armes Schwein. Es ist keine drei Monate her. Wir kannten uns seit dem Kindergarten. Eine ungeheuer lange Zeit. Die besten Erinnerungen meines Lebens beinhalten ihn. Er war der großartigste Mensch den ich je kannte. Und das sage ich nicht erst seit seinem Tod! Er war es schon immer und er wusste, was er mir bedeutet. Auch wenn wir nie große Worte darüber verloren haben. Vor drei Monaten waren wir zusammen aus. Wir wollten mal einen neuen Club ausprobieren. Was für eine dumme Idee! Die Musik war grässlich und die Leute ebenso. Wir waren nicht mal eine halbe Stunde dort, und schon wieder am Gehen, als einer der fragwürdigen Typen sich an ein Mädel ranschmiss. Sie war eindeutig nicht interessiert und er etwas zu hartnäckig. Um es kurz zu machen: mein Kumpel ist dazwischen gegangen und hat ein Messer in den Bauch bekommen. Mehrmals. Die Notärzte konnten nichts mehr machen. Auf dem Weg ins Krankenhaus ist er gestorben.

Meine Freundin hat mich wenig später verlassen. Und ich kann es ihr noch nicht einmal übel nehmen. Die ersten Monate unserer Beziehung waren himmlisch. Es war Liebe auf den ersten Blick, auch auf den zweiten und mit jedem weiteren wurde sie stärker. Vor ihr wusste ich nicht, was wirkliche Liebe ist. Die große Frage ist, was hat den Knacks verursacht? Das ist leicht beantwortet. Ich war es. Ich selbst. Nach dem Tod meines Kumpels habe ich fast eine Woche lang kein Wort gesprochen, auch nicht mit ihr. Ich hatte nicht das Gefühl, dass irgendwer auch nur ansatzweise verstehen könnte wie es mir geht. Also hab ich gar nicht erst versucht es zu erklären. Auch ihr nicht. Sie hat sich das gefallen lassen – ein paar Tage zumindest. Dann ging ihr die Geduld aus. Meine Schweigsamkeit war für sie unerträglich. Aber sie war nicht das größte Problem. Ich bin für ein paar Tage verschwunden. Ohne ihr zu sagen, wohin. Ich wusste es ja selbst nicht. Ich war nicht nur gedanken-, sondern auch ziellos. Bin durch die Dunkelheit gerannt. Hab mir die Nächte in Bars um die Ohren geschlagen. Ich brauchte Ablenkung. Fremde Menschen um mich herum, die keine Fragen stellten. Gemeldet habe ich mich nicht bei ihr. Als ich irgendwann wieder zu Hause aufgeschlagen bin, hat sie mich angeschrien. Hat geweint. Das tat mir leid. Eine Weile hab ich es mir angehört, nur um dann wieder zu verschwinden. In irgendeinen Club. Nur weg.

Ich weiß nicht, wie ich mein Verhalten erklären soll. Ich habe sie geliebt – liebe sie noch immer. Dennoch war ich nicht in der Lage, auf ihre Gefühle Rücksicht zu nehmen. Die Realität dieser Beziehung hat mich plötzlich überfordert. Der sinnlose Tod meines Freundes hatte mich komplett aus der Bahn geworfen.

Nach diesem Abend durfte ich noch zwei Mal nach Hause zurückkehren. An meiner Stimmung hatte sich nichts geändert und ich blieb nie lange. Beim dritten Mal hat sie die Tür nicht mehr geöffnet. Ich bin mir nicht sicher, ob sie wusste, dass ich inzwischen meinen Job verloren hatte. Und ob es damit etwas zu tun hatte. Aber ich befürchte, sie hatte einfach genug von mir.

In meiner eigenen Wohnung war für mich inzwischen alles fremd. Ich konnte mich dort nicht aufhalten, ohne Panikattacken zu bekommen. Um mich davon abzulenken trank ich. Ich ging in Kneipen und unterhielt mich mit Fremden, nur, um nicht mit meinen Gedanken allein zu sein. Ich fing an, mich richtig gehen zu lassen. Ich konnte das Alleinsein einfach nicht ertragen. Mir war dabei völlig egal, mit wem ich zusammen war. Je flacher die Gespräche, desto besser für mich. Und je lauter das Gegröle, desto leiser die Gedankenspiralen in meinem Kopf. Es gab keinen Moment in dem ich nüchtern war.

Wir alle tun wohl Dinge, auf die wir im Nachhinein nicht stolz sind. Doch ich habe den Fehler gemacht, sie zur Gewohnheit werden zu lassen. Dass zu all meinen Problemen noch die Trennung dazu kam habe ich nicht verkraftet. Vergeblich habe ich das Gespräch gesucht. Alles was dabei rum kam war ein kurzes Telefonat in dem es darum ging, meine Sachen bei ihr abzuholen. Danach habe ich etwas Dummes gemacht…

Ich habe eine sehr schöne, große Wohnung, mit einer schönen großen Dachterasse. Mein absoluter Lieblingsort. Ich ging hinaus und schaute herunter. Das würde ich nicht überleben. Mein Nachbar muss das gleiche gedacht haben als er mich auf die Brüstung klettern sah.

Der frühe Abend war so ernüchternd, dass ich mich immens betrinken musste, um die Balance wieder herzustellen. Ich weiß nicht, woher er kam, der Drang auf die Brüstung zu steigen. Doch er ließ sich nicht unterdrücken. Also stieg ich hoch. Wem das Leben gleichgültig ist, der fürchtet den Tod nicht. Ich fürchte den Tod nicht. Das einzige, was mir Sorgen macht, ist die Fallhöhe. Reicht sie aus, um tatsächlich zu sterben? Was, wenn ich überlebe? Mit Ach und Krach und irgendwelchen Behinderungen? Ich muss sicher gehen, am Ende wirklich tot zu sein. Ich hole ein paar Bierflaschen und lasse sie auf dem Asphalt zerschlagen. Wenn ich auf sie falle, werde ich überall bluten. Bis mich jemand findet, bin ich tot, auch wenn ich den Fall an sich überleben sollte. Um den Glasscherben die Arbeit zu erleichtern, ziehe ich meine Klamotten aus, steige hinauf.

Ich stehe auf der Brüstung, halte die Balance. Beuge mich vor, schaue nach unten. Ich habe keine Angst mehr. Erleichterung breitet sich in mir aus. Gleich ist alles vorbei. Gleich hat diese Schmierenkomödie, die sich mein Leben nennt, ein Ende. Ich spüre wohltuende Leere.

****

Ich weiß nicht mehr wie, aber mein Nachbar schaffte es, mich zu überreden auf ein Bier zu ihm rüber zu kommen. Er hat mich draußen gesehen und wenig erschrocken mit mir geredet, so als wäre es das Normalste auf der Welt sich umbringen zu wollen. Er hat mich nicht darauf angesprochen oder gefragt was mit mir los ist. Wir sahen fern, aus Verlegenheit sprachen wir nicht miteinander. Aber wir tranken. So viel, dass ich am frühen Morgen wie ein Stein in mein Bett fiel. Später an dem Tag beschloss ich zu joggen und wurde in die Charité eingeliefert. Zwei Tage später kam ich in die Psychiatrie.

16. September 2013

Es klingt vielleicht seltsam, aber inzwischen fühlt es sich gut an in der Psychiatrie zu sein. Durch die vielen Medikamente bin ich benebelt; wie in imaginäre Watte gepackt, sicher vor Gefahren von außen und vor allem vor mir selbst. Aber man muss hier gut auf sich aufpassen. Die Schwestern behandeln einen manchmal als wäre man ein kleines, dummes Kind. Und nicht nur einmal wurde ich beschuldigt, meine Mediakamente nicht genommen zu haben, nur weil jemand vergessen hatte die Einnahme zu dokumentieren. Aber es gibt auch gute Leute im Personal. An die halte ich mich, so gut sich das beeinflussen lässt.

Die Mitpatienten sind teilweise ok, teilweise recht an-strengend. Manche haben einen übersteigerten Rededrang, vor denen muss man sich in Acht nehmen, weil sie einen richtig in Beschlag nehmen. Und ich brauche momentan Zeit für mich, Zeit zum Nachdenken.

Mein Zimmer teile ich mit einem Soziopaten und einem 20-Jährigen, der noch keine Diagnose bekommen hat. Seltsamerweise können wir Drei gut miteinander reden. Auch wenn der Soziopath größtenteils wirklich seltsam ist und sozial kaum Kompetenzen hat. Aber er verhält sich ganz höflich. Allerdings beäugt er mich immer auf eine Art, die ein bisschen besorgniserregend ist. Und er kapselt sich ab. Dass er zwei Kinder hat, fand ich überaus verwunderlich. Er hat jedoch kein Umgangsrecht. Was mir einerseits leid tut, andererseits aber sicherlich gerechtfertigt ist.

Eine wirkliche Wellenlänge habe ich hier mit niemandem. Aber das ist nicht mehr wichtig, denn heute werde ich entlassen. Zurück in die Welt da draußen. Ich fürchte mich davor. Am liebsten würde ich bleiben, hier in meinem Kokon. Ab morgen werde ich stattdessen in eine Tagesklinik gehen, eine Institution, in der man den Tag verbringt und dann zu Hause übernachtet. Ich habe keine Ahnung was mich da erwartet. Bald werde ich es erfahren. Ich bin gespannt ob ich es hinkriege wieder allein für mich zu sorgen. Es wird auf jeden Fall eine Herausforderung.

17. September 2013

Heute ist mein erster Tag in der TK. Ich musste früh er-scheinen, vor meiner eigentlichen Aufwachzeit. Um viertel vor acht wird sich hier zum Frühstück getroffen. Daran teilzunehmen ist Pflicht. Die Bahnfahrt hierhin allein kostet mich schon Kraft, durch die Panikattacken die ich dabei habe. Seit die Hospitalisierung eingesetzt hat sind sie kaum zu ertragen. Alles fühlt sich unwirklich an, wie im Traum. Aber in keinem angenehmen. Alles ist beängstigend. Da kann ich die Stärkung zwar gut vertragen, aber Hunger habe ich keinen. Drum herum komme ich aber leider nicht. Ich wäre nicht der erste der es vergeblich versucht.

Nach dem Essen machen wir eine Morgenrunde. Jeder sagt kurz, wie es ihm geht und die Neuen stellen sich vor. Ich fühle mich fehl am Platz. Wie ein Alien in New York.

****

Seit drei Stunden sitze ich in einem Raum mit Fremden und versuche mitzukommen. Die anderen kennen und verstehen sich alle schon, ich bin außen vor und will auch nicht wirklich dazu gehören. Ich fühle mich fremd und würde am liebsten gehen. Mich interessiert das alles hier überhaupt nicht.

Später machen wir einen Spaziergang, der tut immer gut. Ich merke, wie mein Kopf sich leert und Platz macht für neue Eindrücke. Die anderen sind die ganze Zeit am Quatschen. Das stört mich, ich will einfach nur meine Ruhe. Die bekomme ich aber erst als der Tag zu Ende geht. Ich weiß nicht, wie ich es hier sechs Wochen aushalten soll.

Auch wenn es vielleicht nicht so wirkt – ich hatte nie Probleme mit dem Kontakt zu anderen Menschen. Obwohl ich eher introvertiert bin und man mich schon als Einzelgänger bezeichnen könnte, habe ich das Zusammensein mit anderen doch immer genossen. Für eine gewisse Zeit. Ich bin gesellig. Deshalb verstehe ich nicht was los ist. Mir geht einfach jeder auf die Nerven. Mir ist alles zu viel. Das einzige was ich gut verkrafte ist die Natur, ihre Klänge. Ich habe mir eine CD mit Bachrauschen gekauft, die ich rauf und runter spiele. Nichts beruhigt mich so sehr wie dieses Geräusch. Es ist himmlisch. Die Stimmen und besonders das Lachen von anderen Menschen dagegen sind das schlimmste was ich mir momentan vorstellen kann. Nicht zu ertragen. Ich weiß nicht, ob ich jemals wieder fröhlich genug sein kann, um dieses Geräusch selbst zu erzeugen.

Die folgenden Tage sind der Horror. Ich fühle mich immer noch deplatziert und finde keinen Anschluss. Möchte ich auch gar nicht. Ich möchte einfach nur weg. Doch wohin? Das wüsste ich gerne. Genaue Vorstellungen habe ich nicht. Aber so ziemlich alles muss besser sein als das hier. Wir essen und reden, reden und hängen rum. Ab und zu eine Entspannungsübung, mal eine Malstunde. Haut mich alles nicht vom Hocker. Und die Zeit will einfach nicht vergehen. Ich hab mich noch mit niemandem hier näher unterhalten. Und es stört mich auch nicht. An meinem Tisch, dem ich zugeteilt wurde, wird viel gejammert und das zieht mich runter. Ich möchte mich davon distanzieren. Also bleibe ich ruhig. Man hat hier mit seinen Tischnachbarn am meisten Kontakt. Traurig. Bisher ist noch niemand von den anderen auf mich zu gekommen. Man wird hier in Ruhe gelassen, das ist das Gute. Scheinbar sieht man mir meine Abwehrhaltung an. Die anderen sind bestimmt ganz nett. Aber ich hab genug mit mir selbst zu tun.

****

Was ist Liebe, und was macht sie mit uns? Sie ist so mächtig, dass alles andere neben ihr verblasst, selbst wenn sie nicht mehr da ist. Wenn eine

Liebe zu Ende ist, wie stellt man es am besten an, sie wiederzubeleben oder zu vergessen? Macht Liebe mutig oder feige? Ist die Angst am größten wenn große Gefühle im Spiel sind, oder ist die Angst so mächtig, weil man an die Falsche geraten ist? Wie lange sollte man für sie kämpfen? Und wann die Hoffnung aufgeben?

Fragen drängen sich auf. Fragen ohne Antworten. Jeder leidet so lange er es aushält. Oder erfreut sich am vielversprechenden Wartezustand, ein Zustand in dem alles möglich ist – alles kann, nichts muss. Niemand wird enttäuscht oder verletzt. Es ist der beste Zustand den es gibt. Aber nur so lange bis es anfängt zu nerven.

Haben Träume ein Verfallsdatum? Und viel wichtiger: ist träumen nur etwas für Idioten? Idioten wie mich? Wer zieht es vor, sich Fantasien hinzugeben, wenn er etwas Reelles erleben könnte? Wer steigert sich so sehr in eine Traumvorstellung von etwas oder jemandem, dass er es so sehr will und nur ruinieren kann? Träumen ist für Spinner. Oder? Sich etwas zusammen zu spinnen ist vergebens, denn diese Gespinste haben keine Konsequenz. Wer nur träumt und nichts erlebt, hat kein Leben. Und nichts auf das er am Ende dessen zurückblicken kann. Keine Nachkommen, keine Freunde, keine Erinnerungen. So sieht es aus. Das was man sich in seinem Kopf zurechtdenkt kann die Realität nicht antasten. Man verpasst dadurch nicht einiges, man verpasst alles. Das Tragische dabei ist, solange man träumt merkt man das nicht. Erst wenn die Realität einbricht, und das tut sie immer, weiß man, wie blöd man war. Träumen beflügelt nicht, es macht doof. Und wer will schon doof sein? Wer andere Menschen in seine Träume einbezieht und davon ausgeht, dass man gemeinsam träumt, ist schon verloren.

Aber was tun wenn's klemmt? Was tun, wenn man festgefahren ist und einfach nichts mehr geht? Gelegenheiten suchen und sie am Schopfe packen? Naja, es ist nicht gerade so als würden sie mir um die Ohren fliegen. Es mangelt an ihnen. Und ich kann auch nicht wirklich für Gelegenheiten sorgen. Zumindest nicht in meinem Zustand.

Gut Ding will Weile haben, oder was lange währt wird endlich gut. Ich wünsche es mir so sehr, aber ich glaube nicht mehr daran. Mit mir und Klara ist es aus. Das muss ich endlich irgendwie verarbeiten…

****

Vor vier Jahren haben wir uns kennen gelernt. Es war Liebe auf den ersten Blick. So intensiv hatte ich es noch nie vorher verspürt. Bei jedem Blick bekam ich weiche Knie. Wir waren ein paar Mal aus und dann ging alles ziemlich schnell. Wir zogen zusammen und waren glücklich. Bis mein altbekanntes Problem uns einholte – die Eifersucht. Sie hatte ein paar enge männliche Freunde und ich war auf jeden einzelnen so eifersüchtig wie man nur sein kann, besonders auf diejenigen ohne feste Freundin. Das hat Klara in den Wahnsinn getrieben. Verständlicherweise. Ich konnte es aber einfach nicht kontrollieren. Vielleicht, weil mein Selbstwertgefühl schon im Keller war.

Wann der Bruch kam, kann ich gar nicht sagen. Ich denke, es hat sich stetig aufgebaut und irgendwann hatte sie einfach die Nase voll, von meiner Eifersucht, meiner Schweigsamkeit, meiner ständigen Abwesenheit – geistig und körperlich. Sie hatte es sicherlich nicht leicht mit mir. Ich habe sie nicht mehr an meinem Leben und meinen Gedanken teilhaben lassen. Das werfe ich mir vor. Wir hätten mehr reden sollen. Doch ich war schon zu sehr in meinem Abwärtsstrudel gefangen, es ging einfach nicht. Und ich habe nicht über die Ursachen nachgedacht oder darüber, was es bewirken könnte.

Ich liebe sie nach wie vor. So sehr, dass es mich beinahe auseinanderreißt.

4. Oktober 2013

Heute erlebte ich eine große Überraschung. Die Ärztin der Tagesklinik sagte mir, ich hätte keine Schizophrenie sondern ein Burnout, dem eine Depression mit Psychose zugrunde liegt. Das erleichtert mich irgendwie. Es gibt sicher gute Leute, die an Schizophrenie erkranken, aber das Stigma, das damit verbunden ist brauche ich nicht auch noch zusätzlich zu meinen Problemen. Ich bin froh. Meine Medikation wird umgestellt von Zyprexa, einem Neuroleptikum auf Citalopram, ein Antidepressivum. Langsam fühle ich mich hier wohl. Die Leute nerven auch nicht mehr so, was zum Teil daran liegt, dass ich mich endlich eingewöhnt habe. Zum Teil auch an der Medikamentenumstellung, wie ich meine. Das Medikament hat mich stumpf gemacht. Allerdings sind auch einige Patienten gegangen und Neue gekommen. Es liegt an mehreren Ursachen, würde ich sagen. Vor allem aber daran, dass es mir besser geht.

Wir sind inzwischen eine ganz illustere Truppe, haben sogar richtig Spaß. Das Frühstücken, was sonst immer eine Qual war, wird mit Witzen aufgelockert und bringt Laune. Zu unserer Runde gehört unter anderem ein junges Mädchen, mit dem ich mich angefreundet habe. Wir machen jeden Tag Mittagschlaf zusammen und mit ihr fühlt es sich an als verbinde uns eine lange Ehe. Aber alles auf rein platonischer Ebene. Ein gutes Gefühl. Es tröstet mich ein wenig über die Trennung von Klara hinweg. Aber wirklich nur ein wenig. Ich bin immer noch zerstört.

In der Tagesklinik gibt es viele Gesprächsrunden zu den unterschiedlichsten Themen. Letztens wurden Partnerschaften thematisiert. Ich hab mich tatsächlich getraut meine Probleme auszusprechen, was ich gleich bereute. Das Feedback war vernichtend. Selbst die Leute hier denken ich sollte Klara vergessen, weil die Chancen schlecht stehen. Mir bleibt wohl also nichts anderes übrig.

Wenn wir nicht reden oder essen, singen wir zusammen, trommeln – was richtig spaßig ist, machen Entspannungsübungen, malen. Alles nette Dinge. Und wir freunden uns tatsächlich an. Am Anfang hätte ich das nie für möglich gehalten, aber es stimmt wohl, wer sich in der Not kennen lernt, befreundet sich über kurz oder lang. Wir haben hier einen Sonnenschein, einen schlaue Sprüche-Klopfer, eine Mutti, einen Schriftsteller, einen Witzeerzähler und mich. Wir halten extrem zusammen. Trotzdem ahnt man manchmal nicht, was so in den Köpfen der anderen vor sich geht. Kai, unser Witzeerzähler, der ein unglaubliches Repertoire hat, hat vor ein paar Tagen versucht sich das Leben zu nehmen. Zum Glück erfolglos. Er hat seinen kompletten Tablettenvorrat geschluckt und dann bei seiner Freundin angerufen um sich zu verabschieden. Die hat so schnell geschaltet, dass sofort Hilfe unterwegs war. Er hat es überlebt.

Es ist wirklich erschreckend wie schnell es gehen kann. Die Male, in denen ich am liebsten Schluss gemacht hätte, sind mir noch sehr wohl im Bewusstsein. Man denkt gar nicht darüber nach, aber es kann so schnell vorbei sein. Ich kann mich noch genau erinnern, welch magische Anziehungskraft Fenster auf mich ausgeübt haben. Ich konnte an keinem vorüber gehen ohne an einen Sprung zu denken. Ich habe es nie durchgezogen, aber ich wollte immer eine Todesart, bei der ich wirklich umkomme. Keine, die ich, vielleicht behindert, überlebe. Mein Witze erzählender Freund war von seinem Überleben auch nicht gerade begeistert. Aber er fängt sich langsam wieder. Auf weitere Witze müssen wir aber wohl noch etwas warten, sowie auf seine Rückkehr aus dem Krankenhaus.

12. Oktober 2013

Ich stehe vor Klaras Tür. Die hat sie mir vor der Nase zugeknallt. Eigentlich kenne ich sie nicht so temperamentvoll. Irgendwas an mir muss das in ihr auslösen. Ich habe sie lediglich gebeten mir zuzuhören. Aber das war wohl schon zu viel verlangt. Es gibt so vieles was ich ihr erklären oder einfach sagen möchte. Ich habe sie nie betrogen und immer über alles geliebt. Nur den Tod meines Freundes habe ich nicht verkraftet. Aber das sollte sie mir nicht so nachtragen, finde ich. Ich würde uns gerne noch eine Chance geben. Die letzten vier Jahre haben wir zusammen verbracht, das möchte ich nicht einfach so wegwerfen. Und ich kann mir auch nicht vorstellen, dass ihr das leicht fällt. Aber anscheinend tut es das. Vielleicht hat sie längst einen anderen. Einer ihrer Kollegen hatte Interesse an ihr. Das wusste sie nicht, aber ich hab es bemerkt. Bei ihrer letzten Geburtstagsparty hat er sich ganz schön an sie rangeschmissen. Obwohl er wusste wer ich bin. Ganz schön dreist. Was da auf der Arbeit abgegangen ist möchte ich gar nicht erst wissen. Wenn sie also mit diesem Vogel zusammen ist, war es das endgültig. Vielleicht liebt sie mich aber auch einfach nicht mehr. Ist das, so simpel und lapidar, vielleicht die Erklärung?

Wann ist eine Beziehung vorbei? Wenn einer aufgibt? Wenn man sich nicht mehr anstrengt? Wenn die Gefühle weg sind? Wenn man eine schwere Zeit durchmacht? Aber vielleicht ist das nur eine Phase und geht vorbei. Wer weiß das schon. Vielleicht ist das Geheimnis einer langen Beziehung einfach Ausdauer. Die habe ich. Aber das ist wertlos, wenn der andere nicht mitkämpft und trotzdem alles den Bach runter geht.

30. Oktober 2013

Die Tagesklinik ist eine Auffangstation für Leute, die über kurz oder länger alleine nicht klar kommen, die Beschäftigung, Gesellschaft und einen geregelten Tagesablauf brauchen. So verstehe ich das zumindest. Manche Leute erwarten sich hier Heilung oder einen großen therapeutischen Fortschritt. Solche Ansprüche habe ich nicht, deshalb gibt es für mich auch keinen Grund zur Beschwerde. Es gibt mehrmals die Woche Gruppentherapie, in der von uns gewählte Themen besprochen werden. Manchmal sitzt dann einer von uns auf dem heißen Stuhl und wird besprochen. Das ist von demjenigen immer sehr mutig, weil hier alle ehrlich sind und keiner ein Blatt vor den Mund nimmt. Auch wenn die oberste Regel Respekt und Rücksichtnahme lautet. Eine von uns wurde zum Beispiel als Betthäschen abgestempelt, obwohl sie der Meinung war, eine funktionierende Beziehung zu führen. Das war ganz schön hart, sie hatte damit auch einige Zeit zu kämpfen. Ich war nie wieder auf dem heißen Stuhl, ganz bewusst nicht, weil ich es nicht verkraften würde. Ich habe auch kein weiteres Thema das unbedingt besprochen werden muss. Zumindest nicht zu diesem Zeitpunkt.

Wir werden hier im Grunde ganz gut bespaßt. Am besten gefällt mir die Trommelgruppe. An afrikanischen Trommeln kann man ein bisschen Wut rauslassen, gleichzeitig erhöhen sie das Selbstbewusstsein, wenn auch nur für den Moment. Man macht zusammen Musik und verschmilzt dabei, das ist ein tolles Gefühl. Was mir auch viel Spaß macht sind die Malstunden. Ich habe hier schon einige Bilder geschaffen, die ich bei mir zu Hause aufgehängt habe, weil sie wirklich schön geworden sind. Das werde ich vermissen wenn das alles hier vorbei ist. Und die Kontakte. Die haben mir am Ende wirklich gut getan. Man unterschätzt, wie wichtig es ist, unter seinesgleichen zu sein, sich nicht verstellen zu müssen oder so zu tun als wäre alles in Ordnung. Es ist hier so einfach, gute Gespräche zu führen, ohne sich dafür erst umständlich verabreden zu müssen. Das wird mir auch fehlen. Hätte ich zu Beginn nie gedacht.

11. November 2013

Heute werde ich entlassen. In eine ungewisse Zukunft. Wann ich ins Berufsleben zurück kann weiß ich noch nicht. Vorerst bin ich weiter krankgeschrieben. Dabei will ich nichts lieber als wieder arbeiten. Ich brauche etwas zu tun. Durch meine Arbeit habe ich mich früher immer von Problemen abgelenkt. Das vermisse ich. Aber meinen Job habe ich verloren und wie es weitergehen soll kann ich mir momentan nicht vorstellen. Für die Jobsuche habe ich noch keine Kraft. Und davon abgesehen lassen mich die Ärzte auch einfach noch nicht wieder loslegen. Vielleicht sollte ich mir endlich mal Zeit nehmen, mich meinen Problemen zu stellen. Ich bin lange genug vor ihnen davongerannt. Ich habe auf der Überholspur gelebt ohne einmal inne zu halten und zu sehen wo ich stehe, wer ich bin und was ich will. Das kann auf Dauer nicht gut sein. Man entfremdet sich von sich selbst.

Die Ärztin der Tagesklinik meinte, sie würden mich nicht fallen lassen. Vor allem, weil ich bisher weder einen Psychiater noch einen Therapeuten habe. Ich werde ins Nachsorgeprogramm aufgenommen. Das bedeutet, wenn ich es brauche, kann ich hier jeder Zeit mit jemandem reden.

****

Jetzt, da ich nicht mehr jeden Tag in die Klinik muss, weiß ich nichts mit mir anzufangen. Wenn man nur machen kann was man will, wird es unglaublich schwierig seine Tage sinnvoll zu füllen. Ich nehme mir vor, all die Sachen zu machen, zu denen ich sonst nicht komme. Meinen Kopf aufräumen zum Beispiel. Dabei helfen Spaziergänge. Und ich werde lesen, wenn mein Mangel an Konzentration das irgendwie zulässt. Auf keinen Fall will ich vor dem Fernseher, dem Computer oder im Bett vergammeln. Auch wenn ich für anspruchsvolle Sachen noch nicht fit genug bin, werde ich mich daran versuchen. Vielleicht werde ich ein bisschen zeichnen. Dazu bin ich schon seit Jahren nicht wirklich gekommen. Jetzt wäre der ideale Zeitpunkt dafür. In der Tagesklinik habe ich meine Leidenschaft wiederentdeckt, das möchte ich gerne ausbauen. Ich habe also Pläne. Das fühlt sich gut an. Es geht bergauf mit mir. Hoffentlich.

16. November 2013

Nichts da. Ich habe noch gar nichts geschafft. Wenn ich es hinbekomme aufzustehen, hänge ich nur vor dem Fernseher rum oder gucke DVDs und vegetiere vor mich hin. Das, was ich eigentlich vermeiden wollte. Aber ich kann mich einfach nicht konzentrieren. Das nervt. Lesen geht also nicht. Und fürs Zeichnen fehlt mir die Inspiration.

Ich war das erste Mal bei meinem neuen Psychiater. Was ich von ihm halten soll weiß ich noch nicht genau, er scheint nett zu sein, aber er gibt mir nie Feedback. Er ist einer von denen, die einen reden und das Gesagte unkommentiert stehen lassen. Man fühlt sich dabei unbehaglich. Und hat das Gefühl, als würde einem in den Kopf geschaut. Sehr unheimlich. Was genau wissen diese Leute und wie schnell und gut können sie einen Menschen einschätzen? Das frage ich mich. Vielleicht wirken sie nur so schlau und man überschätzt sie vollkommen. Vielleicht aber auch nicht. Wer weiß. Ich entscheide mich, ihn anzunehmen und weiter hinzugehen. Jetzt brauche ich nur noch einen guten Therapeuten. Ich bin eine ganze Liste durchgegangen, von allen Psychologen der Stadt und habe viele angerufen. Dabei hab ich fast immer nur die Mailbox erwischt, aber das ist nicht schlimm, so kann man sich ein erstes Bild machen und schon mal aussortieren. Bei einem hatte ich ziemlich schnell einen Termin. Nur einen Fragebogen einschicken, dann durfte ich mich vorstellen.

Als der Mann mir das erste Mal über den Weg lief, dachte ich, er wäre ein Bote. Er hatte ein Cappy auf und eine rote Weste mit vielen bunten Buttons an. Er sah drollig aus. Als ich aber erfuhr, dass er mein Therapeut sein soll, ist mir fast die Kinnlade runtergefallen. Aber so schnell lasse ich mich nicht abschrecken. Er bat mich in sein Büro. Es sah aus wie eine Rumpelkammer, vollgestellt und unaufgeräumt. Ich entschied weiterhin, mit meinem Urteil noch zu warten, obwohl das brennzlich wurde. Herr

Herger fragte mich, warum ich da sei. Ich sagte, dass ich auf Anraten meiner Ärztin aus der Tagesklinik gekommen bin. Was ich den ganzen Tag mache, wollte er wissen. Ich sagte: fernsehen, DVDs sehen, mich ausruhen. Er schien davon nicht begeistert zu sein. Und entschloss sich, nach fünf Minuten Gespräch, einfach mal meine Diagnose umzuwerfen. Er sähe bei mir keine Depression, sondern eine bipolare Persönlichkeit. Gut, dass er sich da so sicher ist. Andere Fachleute hatten weitaus mehr Überlegung in meine Diagnose gesteckt. Wir machten weiter. Er hatte anscheinend genug von mir gehört und beschloss, mir eins von seinen selbstgetexteten Liedern vorzuspielen. Ich versuchte, einen Bezug zu mir herzustellen. Es war ein Kinderlied und es ging darin um Ängste. Ich begann darin fast einen Sinn zu sehen. Leider ging der Mann, ohne über das Lied zu reden, direkt zum nächsten Einspieler über. Auch das ein selbstgetextetes Kinderlied. Was für eine Show. Langsam fühlte ich mich ein wenig verarscht. Aber ich blieb am Ball. Es war mein erster Therapieversuch und ich wollte alles richtig machen, mich einlassen, mich in die Hände eines anderen begeben und als besserer, schlauerer Mensch daraus hervorgehen. Aber Herr Herger machte es mir nicht leicht. Er holte sein von ihm verfasstes Buch heraus, das unten am Empfang auch zum Kauf angeboten wurde, und las mir daraus vor. Eine Szene über den Tod. Ich dachte: ok, jetzt will er herausfinden, ob ich selbstmordgefährdet bin. Das dachte ich, weil ich davon ausging, dass diese Sitzung irgendwas mit mir zu tun hatte. Leider wurde am Ende der Lesestunde kein Bogen geschlagen. Der Mann wollte einfach nur seine selbstdarstellerische Show abziehen. Daraufhin fragte er mich, was ich als die größten Fehler meines Lebens betrachten würde. Mir fielen auf die Schnelle ein, zwei Sachen ein. Als Reaktion sagt er mir, dass er sich nicht sicher sei, ob ich sehr naiv oder einfach nur sehr dumm bin. So, das war's für mich. Ich mag ihn nicht mehr. Gott sei Dank bin ich einigermaßen stabil. Dieser Termin hätte mich sonst ganz schön ins Wanken gebracht. Wenn man zu jemandem kommt und sich Hilfe erwartet, dann aber nur eine abgefahrene Freakshow und einen hinterhältigen Tritt in den Hintern bekommt, kann einen das ganz schön aus der Bahn werfen.

Trotz all des Blödsinns, den der Typ verzapft hat, suche ich immer noch einen therapeutischen Sinn in der ganzen Chose und komme tatsächlich ein zweites Mal, eine Woche später. Das gleiche Spiel, der gleiche Einsatz und das gleiche Resultat. Er liest, spielt vor und erzählt mir was über seine Erfahrungen mit der Buchbranche. Alles sehr interessant, aber doch nicht wirklich Sinn und Zweck unserer Zusammenkunft. Am Ende legt er mir einen Vertrag hin. Wenn ich Patient bei ihm werden möchte, soll ich unterschreiben. Ich frage mich kurz, ob ich bei der versteckten Kamera bin und er mich nur veräppelt hat, die eigentliche Therapie aber ganz seriös wird. Ich wünsche es mir sehr, weil es verdammt schwer ist, einen Termin bei einem Therapeuten zu bekommen, ganz besonders bei einem guten. Ich beschließe aber, dass er nicht in Frage kommt, nehme den Vertrag mit nach Hause und erbitte mir Bedenk-zeit. Nicht, dass ich sie brauchen würde, aber ich bin einfach ein höflicher Mensch. Und dieser Therapeut könnte selbst eine Therapie vertragen. Man sagt ja, gut die Hälfte des Fachpersonals in dieser Branche braucht selbst Hilfe. Er gehört definitiv dazu.

13. Dezember 2013

Ich kenne jetzt ziemlich viele Filme. Und stürze mich praktisch auf alles, was mich von meinen Gedanken ablenkt. Aber ich war auch ein bisschen fleißig. Ich habe mir eine Checkliste erstellt, anhand derer ich sehen kann, wie es mir geht. Es mag vielleicht komisch klingen, aber für jemanden wie mich ist es manchmal schwer zu wissen, beziehungsweise zu merken, wie es einem geht. Ob man ok ist oder sich auf dem absteigenden Ast befindet. Man spürt sich nicht mehr richtig und es ist ein schleichender Prozess. Wenn man nicht aufpasst, erwischt es einen wieder. Dazu muss man manchmal gesondert reflektieren. Meine Checkliste hilft mir dabei.

Momentan geht es mir ok. Weder schlecht noch gut. Aber nicht besorgniserregend. Ich frage mich, ob sich das an Weinachten ändert, da sollen Depressive ja eine besonders schwere Zeit durchmachen. Ich behalte mich im Auge. Wo ich Weinachten verbringe weiß ich noch nicht. Wahrscheinlich alleine. Mein Vater lebt in London und meine Mutter feiert mit der Familie ihres Partners. Da ist kein Platz für mich. Ich bin darüber nicht enttäuscht, mir bedeutet Weihnachten nicht so viel. Und es macht mir nichts aus, allein zu sein. Das wäre auch schlimm, denn alleine bin ich ziemlich oft. Wenn ich es mir aussuchen könnte, hätte ich es natürlich lieber anders, aber ich habe keine Wahl. Mein Job ist vorbei, ich habe keinen Kollegenkreis mehr, diese regelmäßigen Kontakte fallen also weg. Und enge Freunde habe ich schon lange nicht mehr, weil mir die Arbeit immer wichtiger war als der Kontakt zu ihnen. Karriere, Karriere, Karriere. Und dann ganz lange nichts. Es gab nur ganz Wenige, die noch zu mir vorgedrungen sind. Die wohnen entweder nicht hier, oder haben sich mittlerweile auch verflüchtigt. Das habe ich nun davon.

Meiner Familie stehe ich nicht besonders nahe. Jedenfalls nicht so, dass ich mich nicht schämen müsste für das was ich durchmache. Offen über meine Krankheit zu reden wäre undenkbar. Und verstecken kann ich sie momentan leider nicht. Es ist unheimlich anstrengend, so zu tun als wäre mit einem alles in Ordnung, wenn man sich mit so einem Defekt rumplagen muss. Das war das erleichternde an der Tagesklinik, man wurde so genommen wie man ist und musste sich nicht verstellen. Die Kontakte zu den Leuten verlaufen mittlerweile aber leider auch im Sande. Deren Leben gehen weiter und sie vergessen, wie wichtig die Bindung zueinander ist. Sehr schade, aber man kann niemanden zu irgendetwas zwingen.

Um zu sehen, wer mir noch geblieben ist und auf wen ich zählen kann, gebe ich demnächst eine Party. Mal schauen wie das wird. Ich bin gespannt.

23. Dezember 2013

Heute Abend steigt die Feier. Ich muss zugeben, ich bin ein wenig aufgeregt. Ich wohne nicht mehr in meiner Geburtsstadt und habe kaum noch Kontakt zu den Leuten von früher. Die Kontakte die ich hier habe sind eher oberflächlich und die meisten von ihnen habe ich schon länger nicht gesehen. Sie sind lockere Bekannte, keiner von ihnen weiß über meinen Zustand Bescheid. Und ich möchte eigentlich, dass das auch erstmal so bleibt. Ein paar Leute aus der Tagesklinik habe ich auch eingeladen, aber noch keine Zusagen bekommen.

Ein Bekannter wird definitiv nicht kommen. Wir waren neulich verabredet – er hat die Tage durcheinander gebracht, ist aufgekreuzt und hat auf mich gewartet. Er hat sich tierisch aufgeregt, weil ich nicht da war und wollte mir seinen Fehler in die Schuhe schieben. Da habe ich einfach aufgelegt. Ich hatte die SMS noch, trotzdem hat er stur auf seiner Meinung beharrt. Braucht man solche Freunde? Ich glaube nicht. Dabei war er ein Kontakt, den ich noch bis zum Ende mehr oder weniger regelmäßig gepflegt habe. Und er war einer der wenigen die eingeweiht sind. Er wusste wie schlecht es mir geht und mich dann so zu behandeln geht gar nicht. Das muss ich mir nicht geben, das habe ich mittlerweile gelernt.

Ok, von 30 geladenen Gästen sind 16 gekommen. Die meisten kennen sich nicht, deshalb ist die Stimmung ein wenig angespannt. Sie stehen in kleinen Grüppchen oder einzeln umher und halten sich an ihren Getränken fest. Ich muss einen Bogen zwischen ihnen schlagen. Ein paar Pärchen sind dabei, die ignoriere ich momentan lieber.

Ich eröffne das Buffet und hoffe das Beste. Alle scheinen Hunger zu haben und hauen ordentlich rein. Ich habe vor Aufregung keinen Appetit. Entgegen meiner wieder gewonnenen Überzeugung auf Alkohol zu verzichten, habe ich schon zwei Bier gekippt und halte ein drittes in der

Hand. Ich merke die Wirkung. Allerdings ist sie anders als sonst. Normalerweise macht Alkohol mich müde, aber nicht heute. Heute fühle ich mich regelrecht aufgeputscht. Ich vermittle zwischen den Leuten und fühle mich fast manisch dabei. Ich springe von einem Grüppchen zum nächsten und versuche, Scherze zu machen, die das Eis zwischen den Leuten zum Schmelzen bringen sollen. Dabei vergreife ich mich vielleicht ein wenig im Ton. Ein ehemaliger Kollege nimmt mich zur Seite und fragt mich, was los ist. Er meint, ich käme aggressiv rüber. Das fällt mir selbst nicht auf. Ich habe gute Laune, endlich mal wieder. Ich verteidige mich und werde dabei etwas lauter. Unser Gespräch endet mit seinem letzten Wort: Wichser. Ich schmeiße meine Bierflasche nach ihm und treffe die Wand. Plötzlich ist es still im Raum. Sogar die Musik macht eine Pause. Alle schauen mich an. So als wäre ich vollkommen verrückt. Ich muss gar nichts sagen, sie treten von alleine den Rückzug an. Kommentarlos. Jetzt, wo sie sich auf meine Kosten vollgefuttert haben, gibt es für sie auch nichts mehr zu wollen.

Kurze Zeit später stehe ich mit meiner kaputten Bierflasche ganz alleine da. Ich habe es nicht böse gemeint, weiß selber nicht, was in mich gefahren ist. Ich glaube, ich kann momentan einfach keine Kritik vertragen. Der Sinn und Zweck der Party hat sich ins Gegenteil verkehrt. Wenn ich vorher nicht wusste, auf wen ich noch zählen kann, so weiß ich jetzt, dass da niemand ist. Ich wollte alte Kontakte wieder aufleben lassen, am Leben teilnehmen, etwas Sympathie und Liebe tanken. Das kann ich jetzt getrost vergessen.

****

Früher habe ich mich nie allein gefühlt. Ich war immer zufrieden so wie es war. Auch wenn ich allein war, so hat es mich doch nie gestört. Seit ich dieses Jahr 30 geworden bin ist das anders. Man beginnt, Bilanz zu ziehen und meine ist nicht sonderlich vorzeigbar. Ja, ich war erfolgreich in meinem Job, aber das ist vorbei. Ich habe keine Beziehung, keine Kinder, kein Haus. Und keine Freunde. Ok, ein bisschen Geld habe ich verdient, aber im Großen und Ganzen ist das ziemlich wenig wert.

Um mich von meinen Gedanken abzulenken und ein wenig runter zu kommen, gehe ich online und logge mich bei Facebook ein. Eigentlich bin ich über dieses Netzwerk zwiegespalten. Ich bin kein Freund der affigen Selbstinszenierung. Andererseits laufen die meisten meiner Kontakte außerhalb Berlins darüber. Von vielen habe ich nicht mal mehr die Telefonnummer, also habe ich keine Wahl.

Null Nachrichten. Ich bin dort nicht sehr aktiv, poste nur Sachen, die ich auch auf dem Marktplatz herausposaunen würde – also nichts Persönliches. Darauf bekomme ich kaum Reaktionen, wohl weil ich auch auf die Posts anderer nicht wirklich reagiere. Wer nichts gibt, bekommt nichts zurück, so läuft das nun mal. Wenig ist echt, wahre Sympathie und Empathie flachen extrem ab. Jeder will sich profilieren und von der besten Seite zeigen. Das ist ja auch nur menschlich. Aber einige bleiben dabei auf der Strecke. Ich zum Beispiel. Man kann mit der perfekten Selbstinszenierung viel Zeit verbringen und viel Energie verquasen. Ich entscheide mich dagegen. Und das habe ich nun davon. Isoliert im wahren Leben und im Netz. Doppelte Isolation ist wirklich etwas, das ich momentan nur schwer ertragen kann.

Ich überlege, Klara anzurufen. Sie hatte immer ein offenes Ohr für mich, hat mich immer verstanden. Doch was soll ich ihr sagen? Komm vorbei, ich fühl mich allein? Ich brauche dich? Nein. Solche Einblicke habe ich ihr nicht mal während unserer Beziehung gewährt. Ich habe vor ihr nie Schwäche zeigen können. Warum jetzt damit anfangen?

Es gibt absolut niemanden den ich anrufen kann. Ich gucke durch den Raum. Hier steht noch massig Essen herum, aber ich habe noch immer keinen Appetit. Ich lege mich ins Bett und starre an die Decke. Ich fühle mich schlapp, mein Körper schmerzt. Ich habe das Gefühl, langsam zu sterben. Qualvoll und allein. Das macht mir Angst. Ich brauche jemanden bei mir. Mir fällt ein Spruch ein: Du musst dir bewusst machen, dass es immer jemanden gibt der dir helfen kann, du musst nur überlegen, wer. Ich zerbreche mir den Kopf, aber mir fällt ums Verderben niemand ein. Also mache ich, was mir in solchen Situationen gut tut, ich gehe spazieren.

Ich werde das Gefühl nicht los, der Abschaum der Gesellschaft zu sein. Verstoßen von allen die ich kenne. Moment, es gibt vielleicht jemanden mit dem ich reden könnte. Keiner meiner sogenannten Freunde. Dennoch ist er ein Mensch, den ich schon länger kenne. Als ich ihn das erste Mal sah, hatte er eine Hand in einer Mülltonne. Mit der anderen stützte er sich auf einen Regenschirm, um nicht reinzufallen.

Er ist ein Obdachloser, doch er hat es geschafft, seinen Stolz zu bewahren. Er nimmt nie Almosen an. Er sieht sich als Jäger und Sammler, lebt von den Sachen, die er auf der Straße oder in Mülleimern findet. Milde Gaben lehnt er konsequent ab, das ist allgemein bekannt. Auf ihn komme ich, weil er mir soeben über den Weg läuft, als ich ziellos durch die Straßen streife.

Er sieht mich und schaut mir fest in die Augen. Der erste aufrichtige Blickkontakt seit langem. Ich weiß nicht was ich tun soll. Was sagt man zu einem Obdachlosen? Hallo, wie geht's? Wohl kaum. Ich bleibe stehen. Er auch. Am liebsten würde ich mit ihm in eine Kneipe gehen, ihm ein Bier ausgeben und all meinen seelischen Müll abladen. Auch wenn das unhöflich wäre. Aber ich weiß, dass er es nicht annehmen würde.

Er scheint zu merken, dass bei mir etwas nicht stimmt und bietet mir an, auf einer Parkbank Platz zu nehmen.

Es fühlt sich gut an, nicht mehr allein zu sein. Ich weiß nicht recht, wie ich das Gespräch beginnen soll. Auch er schweigt. Vielleicht sollte ich einfach auf den Punkt kommen, ohne Umschweife. Und das tue ich. „Morgen ist Weihnachten und ich habe niemanden."

Er schaut mich irritiert an. „Wie kommt das?"

„Ich habe alle vergrault." Meine nächsten Worte kommen mir nicht leicht über die Lippen. „Ich mache eine schwere Zeit durch. Und es gibt niemanden, der es mit mir durchsteht."

„Das ist traurig."

Wahnsinn, ich schaffe es, einen Obdachlosen, der schon alles gesehen, gehört und vor allem gefühlt haben muss, traurig zu machen.

„Möchtest du darüber reden?"

Ich möchte, nichts lieber als das. „Mein Leben liegt in Scherben. Ich habe keinen Job, meine Beziehung ist vorbei. Ich habe keine Freunde und keinen Kontakt zu meiner Familie."

„Warum nicht?"

„Weil es schwierig ist, immer schwierig war. Und weil ich mich schäme."

„Du kannst dir sicher vorstellen, dass auch ich einmal an solch einem Punkt war. Ich hatte eine Frau und drei Kinder. Sie wollte weiter arbeiten, also habe ich meinen Job aufgegeben und auf die Kleinen aufgepasst. Irgendwann wurde sie unglücklich und wollte die Scheidung. Sie behielt das Haus und das Sorgerecht. Ich bekam nichts. Weil ich zu stolz war um

Sozialhilfe zu beantragen und noch ein wenig Geld hatte, bin ich erstmal bei einem Freund untergekommen. Soweit war alles ok. Doch dann bekamen wir Streit und ich bin auf der Straße gelandet. Ohne Wohnung keinen Job, ohne Job keine Wohnung, hieß es dann. Aber ich mache das Beste daraus. Ich möchte niemandem auf der Tasche liegen. Ich komme auch so klar. Was ich damit sagen will ist: Lass dich nicht unterkriegen!"

„Ich weiß, so wie es ist bleibt es nicht, man muss nur durchhalten. Aber wie stellt man das an?"

„Die Vergangenheit existiert nur in unserer Imagination. Lerne aus ihr. Aber beiß dich nicht an ihr fest. Was zählt ist nur das hier und jetzt. Hier und jetzt gibt es niemanden, der etwas von dir verlangt, von dir enttäuscht ist oder dich verlässt. Lösch alles, fang von vorne an. Du hast es in der Hand."

„Aber wie schafft man es, mit dem Alleinsein klar zu kommen?"

„Das ist die schwierigste Aufgabe. Ich weiß nicht, ob man jemals damit klar kommt, aber man gewöhnt sich daran."

„Ich glaube nicht, dass ich das kann."

Wir schweigen. Schnee rieselt auf uns herab, doch keinem von uns macht es etwas aus. Dann habe ich eine Idee. „Kommen Sie mit zu mir. Ich habe eine große Wohnung, mit Gästezimmer! Seien Sie mein Gast."

„Das kann ich nicht. Ich würde dir zur Last fallen."

„Nein, auf keinen Fall. Ich würde mich wirklich freuen. Das ist der einzige Wunsch den ich zu Weihnachten habe. Schlagen Sie ihn nicht aus."

Nach einigem Überlegen schien der Mann seine Meinung zu ändern. „Ok, aber nur, wenn du mich duzt. Ich bin Peter."

„Abgemacht! Mark."

Ich freue mich. Ein Gefühl, dass ich fast nicht mehr erkannt hätte.

01. Januar 2014

Neues Jahr, neues Glück. Hoffentlich. Peter und ich haben zusammen Weihnachten und auch Silvester gefeiert. Es lief alles ganz harmonisch, fast besser als in den Jahren zuvor. Wir verstehen uns prima. Und ich bin mindestens genauso froh wie er, dass er hier ist. Auch wenn er nicht zugeben will, dass es auf der Straße mies war. Er ist zu stolz dafür, seinen eingeschlagenen Lebensweg anzuzweifeln. Was er allerdings zugibt ist, dass er mich um meine Jugend beneidet. Er meint, wenn man alt ist, schaut man auf sein Leben zurück. Wer jung ist, muss seinen Weg noch finden. Muss herausfinden, wer er ist und warum er hier ist. Diese Ungewissheit kann quälend sein. Doch man sollte sie genießen, denn sie ist sehr vergänglich. Nicht zu wissen wohin das Leben führt ist ein aufregender Luxus. Auch wenn es beängstigend sein kann. Dennoch, diese Zeit kommt nie wieder. Sie ist anstrengend, aber man sollte es positiv auslegen. Man sollte sich von seinen Träumen und Wünschen leiten lassen, solange es noch geht. Mach das was du liebst, auch wenn du keine Anerkennung dafür bekommst. Denn es macht dich glücklicher als alles Geld der Welt. Aber verlier die Realität nicht aus den Augen. Das ist seine Devise. Er schreibt. Das ist seine Leidenschaft. Auch wenn er dafür kein Geld bekommt und auch keine Anerkennung, da niemand seine Sachen liest. Er tut es einfach, weil er es liebt. Basta. Alles andere ist egal.

Diese Lebenseinstellung sollte ich mir wirklich hinter die Ohren schreiben. Mein Leben lang hab ich versucht es allen recht zu machen –

meinen Eltern, indem ich Veranstaltungskaufmann gelernt habe anstatt Kunst zu studieren. Und meiner Freundin aus dem gleichen Grund. Außerdem habe ich darauf verzichtet eine Weile im Ausland zu leben, ihretwegen. Ich liebe es zu zeichnen, schon immer. Ich zeichne Comics, habe etliche Ideen und schon einiges zu Papier gebracht. Das habe ich in den letzten vier Jahren extrem schleifen lassen, weil ich mit Klara eine stabile Grundlage für mögliche Familienplanung schaffen wollte, und das geht nur mit regelmäßigem Einkommen. Ich sei ja kein Teenager mehr, der seinen Träumen hinterherläuft, war ihre Meinung dazu. Und die meiner Eltern. Sie haben es geschafft, dass meine innere Stimme verstummt ist. Es wird Zeit, dass sie wieder zum Leben erweckt wird, findet Peter. Er wundert sich überhaupt nicht darüber, dass es mir so schlecht geht. Er sagt, wenn man den falschen Lebensweg einschlägt, das Leben falsch beginnt, humpelt man hindurch. Sobald man die richtige Abzweigung gefunden hat, läuft man energisch, euphorisch und sicher ins Ziel. Man soll auf diese leise, zaghafte Stimme ganz tief in einem drin hören, denn sie sagt einem was man braucht. Das werde ich versuchen.

Ich muss sagen, die paar Tage mit Peter haben mir mehr geholfen als alle Therapiesitzungen die ich bisher hatte. Ok, es lag auch daran, dass der Therapeut einen an der Klatsche hatte. Aber ich bin unheimlich froh, Peter und seine Lebensweisheit bei mir zu haben. Und ich glaube, er ist auch froh hier zu sein. Von mir aus kann er bleiben solange er will, das habe ich ihm heute gesagt. Ich denke, er wird die Gelegenheit nutzen, denn er ist schlau. Er will sich mit meiner Adresse bei der Agentur für Arbeit melden und Bezüge einfordern. Ich unterstütze ihn dabei. Ich will, dass er wieder auf die Beine kommt. Wenn es jemand verdient, dann er.

12. Januar 2014

Endlich habe ich eine Therapeutin gefunden. Es ist ein guter Tag. Ich hatte bisher erst ein Kennlerngespräch, aber es verlief sehr gut. Ich möchte weiterhin zu ihr gehen. Sie hört zu und trifft keine vorschnellen Urteile. Sie ändert nicht einfach meine Diagnose und scheint ein sonniges Gemüt zu haben. Sie ist ein angenehmer Mensch und ich halte sie für kompetent. Ich kann mir sehr gut vorstellen, mich ihr anzuvertrauen. Es wird auch langsam Zeit, dass die Therapie beginnt, denn ich hab ganz schön mit meinen Ängsten zu kämpfen. Dabei kann Peter mir, trotz all seiner Weisheit, nicht wirklich helfen. Jedes Mal wenn ich mich von zu Hause entferne meldet sich die Panik bei mir. Mir wird schwindelig, ich bekomme feuchte Hände, mir wird übel. In Situationen, auf die andere Leute sich freuen – wenn sie sich verabreden, ausgehen ins Kino oder Dinge der Art, habe ich mit diesen Attacken zu tun. Jedes Mal. Vielleicht liegt es daran, dass ich diese Unternehmungen alleine mache. Ich weiß es nicht. Ich habe Angst, mich in der Öffentlichkeit zu übergeben oder umzukippen. Dazu kommt die Angst, wieder psychotisch zu werden. Sie sitzt ganz tief in mir und ich kann nichts dagegen tun. Ich halte sie irgendwie aus, aber ohne sie würde mir vieles um einiges leichter fallen. Meine Hoffnung ist, sie mit Hilfe der Therapie loszuwerden.

Mit diesen Panikattacken schlage ich mich schon über drei Jahre herum. Im Grunde, seit ich meine Abschlussprüfung im Veranstaltungsmanagement absolviert habe. Einmal war ich damit bei meinem Hausarzt. Ich hatte vier Stunden lang Herzrasen und Kreislaufprobleme, mein Kiefer hat regelrecht geklappert. Ich dachte ich müsste sterben. Mein Arzt hat mich zuerst nicht ernst genommen, weil bei der Untersuchung körperlich alles ok war. Dann habe ich auf den Tisch gehauen und gesagt, dass aber etwas mit mir nicht stimmt und er mich ernst nehmen soll. Er sagte mir, dass es sich wohl um eine Panikattacke handle. Ich war erleichtert, weil ich nun endlich wusste was mit mir los war. Er gab mir ein Beruhigungsmittel, welches ziemlich schnell anschlug und einen Ratgeber zu dem Thema, den ich im Auto sofort verschlang.

Die Botschaft war, die Panikattacken auszuhalten. Sich den Situationen auszusetzen und durchzuhalten. Irgendwann geht die Panik weg, da der Körper nach einer Stunde nicht mehr genug Adrenalin aufbringen kann um der Angst weiter Zunder zu geben. Wenn man also lange genug wartet, hat man es überstanden. Dann speichern das Gehirn und der Körper das Gefühl der Entspannung, dass nun eintritt, für diese Situationen ab. Das machte ich mir zum Motto. Ich fuhr so oft wie möglich Straßenbahn – eine meiner Hauptängste. Mit 10 habe ich einen Unfall gesehen, bei dem meine Nachbarin auf die Gleise geriet und von der Bahn erfasst wurde. Seitdem macht mir das Bahnfahren Probleme. Aber das habe ich inzwischen ganz gut im Griff. Mit den anderen Ängsten aber habe ich noch sehr zu kämpfen. Besonders seit meine Beziehung in die Brüche ging. Als ich noch mit Klara zusammen war, hat mir diese Tatsache eine Grundsouveränität gegeben. Ich hab mich sicher und stark gefühlt. Auch wenn wir mal ein Tief hatten, wusste ich, dass sie trotzdem weiter an meiner Seite sein würde. Seitdem es vorbei ist haben die Ängste die Überhand. Beziehungsweise seitdem sich meine Depression breit gemacht hat. Die Panikattacken waren erste Anzeichen, sowie Schlaflosigkeit, andererseits ein unendliches Schlafbedürfnis, Schlaffheit, Überreiztheit, Lustlosigkeit, Konzentrationsschwäche. In den letzten Wochen vor meinem Zusammenbruch habe ich mich nur noch zur Arbeit geschleppt. Privat konnte ich für nichts mehr Energie aufbringen. Und ich habe kein Essen mehr vertragen. Alles ging sofort durch mich durch, ich hatte ständig Durchfall. Das lag vielleicht auch ein wenig an meinem ungeheuren Kaffeekonsum – das beste natürliche Aufputschmittel überhaupt. Ich mache immer noch davon Gebrauch. Nicht, dass die Tabletten nicht helfen, aber er bietet doch eine gute Unterstützung.

Ich mache mir viele Gedanken. Werde ich je wieder so sein wie früher? Unbeschwert, mit sonnigem Gemüt, positiv denkend. Humorvoll. Ich weiß es nicht. Im Moment kann ich es mir nicht vorstellen. Ich habe mich in ein Abziehbild von mir selbst verwandelt, welches ich nicht wiedererkenne.

Das macht mir ein wenig Angst. Ich habe keine Ahnung, wie ich wieder der Mensch werden kann der ich früher war. Bevor die Ängste und die Depression mich gefangen genommen haben. Ich weiß nur, dass ich ab jetzt immer damit zu tun haben werde. Wenn man Depressionen hat, ist das so wie mit dem Alkoholismus, man muss immer aufpassen, dass man keinen Rückfall bekommt und man wird die Krankheit nie los. Meine Ärztin in der Tagesklinik meinte zwar, dass es bei mir sehr gut sein kann, dass ich jetzt diese Phase durchmache und dann nie wieder so etwas bekomme. Das möchte ich sehr gerne glauben. Sie meint, ich müsse es gut ausheilen lassen und dann bin ich langfristig wieder fit. Eine Garantie konnte sie mir dafür natürlich nicht geben. Und ich möchte mich darauf auch nicht verlassen. Wenn ich so lebe, als hätte ich nichts, wird mich der nächste Rückfall sicherlich schneller einholen als ich Rückfall sagen kann.

19. Januar 2014

Heute habe ich den ersten richtigen Termin bei meiner neuen Therapeutin. Ich bin ein wenig aufgeregt, weil ich nicht genau weiß was mich erwartet. Aber sie bekommt von mir einen Vertrauensvorschuss – ich habe nicht die Befürchtung, dass es so wird wie bei dem Durchgeknallten.

Sie bittet mich in ihr Behandlungszimmer und macht mit mir zuerst eine Entspannungsübung. Wir atmen ein und aus und strecken uns dabei. Das tut gut. Dann fragt sie mich wie es mir geht. Das ist eine gute Frage. Ich sage, es geht mir ok, mit der Tendenz zu schlecht. Sie möchte wissen, seit wann es mir schlecht geht. Ich erzähle ihr von Problemen, die ich in meinem Job hatte, dem Ende meiner Beziehung, dem Tod meines Freundes, Problemen mit meinen Eltern und komme darauf, dass ich mich schon ziemlich lange auf dem absteigenden Ast befinde. Der Zeitraum sei normal, meint sie, bergab ginge es langsam, gegenteilig der allgemeinen Meinung. Mich erschreckt es ein wenig. Ich war mir die meiste Zeit über dessen gar nicht bewusst. Nur rückblickend wird es mir klar. Es ist schon seltsam wie lange man sich mit einer Depression noch durchs Leben schleppen kann. Bis es dann irgendwann zum großen Zusammenbruch kommt.

Bei der Aufnahmeuntersuchung in der Charité fragte mich der Arzt, ob ich jemanden anrufen möchte. Ich verneinte. Es gab einfach niemanden, das wurde mir sehr schmerzlich bewusst. Ich fing an zu weinen und konnte mich nicht mehr beruhigen. All die aufgestauten Tränen der letzten Jahre flossen nur so aus mir heraus. Es wurde entschieden, dass ich da bleiben sollte. Vorerst. Weitere Untersuchungen folgten nicht. Ich denke, sie wussten schon was mit mir los war, auch wenn ich noch keine Ahnung hatte. Ich war einfach froh dort zu sein, in einem Zimmer mit anderen Menschen, nicht allein zu Hause. Nach zahlreichen schlaflosen Nächten kam ich dort endlich zur Ruhe.

Am nächsten Morgen wurde ich nicht weiter beachtet. Ich lag im Bett und starrte an die Decke. Am Nachmittag kam eine sehr entnervte Ärztin an mein Bett. Sie sagte mir, es gäbe für mich keine Akte und wollte wissen, was ich dort eigentlich mache. Ich war völlig baff und wusste keine bessere Antwort als zu sagen, dass ich mich ausruhe. Sie meinte, das könne ich auch zu Hause, in einem Tonfall der mich so erschütterte, dass ich wieder zu weinen anfing nachdem sie aus dem Zimmer marschiert war.

Am nächsten Tag wurde ich entlassen, mit dem Hinweis, mir psychologische Hilfe zu suchen. Einen Tag später kam ich per Noteinweisung in eine psychiatrische Klinik. Meine Therapeutin beruhigt mich mit der Aussage, dass es vielen Menschen so gehe.

28. Januar 2014

Wenn ich an meine Zukunft denke, wird mir ganz anders. Ich weiß nicht, ob ich meinen Beruf weiter ausüben kann. Der Stresslevel ist extrem hoch, das ist in meinem Fall nicht sehr ratsam. Etwas anderes gibt mein Lebenslauf aber nicht her. Während meines letzten Besuchs bei der Sozialarbeiterin der Tagesklinik riet diese mir davon ab, mir derartige Gedanken zu machen. Erst einmal solle ich in eine Reha gehen. Die wurde auch prompt beantragt. Es kann ein paar Monate dauern bis der Antrag durch ist, also übe ich mich in Geduld. Und versuche, einfach nicht mehr nachzudenken. Das ist wohl meine schwerste Aufgabe überhaupt. Tagsüber gelingt es mir inzwischen ganz gut. Doch sobald ich abends im Bett liege geht es wieder los. Ich kann einfach nicht abschalten. Und das, obwohl ich momentan nicht mal arbeite oder irgendwelchen Stress habe. Außerdem, den ich mir selbst mache. Ich liege wach und denke nach. Über mich, mein Leben, meine vertanen Chancen mit Klara. Das kostet mich enorm viel Energie. Ich weiß nicht wie lange es her ist, dass ich das letzte Mal erholsamen Schlaf erleben durfte. Es fühlt sich wie Ewigkeiten an.

Ich hatte mal einen Kabelbrand in meiner alten Wohnung, bin im rauchdurchzogenen Zimmer wach geworden. Seitdem habe ich einen leichten Schlaf. Das ist jetzt sieben Jahre her. Aber es wirkt immer noch nach. Ich würde so gerne mal einfach einschlafen und durchschlafen. Aber das ist mir leider nicht vergönnt. Während meiner Zeit in der Tagesklinik habe ich Schlafmittel bekommen. Da das aber keine Dauerlösung sein kann, weil diese Mittel abhängig machen, ist das leider wieder vorbei. Ich versuche es mit allem Möglichen. Warme Milch mit Honig, Baldrian, Entspannungstee – hilft nicht. Was mir einigermaßen hilft ist progressive Muskelentspannung, direkt vor dem Schlafengehen. Leider klappt das nicht immer, aber doch ab und zu; und natürlich nur, wenn ich mich dazu durchringen kann. Dass Peter auf dem Sofa schläft ist auch keine Hilfe, denn er schläft wie ein Stein. Das hat er sich in den Jahren auf der Straße antrainiert. Er wird durch nichts geweckt, was nicht nützlich ist falls in der Wohnung irgendetwas los sein sollte. Darauf kann ich mich nicht verlassen, also schlafe ich, wenn ich denn einschlafe, im Standby-Modus. Das ist auf die Dauer recht anstrengend und ich bin die meisten Tage über dauermüde. Aber auch das ist im Grunde Gewöhnungssache. Kaffee hilft.

Das Zusammenleben mit Peter klappt ganz großartig. Ich bin immer noch heilfroh, dass er hier ist und ich nicht alleine sein muss. Er ist ein angenehmer und sehr dankbarer Mensch. Und er kann kochen. Dabei ist er voll in seinem Element, blüht richtig auf. Es ist schön das zu sehen. Ich kann mir sehr gut vorstellen wie er damals als Familienvater gewesen sein muss. Der Versorger und Umsorger schlechthin. Er muss seine Kinder wahnsinnig vermissen. Sie sind mittlerweile erwachsen, ein wenig jünger als ich. Aber er redet selten darüber. Und ich frage nicht nach. Ich möchte keine alten Wunden bei ihm aufreißen.

08. Februar 2014

Ich denke momentan viel an Klara. Die Zeit nach der Trennung, in der ich wochenlang unter Schock stand, weil ich es nicht begreifen konnte. Der Gedanke an andere Frauen konnte und kann mich immer noch nicht trösten. Für mich war sie die Eine. Ich weiß bis heute nicht, warum genau sie Schluss gemacht hat. Was ich mir so zusammen denke muss gar nicht stimmen. Aber ich denke, sie wollte sich einer Last entledigen. Sie wusste noch nichts von meiner Depression, zumindest nicht offiziell. Aber wahrscheinlich hat sie etwas geahnt. Geahnt, dass sich da was anbahnt – Frauen haben ja oft so ein Gespür – und den leichten Weg raus genommen. Wir hatten in unserer Beziehung nie große Hürden zu überwinden. Das war wohl unser Härtetest. Und wir sind kläglich daran gescheitert. Liebe hat offenbar auch immer ein Verfallsdatum. Unsere zumindest.

Ich fühle mich unendlich einsam. Auch wenn Peter hier ist. Es ist eine Einsamkeit, die nur eine Frau beenden kann. Ich wäre so gern jemandem wirklich wichtig, der wichtigste Mensch auf der Welt. Und hätte gern jemanden der mir wichtig ist. Eine Seelenverwandte. Aber ich habe keine Kraft für die Suche. Ich möchte eigentlich auch niemand neuen kennen lernen. Ich möchte, dass es wieder so ist wie vor der Trennung. Einfach heile Welt, wie gehabt. Ich kann nicht damit umgehen, dass ich ihr nichts mehr bedeute.

Es würde mir weitaus besser gehen, wenn ich wüsste, dass sie auch leidet. Vielleicht an ihrer Entscheidung zweifelt. Aber ich weiß nichts über ihr Leben. Sie hat unsere Beziehung anscheinend einfach hinter sich gelassen und mich gelöscht. Das tut weh. Fast noch mehr als die Trennung an sich. Kann sein, dass sie längst einen neuen Freund hat. Kann alles sein.

12. Februar 2014

Peter und ich haben uns vorhin über das Leben unterhalten. Ich finde, dass es hundsgemein ist und unheimlich weh tut. Ich habe regelrecht Angst davor, was das Leben noch für mich bereithält. Andere Leute mögen gespannt sein und voller Vorfreude darauf warten. Ich vermute nur noch Schlechtes, Schmerzhaftes. Einerseits macht mir das Sorgen, andererseits ist es für mich absolut schlüssig. Er meint, das Leben ist gar nicht so übel. Ziemlich positiv gedacht von einem Obdachlosen. Er glaubt an Phasen. Es läuft nicht immer gut, das ist aber nur so, damit man die schönen Zeiten auch zu schätzen weiß. Seine Theorie ist, wenn man Gutes tut, verschwört sich das Universum dafür, dass Einem Gutes widerfährt. Daran glaubt er felsenfest.

Ich weiß nicht woran ich glaube. Momentan irgendwie an gar nichts. Besonders nicht an mich selbst. Dass sich das irgendwann wieder ändern muss ist mir sehr bewusst. Aber wie ich das anstellen soll weiß ich nicht. Ich denke es ist wie mit allem anderen auch, entweder es kommt, oder eben nicht. Das kann man nichts erzwingen. Ich konzentriere mich darauf, den Kopf über Wasser zu halten – für mehr kann ich nicht garantieren.

14. Februar 2014

Ich habe beschlossen, dass ich unbedingt mal raus muss und einen Flug nach Barcelona gebucht. Der geht heute Nachmittag. Ich bin aufgeregt, weil ich länger nicht mehr dort war. Aber ich freue mich riesig, denn ich hatte da immer eine gute Zeit. Auch wenn ich dort niemanden mehr kenne. Aber ich werde in einer Jugendherberge übernachten und da lernt man immer coole Leute kennen.

Peter wird auf meine Wohnung aufpassen. Ich habe kein Problem damit, dass er hier alleine ist. Ich vertraue ihm voll und ganz. Er hat sich hier auch schon sehr gut eingelebt. Wir waren zusammen einkaufen, von seiner Stütze, und haben ihm ein paar Klamotten besorgt. Er sieht jetzt richtig passabel aus. Wenn er sich weiter so hält, findet er bald einen Job, eine Wohnung und vielleicht sogar eine Frau. Zumindest das mit der Wohnung geht er schon an. Für sein Ego hoffe ich, dass er bald etwas Passendes findet, obwohl ich ihn sehr vermissen werde. Ich hab mich so an ihn gewöhnt, er ist für mich fast wie ein Vater. Der Vater, den ich nie hatte.

Meine Eltern sind schon seit ich denken kann getrennt. Nach dem Eheaus zog mein Vater zurück in seine Heimatstadt, London. Der Kontakt zu ihm ist beinahe vollends abgebrochen. Es gab nicht mal die obligatorischen Karten an Weihnachten oder an Geburtstagen. Alles, wozu er sich durchringen konnte, war ein gelegentlicher Anruf, vielleicht einmal im Jahr. Gesehen haben wir uns nie. Als ich 19 war wollte ich ihn besuchen. Er hat zugestimmt. Das Treffen war sehr emotionslos. Er schien nervös zu sein, aber das Wiedersehen war weder herzlich noch tränenreich. Es war eher unterkühlt. Ich habe kaum Erinnerungen an ihn und er schien mich auch nicht wirklich wiederzuerkennen. Er ist für mich im Grunde ein fremder Mann. Dass wir verwandt sind, davon war nichts zu spüren. Und das hat sich bis heute nicht geändert. Wir haben uns seit dem vielleicht vier Mal gesehen, mehr oder weniger zufällig, wenn er mal in der Stadt war. Aber an der Unterkühltheit hat sich nichts geändert. Das letzte Treffen ist mittlerweile auch schon fünf Jahre her. Die Anrufe sind seit dem ausgeblieben. Nicht, dass etwas passiert wäre. Er will nur einfach kein Vater sein. Andere Kinder hat er nie bekommen. Zum Glück, kann man nur sagen. Ich weiß nicht, wie ich als Vater wäre, aber ich hoffe sehr, dass ich nicht nach ihm komme. Ich *möchte* Kinder und würde mich um sie kümmern. Ich würde sie niemals so im Stich lassen. Da bin ich mir sicher. Ob sich das jemals für mich erfüllt ist eine andere Frage.

Mit Klara hätte ich gerne Kinder gehabt, ich denke ich war bereit. Auch wenn ich am Ende eine schwere Zeit hatte. Ich hätte sie überwunden, mit ihrer Hilfe, und dann hätten wir loslegen können. Etwas Schöneres konnte ich mir nicht vorstellen. Jetzt, da mein Leben in Scherben vor mir liegt, ist das Schönste was ich mir vorstellen kann, einen heilen Kopf zu haben. Einen klaren, gesunden, nicht depressiven Kopf. Ich weiß nicht, ob ich je wieder so werde wie ich war. Ich weiß auch nicht, ob das überhaupt erstrebenswert ist. Ich arbeite an mir und meiner Gesundheit, versuche, mir Gutes zu tun. Mache Entspannungsübungen, lange Spaziergänge. Schaue mir die Natur an, höre den Vögeln zu. Trotzdem bin ich noch nicht wieder ich. Ich komme mir vor wie eine billige Kopie. Manchmal sehe ich mein Leben aus einer anderen Perspektive – der Außensicht – und das was ich sehe finde ich wenig überzeugend. Ich hätte gerne etwas vorzuweisen. Aber da ist nur gähnende Leere. Schwere, erdrückende, inhaltlose Leere. Und Einsamkeit. Im Moment könnte ich nicht mal sagen was mich ausmacht, oder ausgemacht hat. Ich könnte mir selbst nicht fremder sein. Leider kann ich auch niemanden fragen, denn ich habe in den letzten Jahren kaum jemanden an mich heran gelassen. Außer Klara. Und selbst sie war viel zu oft außen vor. Vielleicht habe ich Intimitätsprobleme. Vielleicht bin ich auch einfach jemand der für sich sein muss. Allein mit meinen Sorgen. Zu stolz um zu jammern. Ich weiß es nicht. Ich weiß im Moment gar nichts. Nur, dass ich mich selbst gerne los wäre. Ich würde meine Haut gern wie einen Mantel ablegen und in eine andere schlüpfen. Der Gedanke ist unheimlich befreiend. Aber da das leider nicht geht, versuche ich, mich irgendwie bei der Stange zu halten. Meine Barcelona Reise hilft mir vielleicht dabei.

19. Februar 2014

Es geht mir nicht gut. Und das, obwohl ich in meiner absoluten Lieblingsstadt bin. Vor drei Tagen ist etwas komplett Unerwartetes passiert. Ich habe in der Jugendherberge eine Frau kennen gelernt. Es war Sympathie auf den ersten Blick und zumindest von meiner Seite her auch Verknalltheit. In ihrer Gegenwart hab ich weiche Knie bekommen, Schmetterlinge im Bauch – das volle Programm. Sie kommt auch aus Berlin. Wir haben uns blendend verstanden. Bis eine Truppe Norwegern aufgetaucht ist. Alle sehr gutaussehend. Mit einem hat sie ganz heftig geflirtet, so dass mir die Galle hochgekommen ist. Mit mir hat sie sich trotzdem noch abgegeben, was mich fast ein bisschen gewundert hat. Wir haben viel geredet, Ausflüge gemacht, uns geküsst, gegenseitig massiert. Es gab sehr intime Momente, deswegen war der Norweger für mich ein großes Problem. Sie ist sieben Jahre jünger als ich, er ist in ihrem Alter, das kam noch dazu. Ich denke ständig, dass die beiden viel besser zusammenpassen würden. Der Gedanke quält mich wahnsinnig. Und sie gibt dem Feuer immer wieder Zunder. Schäkert und zwinkert. Leider reisen die Norweger auch nicht ab. Ich weiß, dass sie mich mag. Aber warum tut sie mir das an? Sie muss doch merken, dass sie mir damit weh tut. Ich verkrafte diese Spielchen nur sehr schlecht. Letzte Nacht habe ich kein Auge zugemacht. Ich kann nicht aufhören darüber nachzudenken. Besonders, weil einer der Norweger in meinem Zimmer schläft. Vorhin hat er sich mit unserem Zimmergenossen darüber unterhalten, dass er sie in Berlin besuchen will. Da ist mir beinahe schwarz vor Augen geworden. Ich hab gar keine Freude mehr an meinem Aufenthalt hier. Das Gedankenkarussell hält mich vollends auf Trapp und von Spaß ab.

20. Februar 2014

Ich habe schon wieder nicht geschlafen. Ich fühle mich wie ein Zombie. Meine Depression blüht voll auf. Ich hab keinen Appetit, interessiere mich für nichts, liege nur im Bett und halte die Augen geschlossen. Regungslos verbringe ich so den Tag, bis der Abend kommt. Ich will nicht mehr. Kann nicht mehr. Schaffe es nicht, mich zu irgendwas aufzuraffen.

Mein Zimmer ist leer, die anderen sind ausgeflogen, haben Spaß. Ich vegetiere hier vor mich hin. Plötzlich packt es mich. Ich stehe auf und gehe in die Küche. Hier ist niemand, das Haus ist leer. Mir kommt der absurde Gedanke, dass ich hier als Geisel gehalten werde und alle anderen schon in Sicherheit sind. Um mich zu retten, muss ich es schaffen, irgendwie aus dem Haus zu kommen. Aber ich traue mich nicht, weil ich nicht weiß, was mich draußen erwartet. Mein Herz rast, ich bekomme schlecht Luft. Ich koche mir einen Tee. Ein paar Leute trudeln ein, ich beruhige mich wieder. Alles ist normal. Ich setze mich zu den anderen in die Küche und lausche ihrem Gespräch. Dann gehe ich nach oben ins Bett. Schlafen kann ich wieder nicht. Stattdessen verbringe ich die Nacht damit, gegen meine Angst anzukämpfen. Ich fantasiere, dass sich im Hostel ein Geisteskranker aufhält, der uns alle abknallen will. Darüber mache ich kein Auge zu. Ich bin auf der Hut und das kostet mich all meine Energie.

Die Angst ist am nächsten Morgen immer noch da. Ich bin extrem irritiert wenn Leute mit mir reden. Das Gesagte gerät bei mir in völlig falsche Trichter und löst Gedankenketten aus. Ich werde psychotisch. Ich muss nach Hause.

21. Februar 2014

In einer Stunde geht mein Flug. Letzte Nacht habe ich wieder nicht geschlafen – drei Nächte in Folge. Ich brauche Hilfe. Auf dem Flughafen verwirren mich die vielen Menschen. Ich bin völlig orientierungslos. Mit Ach und Krach finde ich meinen Terminal. Ich bräuchte dringend etwas zur Beruhigung, aber ich habe nichts dabei. Auch zu Hause hätte ich nichts. Ich nehme erneut eine Dosis Antidepressiva, in der Hoffnung, dass sie irgendwas ausrichten. Aber ohne Erfolg.

Der Flug ist der wahre Horror. Wenn mich jemand anspricht, bekomme ich es mit der Angst zu tun. Wenn mich jemand anschaut, denke ich er will mir etwas Böses. Wenn ich die Augen schließe, sehe ich verstrickte Muster. Es ist nicht auszuhalten. Ich will einfach nur schlafen, aber der Geräuschpegel um mich herum lässt das nicht zu.

Nach endlosen Stunden landen wir. Ich nehme mein Gepäck vom Fließband, wie ein Roboter, der dringend Strom braucht, und begebe mich zu einem Sicherheitsbeamten, den ich bitte, mir einen Krankenwagen zu rufen. Er sieht wie verwirrt ich bin und stellt keine weiteren Fragen.

Ich weiß nicht, wie ich sonst nach Hause kommen soll. Geschweige denn, was ich dort mit mir anfangen kann. Ich bin völlig neben der Spur.

Im Krankenhaus berichte ich von meinem Liebeskummer und fange an zu weinen. Ich bekomme etwas zur Beruhigung. Endlich kann ich schlafen.

24. Februar 2014

Seit drei Tagen bin ich in der Psychiatrie, wieder einmal. Es kommt mir vor wie eine Ewigkeit. Dieses Mal halte ich es nicht besonders gut aus, mir wird schnell alles zu viel: die Leute, das Pflegepersonal, die Atmosphäre. Ich gehe viel spazieren, um dem zu entfliehen. Und ich höre viel Musik um meine Gedanken auszublenden. Es hilft ein wenig.

Die Mitpatienten sind wie ausgeknipst. Ich kann mit ihnen nichts anfangen. Sie hängen vor dem Fernseher rum und lassen sich berieseln. Sie reden kaum miteinander. Beim Essen stopfen sie sich voll und sabbern dabei. Ich hab keinen sonderlichen Appetit. Sie sind alle deutlich geschädigt, man sieht ihnen ihre Krankheit an. Mindestens ein Drittel von ihnen hat einen Selbstmordversuch hinter sich. Das haben sie mir nicht erzählt, ist auch gar nicht nötig. Sie haben fiese Narben, die daran erinnern. Eine von ihnen trägt ihre Narbe wie eine Trophäe. Obwohl es kalt ist hat sie immer ihre Ärmel hochgekrempelt und ihr Handgelenk nach oben gedreht. Sie scheint stolz darauf zu sein, fühlt sich vielleicht tapfer. Es ist ziemlich krank.

Meine Medikation wurde an meinen Rückfall angepasst. Ich bekomme jetzt morgens Antidepressiva und abends wieder Zyprexa. Das ist ok so, ich wehre mich nicht dagegen, weil ich merke, dass es hilft. Angeblich soll man davon mehr oder weniger stark zunehmen. Ich hoffe mal, dass mir das nicht passiert. Der Arzt meint, die Tabletten haben keine Kalorien, es liegt an einem selbst, ob sich das Gewicht verändert. Aber den Appetit sollen diese Pillen auf jeden Fall steigern. Und den Stoffwechsel verlangsamen Für den Moment ist es ok, ich hab ziemlich abgenommen. Ein paar Kilo mehr können mir nicht schaden. Aber ich werde aufpassen, dass es nicht ausartet. Immerhin mache ich ja Sport. Mein Schwimmpensum kann ich hier nicht reißen, aber ich habe an den Wochenenden Ausgang, der nennt sich Alltagserprobung, da werde ich nach Hause fahren und schwimmen gehen. Etwas Normalität wird mir gut tun. Vorausgesetzt ich kann mich aufraffen und traue mich wieder in die Welt heraus.

01. März 2014

Ich habe mich getraut. Ich bin wieder zu Hause. Gestern habe ich mich, gegen ärztlichen Rat, selbst entlassen. Ich hab es einfach nicht mehr ausgehalten. Aber es geht mir wieder gut. So gut es mir eben gehen kann. Ich treffe mich heute mit Marie, die Frau, die ich in Barcelona kennen gelernt habe. Wir halten noch Kontakt und das freut mich sehr. Sie ist der einzige Lichtblick in meiner trüben Gedankenwelt. Sie hat vorgeschlagen, spazieren zu gehen. Das fand ich eine großartige Idee. Ich finde, beim Spazierengehen kann man sich am besten unterhalten. Das Laufen entspannt. Und man muss nicht die ganze Zeit Blickkontakt halten.

Wir treffen uns am Halensee in Grunewald, meinem Lieblingssee. Als sie auf mich zukommt kribbelt es überall. Wir umarmen uns und ich fühle mich zu Hause. Angekommen. Ihr Gesicht ist mir so vertraut. Die Wärme die sie ausstrahlt geht mir durch und durch. Ich habe weiche Knie, kann in ihrer Gegenwart nicht richtig denken. Zum Glück redet sie. Ich höre ihr unheimlich gerne zu. Sie hat eine wundervolle Stimme. Und sie ist schlau. Das was sie sagt hat Hand und Fuß. Sie fragt mich ab und zu etwas. Ich fasse mich aber kurz, damit ich ihr wieder zuhören kann. Klara habe ich in ihrer Gegenwart völlig vergessen.

Es wird langsam dunkel, die Situation ist ziemlich romantisch. Aber ich traue mich nicht den ersten Schritt zu machen. Ich bin sehr schüchtern wenn ich eine Frau mag. Und bei ihr habe ich schon weit mehr Gefühle als gut sind. Ich würde gerne ihre Hand nehmen, ihr die Haarsträhne, die sie ständig an der Nase kitzelt, aus dem Gesicht streichen und sie sanft küssen. Aber ich weiß nicht, wie sie darauf reagieren würde. Was, wenn sie zurückschreckt?

Ich habe enorme Angst vor Zurückweisung, deshalb lasse ich es sein. Wir gehen noch zusammen zur Haltestelle, dann verabschieden wir uns.

Mit einem Küsschen auf die Wange, immerhin. Es geht von ihr aus und ich bin sehr froh darüber. Sie scheint mich zumindest auch zu mögen. Ob bei ihr mehr im Spiel ist kann ich nicht deuten. Sie hat mir keine klaren Signale gegeben. Wir haben uns einfach gut verstanden und nett unterhalten, das ist alles. Aber wir wollen uns wiedersehen. Das stimmt mich positiv. Der Norweger ist vergessen.

****

Ich habe wieder eine bessere Meinung von der Liebe. Sie ist für mich nicht mehr das alles verschlingende Monster, das einem das Herz rausreißt wenn es am stärksten pocht. Nicht länger der Sündenbock für mein mieses Befinden. Ich kann mit der Liebe wieder etwas anfangen. Sie macht mir noch immer Angst, aber ich denke, ich kann damit umgehen. Zumindest besser als noch vor ein paar Wochen. Was ich definitiv weiß ist, dass es sich lohnt Gefühle zu investieren. Es ist das Schönste auf der Welt jemanden lieb zu haben. Das Geliebtwerden ist noch nicht mal das wichtigste. Wenn jemand Gefühle in einem weckt fühlt man sich gut. Lebendig. Unbesiegbar. Wenn man enttäuscht wird tut das natürlich unendlich weh. Aber auch das geht irgendwann vorbei. Das habe ich inzwischen gelernt. Man muss nur die erste Zeit überstehen. Die ersten Tage, Wochen, Monate. Dann fängt man sich wieder. Es kommt natürlich darauf an wie die Trennung verläuft, ob jemand nett mit einem Schluss macht, oder ob man an jemand herzlosen gerät. Aber egal wie es läuft, irgendwann ist man geheilt und es geht wieder von vorne los. Ich will es. Ich will mich nach jemandem verzehren. Will jemanden vermissen, wenn sie nicht in meiner Nähe ist. Will Zweisamkeit, Zärtlichkeit, Sex. Ich will selbst das Negative: Eifersucht, Meinungsverschiedenheiten, Unsicherheit. Das alles nähme ich in Kauf. Ich will Marie, egal wie hoch der Preis ist.

07. März 2014

Meine Therapeutin freut es, dass ich dabei bin mich zu verlieben. Aber sie rät mir zur Vorsicht. Keine Ahnung, wie ich das anstellen soll. Vorsichtig sein ist bei sowas schwierig. Aber ich versuche, ihren Rat zu beherzigen. Marie ist aber nicht das Thema unserer heutigen Sitzung, sondern das Verhältnis zu meiner Mutter. Es ist problembelastet. Seit ich denken kann. Meine Mutter ist ein schwieriger Mensch, dem man es nur schwer recht machen kann. Sie ist Perfektionistin und Cholerikerin. Läuft etwas anders als sie es sich vorstellt, oder macht man gar mal einen Fehler, flippt sie aus. Sie wirft Dinge durch die Gegend, schreit rum. Macht ihrem Ärger Luft, so wie es gerade geht. Dabei nimmt sie auf die Gefühle anderer keine Rücksicht. Manchmal entschuldigt sie sich hinterher. Das war früher nicht so, sie scheint dazuzulernen. Aber meistens lässt sie ihre Anfälle unkommentiert stehen. Geschlagen hat sie mich allerdings nie. Das muss man ihr, angesichts ihrer Unbeherrschtheit, hoch anrechnen. Aber das ist auch das einzig Positive was es zu vermelden gibt. Wir stehen uns nicht besonders nahe. Eine Zeitlang haben wir uns ganz gut verstanden, als ich noch mit Klara zusammen war. Die beiden mochten sich, auch wenn sie nur sehr wenig gemeinsam hatten. Warum auch immer. Vielleicht liebt meine Mutter mich tief in ihrem Inneren, ohne dass sie es jemals zeigt oder sagt, und will das Beste für mich. Mit Klara war ich glücklich, das hat sie sicherlich gemerkt. Obwohl sie nicht viel merkt. Sie ist kein sehr feinfühliger Mensch. Hat mir noch nie gesagt, dass sie mich lieb hat oder stolz auf mich ist. Im Gegenteil, es gibt eine Reihe negativer Sachen, die sie mir schon an den Kopf geknallt hat, die gegen ihre Liebe sprechen. Ich habe aber auch von Anfang an schlechte Karten gehabt. Ich erinnere sie dem Aussehen nach sehr an meinen Vater, das macht es uns schwer miteinander auszukommen. Wie es mein neuer Stiefvater mit ihr aushält ist mir ein großes Rätsel. Ich jedenfalls beschränke den Kontakt auf ein paar Anrufe im Jahr und eine Handvoll Treffen. Was meine Therapeutin und ich herausgefunden haben ist, dass meine Mutter mich sehr irritiert wenn es mir schlecht geht. Sprich, weiß ich nicht genau wie es mir geht, brauche ich nur mit meiner Mutter telefonieren. Irritiert sie mich, geht es mir schlecht. Finde ich sie nur seltsam, ist alles ok. Erschreckend, aber wahr. Mir ist noch etwas anderes aufgefallen: Wenn ich weiß, wer ich bin und was mich ausmacht, ich mir Gutes tue, mir Singen und Tanzen Spaß machen und ich gut schlafe, geht es mir gut. Wenn ich an meinem Urteil zweifle, ich mich nicht konzentrieren kann, ich Wortfindungsstörungen habe, mir die Schuld für alles was schief läuft gebe und ich mir den Kopf über anderer Leute Gedanken zerbreche, geht es mir schlecht. Wenn ich mich nicht mehr verteidige, ich keine Zukunft mehr sehe, das Gefühl habe, ins Bodenlose zu fallen und keinen Appetit mehr habe, geht es mir sehr schlecht. Im Moment geht es mir gut. Allein schon wegen Marie. Jemanden wie sie in meinem Leben zu haben ist eine unglaubliche Bereicherung. Sie ist perfekt. Alles an ihr. Das Aussehen, der Charakter, der Geist, die Seele. Sie hat Humor und liebt Musik. Etwas Besseres als sie kennen zu lernen konnte mir gar nicht passieren. Meine Mutter würde Marie mit Sicherheit auch mögen. Obwohl ich nicht weiß, ob sie jemals die Gelegenheit bekommen wird, sich eine Meinung von ihr zu bilden. Ich habe meine Mutter seit ich das erste Mal im Krankenhaus war nicht mehr gesehen. Ihr fehlt das Verständnis für meine Krankheit. Sie ist nicht messbar und damit für sie nicht greifbar. Sie kann sich nichts darunter vorstellen und ich habe mir auch nicht gerade ein Bein ausgerissen beim Versuch es ihr zu erklären. Aber das ist schon ok so, ich brauche sie nicht. Sie hat noch nie einen sehr bedeutsamen Platz in meinem Leben eingenommen und ich erwarte nicht, dass meine Erlebnisse etwas daran ändern.

10. März 2014

Ich komme gerade von meiner Verabredung mit Marie. Ich weiß nicht, was ich denken soll. Wir waren in der Volxküche, dort wird vegan gekocht, von Leuten für Leute, größtenteils Studenten und Menschen mit geringem Einkommen. Man kann dort ziemlich günstig lecker essen. Sie ist öfter da und kocht auch mit, für mich war es das erste Mal. Wir haben uns herzlich begrüßt, sie hat sich eindeutig gefreut mich zu sehen. Dann haben wir mit ein paar anderen Leuten, Freunden von ihr, gegessen. Es wurde kaum geredet. Nur einer der anderen, ein Physiker, hat ein paar langweilige Sachen aus seinem Studium erzählt, die keiner wirklich verstanden hat. Es hat geschmeckt, aber die Atmosphäre war ein wenig frostig. Marie hat zwischendurch ein paar andere Freunde begrüßt, männlich. Einem davon ist sie richtig um den Hals gefallen vor Wiedersehensfreude. Das hat ein wenig wehgetan. Aber ich habe mir vorgenommen, nicht mehr so zimperlich zu sein und das besser auszuhalten. Und ihr vor allem keinen Strick daraus zu drehen. Sie ist einfach ein herzlicher Mensch und freut sich aufrichtig, wenn sie jemanden trifft den sie mag. Auch wenn wir nie darüber gesprochen haben, hat sie inzwischen mitbekommen, dass ich eifersüchtig bin. Und das obwohl wir noch nicht mal richtig zusammen sind. Ich denke, sie findet es ein wenig überzogen. Sie nimmt auch keinerlei Rücksicht darauf, was mich zugegebenermaßen ein klein wenig enttäuscht. Aber wie gesagt, ich nehme es ab jetzt wie ein Mann.

Es war etwas unangenehm in so angespannter Stimmung zu essen. Als wir alle fertig waren und abgeräumt hatten, hat Marie sich abgeseilt um noch ein bisschen mit ihrem Freund zu reden. Ich saß also am Tisch mit zwei langweiligen Physikern, die ich nicht verstanden habe, und einem schweigsamen Mädchen. Ein unterhaltsamer Abend geht anders.

Nach dem Essen wurde ein Film gezeigt. Marie blieb allerdings nicht, sie musste noch ihren Laptop von besagtem Freund abholen, der wohl früh ins Bett wollte; das ließ sich also nicht später erledigen. Ich wollte den Film nicht sehen. Es ging darin um ein Asylantenheim nach einem rechtsradikalen Anschlag. Das ist schlimm, keine Frage. Aber ich hab schon eine Depression, das wollte ich mir nicht antun. Dennoch blieb ich, um Marie danach noch zu sehen. Vor der Vorführung wurde ein Vortrag gehalten. Ich habe selten etwas Einschläferndes gehört, auch wenn das Thema sehr brisant ist. Dann schlich sich Marie in den Raum. Ich habe mir so gewünscht, dass sie zu mir rüber kommt. Aber in dem dunklen Raum hat sie mich nicht gesehen. Als die Jungs mit dem Vortrag fertig waren und der Film angespielt wurde, entschied ich mich zu gehen. Ich bin noch kurz zu Marie gegangen um mich zu verabschieden. Sie schien geknickt zu sein, aber ich habe dem keine große Bedeutung beigemessen. Dann fuhr ich nach Hause und war froh da raus zu sein.

Jetzt sitze ich hier und überlege, sie anzurufen. Ich will nicht, dass sie denkt ich hätte ihr einen Korb gegeben. Ich weiß auch nicht, wie ich das erklären soll, ich wollte da einfach nur weg. Ich war so aufgeregt ihretwegen, dass ich es kaum ausgehalten habe. Und dann dieser Film. Das wurde mir einfach zu viel.

Ich werde abwarten was passiert, vielleicht meldet sie sich ja.

12. März 2014

Ich habe noch nichts von ihr gehört. Selbst gemeldet habe ich mich auch nicht. Aber irgendwie geht es mir trotzdem gut. Der Gedanke, dass da vielleicht jemand ist der einen mag, aber keine Realität zu haben, ist für mich momentan genau das richtige. Ich bin eben doch ein Träumer. Es klingt vielleicht seltsam, aber jemanden zu haben, der vielleicht ab und zu an einen denkt, dessen Leben irgendwie an dem eigenen vorbeischrammt, ohne Berührungspunkte, ist tröstlich. Denn man kann nicht verletzt werden, kann aber trotzdem die Hoffnung bewahren, dass da jemand ist, dem man mal wichtig sein könnte. Mal schauen wie lange dieser Zustand anhält. Aber wie gesagt, eigentlich geht es mir gut damit. Denn das Zusammensein mit ihr war immer sehr aufregend für mich. Und hat einige Ängste geweckt. Die Angst, jemanden zu wollen, aber nicht gewollt zu werden. Die Angst, dass etwas schief gehen könnte und man plötzlich nicht mehr gemocht wird. Die Angst, dass etwas so Kostbares durch irgendetwas oder irgendjemanden zerstört werden könnte.

Seit ich Marie kenne, auch wenn die Eifersucht mir zu schaffen macht, geht es mir besser. Mein Ausflug ins Krankenhaus hatte zwar mit ihr zu tun, aber es ging mir auch vorher schon schlecht und die Tatsache, dass ich mir mit Fremden ein Zimmer geteilt habe und deshalb nicht wirklich schlafen konnte hatte nichts mit ihr zu tun. Wenn man keinen Schlaf bekommt, kann das die Welt ein wenig erschüttern. Der Hauptgrund warum es mir wieder schlechter ging war aber, dass ich medikamentös einfach noch nicht richtig eingestellt war. Mit Marie hatte das gar nichts zu tun. Es geht mir also seitdem ich sie kenne besser. Nur zu wissen, dass sie existiert, macht mich froh.

****

Ich mache mir viele Gedanken wegen meiner Ängste. Wo kommen sie her? Was wollen sie von mir? Warum bin ich so gestraft? Eine tritt dabei stark in den Vordergrund. Je älter ich werde, desto mehr werde ich mir meines Todes bewusst. Ich denke viel darüber nach. Die Endlichkeit meines Lebens wird mir deutlich und ich frage mich, wie es mit mir wohl zuende geht. Es könnte jeder Zeit sein, oder erst in vielen Jahren. Seit es mir etwas besser geht habe ich wieder Angst vorm Tod. Oder vor Unfällen, Verletzungen, Krankheiten. Ich weiß, dass es irgendwann jeden erwischt. Und ich wüsste nur allzu gerne schon jetzt, was mein Schicksal für mich bereithält. Das alles löst bei mir wahnsinnige Ängste aus. Der Spruch stimmt, alt werden ist nichts für Feiglinge. Und ich bin es ja noch nicht mal. Ich kann mir mich selbst nicht als alten Mann vorstellen.

Bedeutet das, dass mein Leben nicht besonders lang sein wird? Ich weiß es nicht. Aber über solche Gedanken werde ich halb wahnsinnig. Meine Therapeutin sagt, da kann man nichts machen, diese Ängste muss ich aushalten. Es ist aber sehr schwer. Leider wurde noch keine Tablette erfunden, die bestimmte Gedanken einfriert. Das könnte ich momentan gut gebrauchen. Zum Glück sind die Ängste nicht ständig präsent. Sie kommen und gehen. Aber wenn sie da sind, ziehen sie mir fast die Schuhe aus, so intensiv fühle ich sie. Man kann sie auch nicht mürbe denken, so wie bei anderen Problemen. Bei Platzangst kann man sich fragen, was wohl das schlimmste wäre, das passieren könnte. Und dann kann man sich fragen, wie wahrscheinlich das wohl ist. Das klappt nicht bei Todesangst. Denn der Tod kann ständig und überall auf einen lauern. Selbst mit Fantasie kann man sich gar nicht alle Möglichkeiten zu sterben ausmalen. Und ich habe viel Fantasie. Leider.

Meine Therapeutin sagt auch, ich muss Gelassenheit lernen. Fragt sich nur, wie. Entweder hat man sie oder eben nicht. Entspannungsübungen sollen da helfen. Ich merke davon aber leider noch nicht viel. Es ist eine Zeitfrage, meint sie. Man muss Geduld haben mit sich selbst. Ich versuche mich darin.

01.April 2014

Peter zieht heute aus, er hat eine Wohnung gefunden. Ich freue mich sehr für ihn. Er startet in ein neues Leben. Ein neues Kapitel. Er hat es verdient. Ich denke, wir werden Kontakt halten – das wünsche ich mir zumindest. Wir hatten eine gute Zeit zusammen und viele gute Gespräche. Das zu verlieren wäre sehr schade.

Von Marie habe ich immer noch nichts gehört. Ich habe ihr eine Mail geschrieben und sie gefragt, ob sie Lust hat etwas trinken zu gehen. Sie hat nicht darauf geantwortet. Vielleicht habe ich sie mit meinem Abgang verletzt. Vielleicht ist sie jetzt auch mit diesem Freund zusammen und denkt gar nicht mehr an mich. Wer weiß. Der Gedanke macht mir Bauchschmerzen. Aber ich will, dass sie glücklich ist. Sie ist eine schlaue Frau und weiß genau, was ihr gut tut. Wenn ich es nicht bin, muss ich damit leben. Es ist auch eigentlich gar nicht so schlimm. Ich habe durch sie zumindest herausgefunden, dass ich mich noch verlieben kann. Nach Klara war ich mir dessen gar nicht mehr sicher. Und dass ich mit Marie nicht zusammen bin hat auch etwas Gutes. Ich mochte sie so sehr, dass ich ständig Angst hatte sie irgendwie zu verlieren. Das war mir zu intensiv. Für eine alles verschlingende Liebe geht es mir noch nicht gut genug. Ich bin noch nicht lange genug stabil, muss erst wieder richtig im Leben stehen um so etwas haben zu können. Muss Selbstvertrauen aufbauen. Und das vielleicht erst mal ohne eine Frau an meiner Seite.

Es gibt genug Dinge an denen ich arbeiten, auf die ich mich jetzt voll und ganz konzentrieren muss. Ich muss mich mit meiner Angst vorm Scheitern und meiner Zukunftsangst auseinandersetzen. Was das Berufliche angeht habe ich wahnsinnige Angst vor neuen Ufern. Die muss ich irgendwie überwinden lernen. Ich muss anfangen, an mich zu glauben und mir wieder Dinge zutrauen. Und endlich lernen Hilfe anzunehmen. Was das angeht bin ich in der Therapie aber schon auf einem guten Weg. Und ich muss Gefühle zulassen, auch negative, und lernen mit ihnen umzugehen. Das fiel mir schon immer schwer. Da liegt noch ein steiniger Weg vor mir, aber ich bin bereit und, wie ich meine, auch endlich in der Lage ihn zu gehen. Ich glaube, am Ende des Weges wartet etwas Tolles auf mich. Etwas, das die Strapazen und die Wunden wert sein wird.

09. April 2014

Seit Peter weg ist fühle ich mich wieder ziemlich einsam. Ich versuche, so oft wie möglich aus dem Haus zu kommen, gehe viel spazieren und relativ oft in den Supermarkt. Täglich, an manchen Tagen sogar mehrmals. Das brauche ich irgendwie. Es beruhigt mich, die Regale entlang zu laufen und all das Essen zu sehen. Warum auch immer.

Bei meinen letzten Besuchen ist mir etwas aufgefallen. Ein Hund wartet immer vor der Tür. Zuerst dachte ich, er wartet auf jemanden. Aber es sieht nicht danach aus. Er ist nicht angebunden. Manchmal ist er den ganzen Tag da. Heute kaufe ich Futter und beschließe, ihn einfach mit zu nehmen. Er horcht auf mein Kommando und trottet mir hinterher. Wir sind beide einsam, also was soll's. Wir tun uns zusammen, denke ich mir.

Jetzt habe ich also einen Hund. In meiner Wohnung angekommen schnüffelte er alles ab und schien es für gut zu befinden. Ab jetzt ergeben meine Spaziergänge endlich einen Sinn – ich gehe Gassi.

Manchmal, wenn ich über mein Leben nachdenke, kommen mir Kinder in den Sinn. Nun, da ich einen Hund und die Verantwortung für ein anderes Lebewesen habe, denke ich wieder darüber nach. Ich kann mir nicht vorstellen, ohne Kinder alt zu werden. Wenn ich denn alt werden sollte. Da würde etwas fehlen. Ich denke auch, dass ab einem gewissen Alter Kinder einfach dazugehören. Ohne sie macht das Leben keinen Sinn. Ich bin jetzt 31, da wird es eigentlich langsam Zeit.

Ich konnte mir mich und Klara gut als Eltern vorstellen. Aber ich weiß nicht, ob wir das hinbekommen hätten. Wir haben nie über Nachwuchs gesprochen, ich weiß also nicht, wie sie das alles gesehen hat. Ab und zu denke ich es war ein Fehler so wenig zu reden. Es waren nicht nur die letzten Wochen, wir haben eigentlich von Anfang an nicht sehr viel kommuniziert. Wenn es brennzlich wurde ist das nur mehr aufgefallen.

Das lag auf jeden Fall an mir. Ich kann sehr schweigsam sein. Und wenn es mir nicht gut geht noch mehr, dann will ich einfach gar nicht reden. Ich kann das nicht wirklich erklären, ich selbst kenne den Grund nicht. Es ist einfach so. Vielleicht sollte ich mal mit meiner Therapeutin darüber reden. In späteren Beziehungen könnte das bestimmt noch mal zum Problem werden. Aber das gehe ich an wenn es soweit ist. Momentan habe ich andere Dinge auf die ich mich konzentrieren muss.

Um mein Selbstbewusstsein zu steigern habe ich wieder mit Sport angefangen. Ich gehe jetzt drei Mal in der Woche schwimmen. Das tut mir unheimlich gut. Schwimmen ist auch die einzige Sportart die bei mir immer geht. Ich habe schon vieles ausprobiert: Fitnessstudio, Joggen, Squash, Taekwondo – aber das alles war auf die Dauer nichts für mich. Schwimmen entspannt mich und gibt mir unheimlich Kraft. Meine Seele wird dadurch leichter.

12. April 2014

Ich wäre so gerne glücklich. Aber was ist Glück? Und wie kann man es erreichen? Ist es abhängig von anderen Menschen oder kann man es auch alleine finden? Mir fällt dazu ein Spruch ein: Das wahre Glück liegt in der Zufriedenheit mit sich selbst. Wenn das stimmt, dann bin ich noch recht weit davon entfernt. Ich bin weder mit mir selbst noch mit meinem momentanen Leben wirklich zufrieden. Alles was ich mal erreicht hatte ist weg. Tabula rasa. Wenn ich irgendwann wieder durchstarten kann, fange ich bei null an.

Meine Therapeutin hingegen meint, dass ich auf mein bisheriges Leben stolz sein kann. Wenn jemand anderes unter den Umständen das erreicht hätte, was ich erreicht habe, wäre er es. Meine Unzufriedenheit liegt an meiner mentalen Verfassung. Aber wie kann ich das ändern? Es liegt nicht wirklich in meiner Macht. Gedankenkontrolle muss man lernen. Und ich weiß nicht, ob ich das Zeug dazu habe.

Ich kann mich nicht daran erinnern mir früher diese Fragen gestellt zu haben. Entweder war ich einfach glücklich oder es hat mich nicht gestört unglücklich zu sein. Man kann sich an alles gewöhnen, wohl auch daran. Um ehrlich zu sein kann ich das gar nicht beantworten. Ich denke aber schon, dass ich im Großen und Ganzen recht zufrieden war. Weil ich mir keinen Druck gemacht habe, der kam höchstens von außen und ist an mir abgeprallt. Seit ich 30 bin mache ich das komischerweise schon. Irgendwie ist das das magische Alter, das Maß aller Dinge. Wer bis hierhin nichts vorzuweisen hat, hat schon verloren. Dabei habe ich zu meinen älteren Freunden immer gesagt, 30 wäre das neue 20. Heute ist man erst mit 50 erwachsen. Alles was vorher ist, läuft unter ferner Liefen. Warum es mich selbst jetzt so erwischt hat kann ich mir nicht wirklich erklären. Aber ich spüre es, das Alter, und fühle mich wie ein totaler Loser. So schnell kann ich an dem Gefühl aber leider nichts ändern. Selbst wenn ich all meine Energiereserven zusammenkratze und richtig durchstarte, werde ich nicht von jetzt auf gleich eine Karriere vom Zaun brechen. Um eine Familie zu gründen braucht es auch etwas mehr Zeit. Mal ganz davon abgesehen, dass ich es mir im Moment gar nicht zutrauen würde ein Familienoberhaupt zu sein. Und mal ganz davon abgesehen, dass ich keine Familie versorgen könnte, bin ich mir auch nicht sicher, ob ich mit der Verantwortung umgehen könnte. Oder ob ich die dauernde Anwesenheit von Kindern nervlich verkraften würde. Wenn ich schon Vater bin, will ich auch ein guter sein. Das wäre zum jetzigen Zeitpunkt nicht gegeben.

Womit kann ich mich also glücklich machen? Was braucht es, um ein erfülltes Leben zu führen, ohne die typischen Klischees von Familie und Job? Wie kann ich auch ohne das zufrieden sein? Am einfachsten wäre es, wenn ich das nicht wollen würde, aber dem ist nicht so. Ich möchte das alles, irgendwann. Aber nicht jetzt. Jetzt bin ich in einer Warteschleife und muss mir die Zeit irgendwie vertreiben. Ich arbeite einfach daran, ein guter Mensch zu sein. Das ist mein Ziel, die eine Sache, die mich zufrieden machen kann. Die ich beeinflussen kann. Wenn ich das erreiche, ist das schon mal etwas. Auch wenn ich es nicht vorweisen kann. Aber ich weiß es tief in meinem Inneren und das muss reichen. Es wird allerdings relativ schwierig werden daran zu arbeiten, ohne den Kontakt zu anderen Menschen. Die wenigen Bekannten, die mir nach der Party noch geblieben sind, weil sie nicht dabei waren, wissen nichts von meiner Krankheit und meinem gesellschaftlichen Abstieg. Und es wäre mir unangenehm ihnen davon zu erzählen. Das kommt einfach nicht gut unter Männern. Aber es ist auch aussagekräftig was die Bindung angeht, die wir zueinander haben. Mit weiblichen Freunden wäre das sicher möglich, aber die habe ich nicht. Den Großteil meines Erwachsenenlebens habe ich in der Überzeugung gelebt, dass Freundschaften zwischen Männern und Frauen nicht funktionieren, weil bei mindestens einem der Beiden mehr im Spiel ist. Das hab ich nun davon. Ich könnte eine gute Freundin jetzt wirklich gebrauchen. Jemanden zum Reden, jetzt wo Peter weg ist. Ich dachte immer, ich komme gut alleine klar. Aber dem ist nicht so. Wenn ich keine Beziehung habe bin ich ziemlich einsam. Es gibt niemanden den ich anrufen kann wenn es mir schlecht geht. Immer noch nicht. Und Peter will ich nicht mehr volljammern. Ich muss irgendwie neue Leute kennen lernen. Vielleicht melde ich mich beim Unisport an, dann komme ich unter Menschen und tue gleichzeitig etwas für meine Gesundheit.

15. April 2014

Ich habe es getan, habe mir Trampolinturnen und Tischtennis ausgesucht. Heute war ich das erste Mal dort. Es war eine sehr große Gruppe, recht unübersichtlich. Daran muss ich mich erst wieder gewöhnen. Aber es war gerade noch auszuhalten und die Leute waren sehr nett. Fast alles Mädels, was ja schon mal recht positiv ist. Allerdings waren sie sehr jung, ich weiß nicht ob mir das gefällt. Eigentlich stehe ich auf reifere Frauen. Aber es geht mir ja hauptsächlich um allgemeine Kontakte und darum, unter Leute zukommen. Auch wenn ich keine von den Teilnehmerinnen wirklich kennen gelernt habe. Aber das ergibt sich ja vielleicht im Laufe der Zeit. Allerdings bin ich mir nicht sicher, ob ich dabei bleibe. Es ist echt nicht leicht. Vor den Saltos habe ich wirklich Respekt. Das habe ich mich noch nicht getraut. Mal sehen, ob ich es weiter mache.

Tischtennis war direkt im Anschluss. Schon blöd, dass beides auf einen Tag fällt. Das ist recht anstrengend, auch hätte ich lieber an mehreren Tagen in der Woche etwas vor. Aber gut, es ist nicht zu ändern. Es ist eine freie Spielgruppe. Die meisten sind mit Partner gekommen, das wird so gemacht. Ich hatte Glück, dass eine dieses Mal ohne ihren Partner da war. Sonst kommt er aber mit und dann würde ich alleine dastehen. Das Spielen hat riesigen Spaß gemacht. Aber wenn ich nicht irgendwoher einen Mitspieler auftreibe, kann ich das auch wieder streichen.

19. April 2014

Heute habe ich Geburtstag. Peter war zu Besuch bei mir, sonst habe ich niemanden eingeladen. Ich wusste einfach nicht wen. Es wurde auch Zeit, dass wir uns mal wieder sehen. Mir fehlen die geselligen Abende mit ihm. Seit er seine eigene Wohnung hat ist er mit einrichten und der Jobsuche völlig ausgelastet. Er hat schlichtweg keine Zeit. Aber heute haben wir uns mal wieder richtig gut unterhalten. Er strahlt mehr als zuvor Gelassenheit und Selbstzufriedenheit aus. Wenn ich nur wüsste, was sein Geheimnis ist. Er sagt, er hat keines. Aber das fällt mir schwer zu glauben. Ich befürchte, seinen Zustand kann nur erreichen wer schon mal ganz unten war und alles verloren hat. Er hat selbst diese Krise gemeistert und ist immer noch hier. Das muss einem unheimlich viel Stärke geben. Was soll ich also tun?

Meine Wohnung kündigen und nur mit dem Nötigsten beladen auf die Straße ziehen? Es muss auch einen anderen Weg geben.

Je mehr ich darüber nachdenke, desto weniger fällt mir dazu ein. Ich bin schon fast ein wenig verkrampft. Krampfhaft Gelassenheit zu bekommen kann nur in die Hose gehen. Ich versuche es immer wieder mit Durchatmen. Das ist nicht schlecht, aber es hilft nur bedingt. Auch Progressive Muskelentspannung mache ich ab und an noch. Aber nicht mehr regelmäßig, muss ich zugeben. Ich weiß auch nicht warum, ich kann mich einfach nicht oft genug dazu durchringen. Was mir wirklich gut tut ist Musik. Die brauche ich, jeden Tag. Fast so wie die Luft zum Atmen. Ich singe mit und tanze auch, so wie es mir gerade passt. Das ist unglaublich befreiend. Aber der Zustand hält leider nicht lange an. Wenn ich dann wieder alleine in der Bahn sitze und die Panik in mir aufsteigt nützt mir das Singen und Tanzen wenig. Ich mache dann zwar Körperübungen, konzentriere mich auf die Berührungspunkte meines Körpers mit dem Sitz und so weiter, dadurch wird es ein wenig besser. Aber dass die Panik überhaupt da ist stört mich ungemein. Es ist jedes Mal wieder ein Kampf. Wenn es ganz schlimm ist gehe ich einfach nicht aus dem Haus. So weit ist es noch nicht oft gekommen, weil ich mich immer wieder pusche und den Situationen aussetze. Aber manchmal ist es einfach nicht auszuhalten. In solchen Momenten wäre ich gerne wie Peter. Er hatte mit sowas noch nie zu kämpfen. Während ich schon in Panik gerate, wenn ich mich weit von zu Hause entferne, hatte er die längste Zeit gar keins. Wenn ich obdachlos wäre würde ich wahrscheinlich nicht lange überleben. Die Panikattacken würden mit Sicherheit zu einem frühen Herztod führen. Auch wieder eine meiner Ängste. Dass ich einen Herzinfarkt bekommen könnte. Im schlimmsten Fall, wenn ich alleine zu Hause bin und mir niemand helfen kann. Das ist auch einer der Gründe, warum ich mich, selbst wenn es mir schlecht geht, noch raus begebe. Ich kann gar nicht beschreiben wie sehr mich diese Zustände nerven. Ich wünschte ich könnte sie für immer aus meinem Leben verbannen. Aber leider gibt es dagegen kein Allheilmittel. Die Medikamente und die Übungen schwächen es ein wenig ab, aber ganz wegzukriegen ist es leider nicht. Das ist eine Illusion.

Als Kind und Teenager hatte ich solche Probleme nie. Ich hoffe ja immer noch, dass ich da irgendwann rauswachse. Dass es mit fortschreitendem Alter aufhört. Ich weiß nicht, ob es dazu Studien gibt. Mir ist keine bekannt. Aber ich lege sehr viel Hoffnung in diesen Gedanken. Ich werde meine Therapeutin fragen, was sie dazu meint. Sie hat es noch immer geschafft mir Hoffnung zu machen.

23. April 2014

Ich war gestern Abend in einer Disko. Musste einfach mal raus ins Leben. Es hat Spaß gemacht, auch wenn ich alleine war und ein wenig mit Ängsten zu kämpfen hatte. Ich hab das einfach weggetanzt und ziemlich schnell ein nettes Mädel kennen gelernt. Sie war wahnsinnig attraktiv und wusste das auch. Sie hat mich total angemacht. Und was soll ich sagen, ich hab sie mit nach Hause genommen. Eigentlich mache ich sowas nicht mehr. Aber mein letzter Sex ist schon Monate her und sie hat es mir recht leicht gemacht. Es ist einfach passiert. Eigentlich ist der erste Sex mit einer neuen Person meistens noch nicht so pralle. Aber sie wusste genau was sie tut und hat mich unheimlich angetörnt.

Sie ist nicht über Nacht geblieben, aber das war völlig ok. Es ging uns beiden nur um die eine Sache. Alles andere wäre Heuchelei gewesen. Mir geht es jetzt richtig gut. Es hat sehr gut getan, jemandem mal wieder nahe zu sein. Ich fühle mich befriedigt und gestärkt. Wir werden uns wohl nicht wieder sehen, also muss ich möglicherweise eine Weile von diesem Erlebnis zehren. Denn ich glaube nicht, dass sich das so schnell wiederholt. So bin ich einfach nicht mehr drauf. Auch das mit der Orgie war eine absolute Ausnahme. Aber was gestern angeht so hat es sich gelohnt, über meinen Schatten zu springen und wieder etwas zu wagen. Es ist schon erstaunlich was so ein bisschen Sex verändern kann. Ich fühle mich ausgeglichen. So, als hätte ich eine ganze Weile keinen Bodenkontakt gehabt und wäre jetzt endlich wieder gelandet. Ich fühle mich normal, seit langem mal wieder. Das tut gut. Was eine leidenschaftliche Nacht alles ausmachen kann.

Heute war ich lange mit meinem Hund Monty spazieren. Die Sonne hat geschienen, es war ein wirklich toller Frühlingstag. Die Natur sieht wunderschön aus. Alles blüht und steht in voller Pracht. Das Leben ist gar nicht so übel. Heute fällt es mir schwer mich an die Zeiten zu erinnern in denen ich am liebsten alles beendet hätte. Das gibt mir unglaublich viel Hoffnung. Vielleicht geht es endlich bergauf.

Die Tagesklinik hatte für mich eine Reha beantragt. Ich glaube, jetzt wäre genau der richtige Zeitpunkt dafür. Ich habe wieder mehr Energie. Es würde mir den letzten Schub Kraft geben um bald wieder richtig durchzustarten. Mal schauen, wie lange es dauert bis der Antrag durch ist.

12. Mai 2014

Die heiße Nacht hat mir mal wieder gezeigt, was ich vermisse. Unter anderem. Also habe ich mich bei Berlin Singles angemeldet, soweit so gut. Das Alleinsein habe ich gründlich satt und im echten Leben ergeben sich für mich kaum Chancen eine anständige Frau kennen zu lernen. Es gibt ab und zu mal eine die mir gefällt – in der Bahn oder im Supermarkt, aber angesprochen habe ich keine von ihnen. Es kostet zu viel Überwindung. Und wenn ich denke, meinen Mut zusammen zu haben, ist der Moment meist vorbei. Also habe ich es mal so probiert. Bisher war die Ausbeute allerdings noch nicht so berauschend.

Wenn man einigermaßen aussieht und auch noch vernünftige Sachen im Profil schreibt, wird man von recht vielen Frauen angeschrieben. Ein paar davon haben mir auch gefallen, zumindest online. Ob die Chemie im echten Leben auch stimmt ist ja eine andere Sache. Mit zweien habe ich mich schon getroffen. Beides waren Reinfälle. Die erste war in Natura nicht sonderlich attraktiv und hat fast nur von ihren Katzen geredet. Die andere war sehr gutaussehend, aber leider auch arrogant und abgehoben. Sie hielt sich für den Nabel der Welt. In meiner Welt hat sie dadurch nichts verloren. Ich schreibe mir noch mit zwei anderen, bin mir aber nicht sicher, ob ich es auf ein Treffen ankommen lassen will. Von Bekannten weiß ich, dass es durchaus klappen kann. Ein früherer Kumpel hat seine jetzige Frau über einen SMS Chat kennen gelernt, komplett ohne Fotos. Und sie haben jetzt zwei Kinder zusammen. Aber das war sehr großes Glück, denke ich. Dass man sich auf diese Weise wirklich findet ist schon ein sehr großer Zufall. Wenn man bedenkt, wie selten man sich im Leben verliebt, stehen die Chancen relativ schlecht. Und Online-Dating ist irgendwie verkehrt herum. Man lernt sich kennen, bevor man sich abchecken konnte – das ist wider der Natur. Wenn ich im echten Leben eine Frau treffe, weiß ich ziemlich schnell, ob ich sie näher kennen lernen möchte oder nicht. Online kann man sich nur sehr beschränkt ein Bild von dem anderen machen und lernt sich kennen, ohne zu wissen ob die Chemie stimmt. Man kann zwar beim Schreiben auch Chemie haben, aber es ist doch alles sehr verkopft. Man guckt, ob die Interessen und Lebensansichten übereinstimmen, bevor man weiß wie die Person redet, sich bewegt, lacht. Das alles ist für die Sympathie so wichtig. Und man hat davon einfach keinen blassen Schimmer. Wenn man sich dann persönlich trifft, weiß man ziemlich schnell, ob man den anderen interessant findet oder nicht. Das ist eine Sache von Minuten. Und dann kennt man sich schon, findet sich aber nicht gut. Das ist meiner Meinung nach der falsche Weg. Ich möchte mir aussuchen, wen ich kennen lerne, bevor ich mit der Person Privates austausche. Erst muss mir jemand gefallen, dann möchte ich mehr erfahren. Und anhand der paar Fotos die man online sehen kann,

kann man sich einfach kein richtiges Bild machen. Kann sein, dass ich die beiden Frauen mit denen ich jetzt schreibe noch treffe. Aber eigentlich habe ich keine große Lust dazu. Vielleicht gebe ich zu schnell auf, aber ich bin von der Sache einfach nicht überzeugt. Also macht es keinen Sinn. Man ist aufgeregt und erwartet etwas, was dann nicht in Erfüllung geht. Es ist völlig überflüssig und als Mann noch dazu mit Kosten verbunden. Ich möchte mir keine Hoffnungen machen, bevor ich den Menschen persönlich kenne. Das ist irgendwie unnatürlich. Und mir zu stressig. Manche finden das vielleicht aufregend. Aber nicht ich. Aufregend wäre es, wenn ich jemanden treffen würde, der mich im echten Leben neugierig macht. Online-Dating ist definitiv nichts für mich. Auch wenn es an Gelegenheiten mangelt und ich nicht gerne allein bin, irgendwann wird sich sicherlich etwas ergeben. Ich muss mich eben gedulden. Auch wenn ich jetzt die Zeit hätte, mich voll und ganz auf eine Beziehung einzulassen. Aber ich werde nichts forcieren. Spätestens wenn ich wieder im Job bin, werde ich neue Leute kennen lernen und vielleicht ist auch eine interessante Frau dabei.

09. Juni 2014

Es kann sein, dass ich ziemliche Probleme bekomme. Ich glaube, ich habe mich in meine Therapeutin verliebt. Es fing schon an als ich das erste Mal da war. Sie ist sehr attraktiv und hat mir gleich gefallen. Ich habe aber nicht weiter darüber nachgedacht, weil es mir noch recht schlecht ging. Inzwischen geht es mir wieder gut und ich würde wahnsinnig gerne mit ihr ausgehen und zur Abwechslung mal etwas über sie erfahren. Ich bin dadurch in der Therapie ein wenig gehemmt, weil ich vor ihr nicht wie ein angeschlagener Loser auftreten will. Ich will ihr gefallen. Das ist eine ganz blöde Situation. Ich weiß, dass das nicht selten vorkommt. Aber das nützt mir auch nichts. Sie hört mir zu und gibt mir gute Tipps. Und ich habe das

Gefühl, dass sie mich auch mag. Sie ist in meinem Alter und hat keinen Ehering...

Ich weiß, dass es verboten ist. Aber das ist mir egal. Es hat auch nicht nur damit zu tun, dass sie meine Therapeutin ist, ich ihr vertraue und ihr alles sagen kann. Unter anderen Umständen hätte sie mir auch sehr gut gefallen. Jetzt weiß ich nicht, wie ich mich verhalten soll. Soll ich es ihr sagen? Hat sie vielleicht schon längst etwas gemerkt? Ich habe das Gefühl, dass ich mich ihr gegenüber anders verhalte. Manchmal sitze ich nur da, schaue sie an und sage kein Wort. Diese Momente sind der Wahnsinn. Die Funken sprühen nur so, zumindest von mir zu ihr. Ich würde sie so gerne mal privat treffen. Das geht jetzt schon fast seit einem Monat. Wir sehen uns einmal die Woche und es ist inzwischen zu einer richtigen Qual geworden. Vielleicht sollte ich mich nach einer anderen Therapeutin umsehen, oder am besten nach einem Mann, und sie einfach fragen, ob sie mit mir ausgeht. Wenn sie mich nicht für zu bekloppt hält sagt sie vielleicht Ja. Wenn ich nicht mehr ihr Patient bin steht dem nichts mehr im Wege. Andererseits bin ich froh, eine gute Therapeutin gefunden zu haben und will das auch nicht aufs Spiel setzen. Es ist eine wirklich verzwickte Situation. Vielleicht sollte ich es doch noch mal mit dem Online-Dating probieren, um mich von ihr abzulenken. Ich weiß wirklich nicht was ich anderes tun soll. Ich träume sogar von ihr. Sexträume. Aber auch Beziehungs- träume. Wenn ich daraus aufwache geht es mir blendend. Das in Wirklichkeit zu erleben muss phantastisch sein. Es ist auch kein Fall von: Ich will jemanden, den ich nicht haben kann. Das ist es nicht. Natürlich gibt es dem Ganzen ein gewisses Drama, aber ich brauche das nicht, daran liegt es nicht. Ich würde gerne mal mit jemandem darüber reden und eine Meinung hören. Aber mir ist das irgendwie peinlich. Peinliche Sachen und alle meine Probleme bespreche ich normalerweise mit ihr. In diesem Fall bin ich auf mich selbst gestellt.

Ich denke fast die ganze Zeit an sie und daran, wie es wohl wäre. Sie zu berühren, zu küssen, mit ihr zu schlafen. Ich bin wahnsinnig neugierig auf sie. Wenn sie das erwidern würde, wäre ich der glücklichste Mann weit und breit. Aber es geht nicht, ich muss mich einfach beherrschen. Ich will sie nicht als Therapeutin verlieren. Das wäre sehr dumm, denn sie ist sehr gut in ihrem Job.

23. Juni 2014

Einsamkeit. Warum bin ich so in ihr gefangen? Wie ich mich zu den Zeiten zurücksehe, da ich dieses Gefühl nicht kannte. Zeiten, in denen ich nicht so bewusst gelebt habe

Ich vermisse meinen Kollegenkreis und die Tagesklinik. Mir fehlen einfach regelmäßige Kontakte, mit immer denselben Leuten. Zum Unisport gehe ich nicht mehr – das war einfach nicht das richtige für jetzt – und selbst wenn, würde mir das nicht helfen. Einsamkeit ist ein Thema über das man nicht redet. Deshalb denkt jeder, dass es nur ihm so geht. Wer weiß, wie viele Leute um mich rum sich auch einsam fühlen – im Supermarkt, in der Bahn, auf der Straße. Wie man es auch dreht und wendet, es ist auf jeden Fall ein scheiß Gefühl. Ich würde lieber Schmerzen erleiden als das. Aber man kann sich ja leider nicht aussuchen womit man gestraft ist. Mein Hund hilft dabei ein wenig. Es ist klasse nach Hause zu kommen und da ist jemand. Selbst wenn es nur ein Tier ist. Er ist sehr anhänglich und folgt mir überall hin. Und er ist verschmust. Aber man kann mit ihm nicht reden. Ich bin nicht einer dieser Typen die das machen. Ich verurteile es auch nicht, aber es gibt mir nichts. Ich brauche Feedback. Trotzdem bin ich froh, ihn zu haben. Ohne ihn würde es mir noch dreckiger gehen.

Ich will endlich wieder arbeiten gehen, aber mein Arzt hält es noch für keine gute Idee. Meine Krankheit muss erst richtig ausheilen. Und dann steht ja auch noch die Reha an. Aber mir fällt echt die Decke auf den Kopf, trotz der schönen Spaziergänge mit Monty. Ich mache Sachen, die man gut machen kann, zusätzlich zum normalen Leben, aber sie sind nicht tagesfüllend. Sie können nicht so viel Raum ein- nehmen wie es ein Job könnte. Nun gibt es sicherlich Leute, die mich beneiden. Aber da gibt es nichts zum neidisch sein. Wenn man den ganzen Tag nur tun und lassen kann was man möchte, ist das zu Beginn sicher sehr verlockend. Aber wenn das ein Dauerzustand ist, wird es zur Belastung. Ich fühle mich nicht der Gesellschaft zugehörig, weil ich momentan keinen Beitrag leiste. Ich fühle mich überflüssig und nutzlos. Alle anderen sind Teil einer Maschinerie, die ich nur als Außenstehender betrachten kann.

Früher habe ich mir immer gewünscht mal länger frei zu haben. Aber es wird wirklich unterschätzt, was das mit der Psyche macht. So gerne ich auch lese und Filme gucke und hobbymäßig zeichne, benötige ich auch das Gefühl irgendwie gebraucht zu werden. Entweder im Job oder von einem anderen Menschen. Das fehlt einfach, egal wie ich es drehe und wende. Es wird darüber gestritten, wie früh ein psychisch Erkrankter wieder zurück ins Arbeitsleben gehen soll. Manche sagen, man soll sich so viel Zeit nehmen wie möglich, andere finden, dass es besser heilen kann, wenn man recht schnell wieder in den Job zurückgeht. Meine Meinung darüber schwankt, aber an Tagen wie diesem würde ich mir wünschen, ich und mein Arzt hätten das anders gemacht.

Als ich noch im Berufsleben stand war ich erfolgreich, auch wenn es nicht meine Erfüllung war. Ich habe im Grunde eine Vorzeigekarriere hingelegt, habe mich in Rekordzeit zum Juniorchef eines Konzertveranstalters hochgearbeitet. Natürlich hatte ich auch Glück, zur rechten Zeit am rechten Ort gewesen zu sein. Mein Chef, dessen rechte Hand ich war, musste wegen eines Herzleidens kürzer treten. Und da bin ich eingesprungen. Ich organisierte Verkäufe und den Konzertablauf, sorgte dafür, dass die Künstler gut betreut werden – die ganze Chose. Gut verdient habe ich obendrein. Und dauernd interessante Menschen kennen gelernt. Es war ein gutes Leben. Aber ich habe mich an dem ganzen Stress kaputt gemacht. Zu viel Verantwortung ist für niemanden gut. Durch den Job habe ich mich in Kreisen bewegt, die mir nicht gut getan haben. Viele Prahler, die sich gegenseitig versucht haben auszustechen. Leute, die an meiner Karriereleiter sägen wollten. Wenig Menschlichkeit, viel Oberflächlichkeit. Das verändert einen mit der Zeit. Ich konnte nicht mehr authentisch sein, brauchte einen Schutzwall – das hat mich kaputt gemacht. Und ausgebrannt. Ich wollte dazugehören, war aber mental für diese Welt nicht gemacht. Dadurch bin ich depressiv geworden. Natürlich nicht nur dadurch, es ist ja auch eine Krankheit, bei der bestimmte chemische Prozesse im Gehirn nicht mehr funktionieren. Aber mein Umfeld hat den Verlauf dessen negativ beeinflusst. Es gab eine Menge Neider, die mir den Erfolg nicht gegönnt haben. Dazu kam, dass es bei mir auch privat gut gelaufen ist. Mein kinderloser Onkel, der mich sehr mag, hat mir seine Dachgeschosswohnung in einem noblen Stadtteil überlassen. Mietfrei. Rückblickend hätte ich das auf der Arbeit besser nicht erzählt, denn danach ging das Mobbing erst richtig los. Neid kann sehr hässliche Seiten in Menschen hervorrufen. Es war teilweise richtig erschreckend. Deshalb bin ich auch nicht sehr traurig, dass mein Vertrag während meiner Krankschreibung ausgelaufen ist und nicht verlängert wurde. Ich wäre auf keinen Fall dahin zurückgegangen. Jetzt beruhigt es mich zu wissen, dass ich es auch nicht muss. Auch wenn ich gerne wieder im Berufsleben stehen würde. Aber das hat noch ein wenig Zeit, sagt mein Arzt. Und ich vertraue ihm. Er ist erfahren und wird wissen, was das Richtige ist.

03. Juli 2014

Das Verhältnis zwischen mir und meiner Therapeutin ist wieder etwas entspannter. Ich habe beschlossen, mich zusammen zu reißen. Ich will die Therapie bei ihr fortführen und ich habe mich im Griff. Auch wenn sie mir nach wie vor gefällt, werde ich mich diesen Gedanken nicht hingeben. Es wäre sehr dumm. Mein Kopf ist stark und ich kriege das irgendwie hin. Es gibt zwar noch keine Alternative, aber manchmal ist man alleine auch besser dran. Im Moment trifft das auf mich zu, denke ich.

Wir reden in letzter Zeit immer öfter über das Verhältnis zu meinen Eltern. Die Beziehung war schon immer schwierig und recht lieblos. Es gab Zeiten, da dachte ich, es läge an mir. Hielt mich für nicht liebenswert. In diesen Zeiten habe ich mir immer Geschwister gewünscht, die ich leider nicht bekam. Ich glaube, es hätte mir geholfen zu sehen, dass es nicht nur mit mir Schwierigkeiten gab. Und ich gehe heute davon aus, dass es so gewesen wäre.

Meine Eltern sind geschieden seit ich fünf Jahre alt bin. Ich habe es immer noch nicht verwunden, dass mein Vater mich damals so im Stich gelassen hat. Ich war ein Vaterkind und hing sehr an ihm. Aber er offensichtlich nicht an mir. Das tat und tut immer noch sehr weh. Meine Therapeutin meint, dass meine enormen Verlustängste daher rühren. Damit habe ich in Beziehungen immer wieder zu tun. Es belastet mich sehr, besonders weil sie meint, dass ich das nie loswerde. Ich muss es aushalten und mir bewusst machen, dass es eine alte Angst ist, die ich als Erwachsener rationalisieren soll. Leider falle ich in solchen Momenten immer in mein Kinder-Ich zurück. Das habe ich einfach noch nicht drauf. Wenn ich eine Gelegenheit bekomme, das zu trainieren, werde ich mich sehr anstrengen müssen.

Meine Mutter war damals auch keine große Hilfe. Sie ist keine emotionale Person und war keine seelische Stütze. Sie hat mich immer gut versorgt und fleißig gearbeitet, aber um mein seelisches Wohl hat sie sich nie gekümmert. Ich denke es lag daran, dass sie an ihrem eigenen Leben genug zu knabbern hatte. Aber sie ist auch einfach nicht der Typ für Emotionen. Wenn, dann nur für negative. Unsere Beziehung ist demnach nicht besonders eng. Sie ist aber auch nicht mehr so konfliktgeladen wie früher. Wir leben friedlich neben- einander her. Jeder kümmert sich um sich selbst. Und ich bin froh, dass ich mit ihr nicht mehr so eng verbandelt bin, um ihre cholerischen Anfälle mitzubekommen. Aber immer noch eng genug, um den Druck zu spüren, den sie auf mich ausübt. Sie will unbedingt, dass ich ein konservatives Leben führe: Haus, Frau, Kinder. Damit kann ich nicht dienen, und es wird auch in der nächsten Zukunft nichts werden. Aber weiterhin überträgt sie ihren Perfektionismus auf mich und erwartet einfach zu viel. Darüber habe ich noch nie mit ihr gesprochen, aber vielleicht wäre das mal ein wichtiger Schritt. Das meint meine Therapeutin auch. Jetzt ist allerdings nicht der richtige Zeitpunkt, ich muss noch weiter heilen.

14. Juli 2014

Meine Reha wurde genehmigt. Ich freue mich riesig darüber. Im September geht es los. Bis dahin muss ich mir noch weiter die Zeit vertreiben. Aber ich denke, das kriege ich hin. Ich habe angefangen an einem Cartoon zu arbeiten. Darin investiere ich momentan meine ganze Energie und Konzentration. Es macht irrsinnig viel Spaß und ich komme gut voran. Ich weiß nicht, ob ich es hinkriege, das zu Ende zu bringen. Aber ich hoffe es und strebe es an. Meine Eltern haben das immer unterbunden, sahen es als schwachsinnig an und als brotlose Kunst. Aber ich bin und war immer mit Leidenschaft dabei. Schon damals als Schüler. Als ich noch im Job stand, hatte ich einfach nicht die Zeit dafür. Aber das hat sich jetzt geändert und ich bin wahnsinnig glücklich darüber. Meine Selbstverwirklichung war meinen Eltern immer ein Dorn im Auge. Meine Mutter hatte immer bestimmte Vorstellungen für mein Leben, die sie mir ständig eingeflößt hat. Sie wollte, dass ich Karriere mache. Für sie war das ihr Traum. Welcher meiner war hat sie nie interessiert. Sie hatte immer hohe Erwartungen an mich und ich wollte sie erfüllen, damit sie stolz ist. Was ich selbst wollte habe ich darüber vergessen. Meinen Traum habe ich aus den Augen verloren. Ihre Vorstellungen waren mir präsenter als mein eigener Wille. Doch das lasse ich nicht mehr zu.

Seinen Traum zu verfolgen ist das schwierigste auf der Welt. Es erfordert unglaublich viel Mut. Gerade bevor der erste Erfolg einsetzt. Wenn man niemanden hat der einen unterstützt, ist das fast ein Ding der Unmöglichkeit. Alle halten einen für einen Spinner. Damit muss man leben. Nur wenn man darüber hinweg sieht und hartnäckig bleibt kann man es schaffen. Dabei ist es so leicht sich entmutigen zu lassen, durch Leute die nicht an einen glauben, oder durch Eltern, die nur „das Beste" für einen wollen. Dass das Beste das persönliche Glück ist, nicht der finanzielle Erfolg oder das allgemeine Ansehen, verstehen sie nicht. Aber wenn man nicht an sich selbst glaubt, tut es auch kein anderer. Es ist ein wahrer Teufelskreis, wenn man nicht die richtigen Leute um sich hat. Wer mutlos oder zu bescheiden ist kommt nicht weit. Und je älter man wird, desto leichter lässt man sich entmutigen. Das ist zumindest meine Erfahrung. Ein sicherer Job ist wichtig, wenn man an später denkt. Wer jung ist denkt an das Hier und Jetzt und schert sich nicht um so etwas Abstraktes wie Zukunft. Ab einem gewissen Alter kann man diese Denkweise nicht mehr vermeiden. Wer jedoch einen Traum hat, muss ihn mit aller Energie verfolgen. Wer es halbherzig angeht hat keine Chance. Es braucht viel Glück und Talent, aber das ist es nicht allein. Hartnäckigkeit bringt einen ans Ziel. Und das versuche ich zu leisten. Auch wenn ich nicht mehr jung und naiv bin, will ich versuchen meinen Traum zu leben. Zumindest zeitweise kann ich es, denn ich bin zu nichts anderem verpflichtet, habe keine andere Aufgabe die meine Zeit in Anspruch nimmt. Das genieße ich in diesen Tagen richtig. Ich habe die Freiheit zu leben wie ein Künstler. Das ist ein tolles Gefühl. Ich fühle mich einfach gut. Und ich merke, dass ich wieder leistungsfähig bin, denn ich komme gut voran. Außerdem lenkt mich die Beschäftigung von lästigen Gedanken ab. Wenn man den ganzen Tag allein zu Hause ist, kann man schon mal auf Blödsinn kommen. Nicht, dass ich mir etwas antun würde. Das kommt für mich nicht mehr in Frage. Aber es kommen doch immer wieder Gedanken an früher hoch, oder an die kaputte Beziehung zu Klara. Ich verstehe immer noch nicht genau, warum es mit uns zu Ende ging. Ich habe schon überlegt, ihr mal zu schreiben und sie nach einer Erklärung zu fragen. Vielleicht können wir uns darüber wieder annähern. Das würde mich sehr freuen, denn sie war und ist ein wichtiger Mensch für mich. Es schmerzt, nicht mehr an ihrem Leben teilhaben zu können. Und es tut weh, dass sie mich so einfach daraus gelöscht hat. Ich glaube, ich könnte damit besser umgehen, wenn ich wüsste warum. Ich will nicht spekulieren müssen, das macht mich kaputt. Ich möchte es endlich wissen. Vor allem, bevor ich etwas Neues anfange, denn ich möchte die Fehler die ich bei ihr gemacht habe nicht bei einer anderen Frau wiederholen. Auch wenn momentan niemand in Sicht ist.

22. Juli 2014

Ich habe Klara tatsächlich geschrieben und sie um eine Erklärung gebeten. Als Antwort hat sie mir ein paar Seiten aus ihrem Tagebuch kopiert und geschickt. Sie schreibt:

14. April 2013
Mark ist seit zwei Tagen verschwunden. Ich weiß nicht wo er ist. Ich habe unglaubliche Angst, dass etwas passiert ist. Wenn es ihm gut ginge, könnte er sich ja melden, aber das hat er nicht. Ich weiß nicht was ich tun soll. Ich bin völlig verzweifelt. Was, wenn er sich etwas angetan hat? Darüber will ich gar nicht nachdenken. Das würde mich zerstören. Ich weiß nicht, warum er mir nicht von seinen Problemen erzählt. Vertraut er mir nicht? Bin ich ihm keine gute Freundin? Er ist so verschlossen. Wenn ich wenigstens wüsste, dass er einen guten Freund hat, dem er sich anvertraut. Aber der einzige den er an sich ran gelassen hat war Phillip und der ist nicht mehr hier. Was soll ich bloß machen? Ich kann nicht

schlafen, so sehr sorge ich mich. Wenn er sich doch wenigstens kurz melden würde. Soll ich die Polizei verständigen? Ich weiß es nicht.

16. April 2013
Mark ist wieder aufgetaucht. Ich bin unheimlich froh. Auch wenn er in keiner guten Verfassung ist. Er hat die Nächte durchgemacht und viel getrunken. Jetzt schläft er auf dem Sofa. Ich habe nichts aus ihm herausbekommen, er redet nicht mehr. Ich mache mir wirklich Sorgen. Vielleicht sollte ich einen Arzt rufen. Vielleicht braucht er professionelle Hilfe. Er ist ein Mensch, der unheimlich tapfer sein kann. Seine Probleme hat er immer für sich behalten, auch wenn ich jeder Zeit ein offenes Ohr gehabt hätte. Und das wusste er. Aber er hat viele Geheimnisse, die ich nur erahnen kann. Er hat gern die Kontrolle und mag es nicht, sich schwach zu zeigen. Er hat auch nicht viel Beziehungserfahrung. Vor mir hatte er noch keine längere Beziehung. Er war ein wenig draufgängerisch. Das hat mich nie gestört, im Gegenteil, ich fand es erfrischend, dass noch keine andere Frau ihm ihren Stempel aufsetzen konnte. Ich war die erste, die er je geliebt hat und das habe ich genossen. Aber im Moment macht seine Art mir schwer zu schaffen. So kann es nicht weitergehen. Er muss zur Vernunft kommen und sich Hilfe holen. Ich habe das Gefühl, dass er dabei ist in ein tiefes Loch zu fallen. Und das kann ich nicht mit ansehen. Er kann momentan nicht gut für sich sorgen und mich lässt er nicht zum Zuge kommen. Es muss etwas passieren.

17. April 2013
Mark schläft jetzt seit fast 24 Stunden. Ich hoffe es hilft. Vielleicht bin ich naiv, aber ich hoffe, dass er bald aufwacht und wieder er selbst ist. Schlaf soll ja eine heilende Wirkung haben. Ich werde nachher versuchen mit ihm zu reden.

18. April 2013
Gleich nachdem er aufgewacht ist, ist Mark wieder verschwunden. Er hat gewartet bis ich im Bad war und hat sich dann rausgeschlichen. Das tut

weh. Er scheint mir nicht zu vertrauen. Vielleicht war ich in der Vergangenheit zu hart zu ihm. Ich kann sehr kritisch sein und bin brutal ehrlich. Das ist aber nicht böse gemeint. Und das weiß er eigentlich auch. Ich kann mir nicht erklären, was in ihm vor sich geht. Und ich bin es langsam leid mir darüber den Kopf zu zerbrechen. Er kann nicht einfach auftauchen und verschwinden wie es ihm passt. Er ist erwachsen, verdammt noch mal. Das ist kein Benehmen.

20. April 2013
Er ist wieder aufgetaucht. Ich habe ihm gesagt, dass wir uns dringend unterhalten müssen. Er meinte, das könnten wir machen nachdem er sich ausgeschlafen hat. Das Ende vom Lied ist, er hat sich ausgeschlafen und ist dann wieder abgehauen. Das macht mich wirklich sauer. Ich komme mir gründlich verarscht vor. Wir sind vier Jahre zusammen und stehen eine Krisenzeit offenbar nicht gemeinsam durch. Das ist ziemlich ernüchternd. Ich weiß nicht, wo er sich die ganze Zeit rumtreibt. Aber was mich angeht kann er da bleiben. Ich werde ihn nicht mehr reinlassen. Soll er zusehen wie er zurechtkommt. Er hat ja immer noch seine Wohnung, auf der Straße wird er also nicht landen.

21. April 2013
Mir ist seit Tagen schlecht. Ich habe es auf die unsichere Situation mit Mark geschoben, aber inzwischen glaube ich es ist doch etwas anderes. Meine Tage sind ausgeblieben. Ich habe mir für morgen früh einen Termin beim Frauenarzt geben lassen. Ich bete, dass es nicht das ist was ich denke.

22. April 2013
Ich bin schwanger. Ich wollte immer Mutter werden. Aber jetzt kann ich mich nicht darüber freuen. Mark ist wieder an meiner Tür aufgetaucht, ich habe ihn weggeschickt. Ich kann seine Gegenwart jetzt nicht ertragen. Auch wenn ich mich nach einer starken Schulter sehne. Die kann er mir momentan nicht bieten. Ich habe das Gefühl, dass meine Welt langsam

aber sicher in sich zusammen fällt. Ich kann nicht mehr aufhören zu weinen. Mit Mark ist es aus, das habe ich jetzt eingesehen. Der Grund dafür ist nicht seine ständige Eifersucht, noch nicht mal die Streits oder seine Schweigsamkeit. Ich habe gemerkt, dass wir einfach nicht zusammen passen. Ich bin ein Mensch, der sein Leben lebt, nicht seine Träume. Er ist damit nicht glücklich, das merke ich. Was aber viel mehr ins Gewicht fällt ist seine fehlende Zuverlässigkeit. Ich kann mich auf ihn nicht verlassen. Ich bin sehr bodenständig und heimisch. Er geht viel lieber aus und hat seinen Spaß, als an einer Beziehung zu arbeiten. Seit unsere erste Verliebtheit verflogen ist streiten wir uns ständig darüber. Es hat einfach keinen Sinn mehr. Was aber am meisten ins Gewicht fällt ist die Tatsache, dass ich ihn nicht als Vater sehe. Er hatte keinen guten Vater und sein Verhalten zeigt mir, dass er wahrscheinlich nach ihm kommt. Das Risiko möchte ich nicht eingehen. Also sollten wir von jetzt an besser getrennte Wege gehen.

****

Ich musste ganz schön schlucken. Ich habe nicht gewusst, wie unglücklich ich sie gemacht habe. Ich hatte immer angenommen unsere Beziehung wäre gut gewesen.

Nachdem ich zuende gelesen hatte schrieb ich ihr zurück. Ich habe mich in aller Form bei ihr entschuldigt. Mir war nie bewusst, wie sehr ich sie mit meinem Verhalten gekränkt habe. Umso mutiger finde ich es von ihr, dass sie mich im Nachhinein an ihren Gefühlen teilhaben lässt. Endlich weiß ich Bescheid.

Das Kind hat sie tatsächlich bekommen. Es ist ein Mädchen und inzwischen zwei Monate alt. Sie meint, sie sieht mir sehr ähnlich. Ich hoffe inständig, dass ich sie bald mal kennen lernen darf. Und dass Klara und ich eine Freundschaft hinkriegen. Ich werde alles dafür tun, das habe ich ihr auch gesagt. Ich kann mich ändern. Ich meine, ich habe mich schon geändert. Davon kann sie sich hoffentlich bald überzeugen.

02. August 2014

Wow, jetzt sackt das erst so richtig, ich bin Vater. Das ist der Wahnsinn. Vor ein paar Wochen habe ich noch darüber nachgedacht wie es wohl wäre und es mir für die nächste Zukunft gewünscht und jetzt ist es tatsächlich passiert. Auch wenn wir nicht die besten Ausgangsbedingungen haben. Ich hätte mir schon gewünscht, mit der Mutter noch zusammen zu sein. Aber es ist passiert und ich werde das Beste daraus machen. Und ich glaube ich bekomme das hin, denn heute habe ich meine kleine Maus zum ersten Mal gesehen. Sie ist zuckersüß und schien mich gleich zu mögen. Klara meinte, sie ist bei Fremden sonst eher zurückhaltend, aber sie ist auf meinem Arm geblieben ohne sich zu beschweren. Sie scheint zu wissen, dass wir zusammen gehören. Mir wären fast die Tränen gekommen vor Rührung. Ich werde alles tun um ihr ein guter Vater zu sein.

Klara ist auch dafür, dass wir ab jetzt regelmäßigen Kontakt halten. Ich will die Vaterschaft anerkennen und für mein Kind zahlen. Auch wenn ich momentan kein vorzeigbares Einkommen habe. Und ich will ihr die Liebe geben, die ich früher nie bekam. Ich werde ein besserer Vater sein als meiner es war, da bin ich sicher.

****

Es ist bemerkenswert – seit ich weiß, dass es die Kleine gibt, fühle ich mich nicht mehr allein. Zu wissen, dass sie da ist, gibt mir unglaublichen Auftrieb. Meine Cartoons zeichne ich in Rekordtempo und meine Laune war noch nie besser. Ich fühle mich gestärkt. Das Gefühl ist besser als verliebt sein. Ich hoffe es ist von Dauer, denn es gefällt mir wahnsinnig gut. Und ich hoffe, dass die Beziehung zu Klara so unkompliziert bleibt wie sie bei unserem Treffen war. Spätestens wenn einer von uns einen neuen Partner hat könnte es kriseln, aber ich denke auch das kriegen wir irgendwie hin. Wir werden etwas tun, was mit mir bisher nur unter besonderen Umständen möglich war: offen reden. Und dann kriegen wir schon alles was anfällt in den Griff. Ich glaube daran. Ich habe eine Entwicklung durchgemacht, die mich verändert hat. Klaras Brief hat bei mir zusätzlich einiges ausgelöst. Ich möchte es ab jetzt besser machen.

03. September 2014

Mein Reha startet heute, mein Zug ist vor einer Stunde in Bad Zwesten angekommen. Ich und ein paar andere Gäste wurden mit dem Kleinbus vom Bahnhof abgeholt. Die Fahrt in die Einrichtung hat eine halbe Stunde gedauert. Man ist hier wirklich weit ab vom Schuss. Aber es ist eine recht nette Anlage, mit großem Garten und einem kleinen Wald in der Nähe.

Mein Zimmer ist ganz in Ordnung, wenn auch kärglich und nur mit dem Nötigsten eingerichtet. Die Leute die ich bisher kennen gelernt habe scheinen nett zu sein. Allerdings ist es ein wenig ungewohnt, so viele Menschen um mich zu haben. Auf meiner Station sind um die 60 Personen und ein Fünftel davon hält sich regelmäßig in der Küche, dem hiesigen Gesellschaftsraum, auf. Ich bin es inzwischen sehr gewohnt allein zu sein. Das ist eine ganz schöne Umstellung. Im Moment brauche ich die Einsamkeit noch, sie ist mir vertraut, während alles andere neu ist. Deshalb halte ich mich irgendwie an ihr fest. Die anderen mögen das komisch finden, aber es ist mir aber egal. Ich bin niemandem Rechenschaft schuldig. Ich möchte nur nicht, dass sie denken, ich will mich abgrenzen und mit ihnen nichts zu tun haben. Das ist gar nicht der Fall. Obwohl ich noch keinen getroffen habe, mit dem oder der ich auf einer Wellenlänge liege. Aber das kommt ja vielleicht noch. Das einzige was wir alle auf den ersten Blick gemeinsam haben ist unsere Krankheit. Das reicht aber nicht aus um sich gut zu verstehen. Es kann als Einstiegsthema dienen, aber mehr auch nicht. Es wird sich zeigen, was sich noch so ergibt.

Ich habe einen groben Orientierungsplan bekommen. Für die ersten Tage steht nur Eingewöhnung auf dem Programm. Ich laufe viel durch die Gegend und sehe mir alles an. Der Ort hier liegt am Arsch der Welt, aber es gibt Ausflugsangebote und Busse, die einen hier weg bringen. Ins Kino oder einfach in die nächstgelegene Stadt. Das werde ich sicher mal in Anspruch nehmen.

Auch wenn die Landschaft hier sehr schön ist, ist es dennoch gewöhnungsbedürftig. Ich bin im nordhessischen Bergland und Berge kein bisschen gewohnt. Um ehrlich zu sein mag ich sie auch nicht besonders. So war ich zum Beispiel noch nie im Skiurlaub. Es ist anstrengend hier spazieren zu gehen, aber gutes Training. Ein Schwimmbecken habe ich auch schon entdeckt, ich kann mich hier also sehr gut fit halten. Das freut mich. Und mit den Bergen werde ich mich irgendwie arrangieren.

Ich kann kaum erwarten, dass es endlich losgeht. Während meiner Vorbereitungen habe ich gelesen, dass eine Reha mit der Beteiligung des Patienten steht und fällt. Ich möchte meine so gut wie möglich abschließen, also werde ich alles geben. Ich bin bereit.

06. September 2014

Mein Programm hat immer noch nicht angefangen, erst morgen habe ich die ersten Anwendungen und Gruppentherapie. Aber ich habe einige Leute jetzt besser kennen gelernt. Nachdem mich einer von ihnen dafür kritisiert hat, dass ich, wenn ich nicht gerade spazieren gehe, ständig auf meinem Zimmer bin und mich nicht mal zu ihnen geselle. Er meinte, dass die Reha nur Sinn macht, wenn man sich mit den anderen Teilnehmern zusammentut. Vielleicht hat er Recht. Allerdings gibt es hier nicht so viele Leute mit denen ich mich gerne zusammen tun würde. Das soll auf keinen Fall abgehoben klingen. Ich bin eigentlich ein sehr verträglicher Mensch und lasse andere so sein wie sie sind. Aber die Leute hier sind schon eine Sache für sich. Entweder hören sie sich absolut gerne reden und kauen dir ein Ohr ab. Diese Einseitigkeit finde ich absolut abstoßend und das tue ich mir einfach nicht mehr an. Oder sie fühlen sich durch die kleinsten Sachen auf den Schlips getreten und man muss super vorsichtig sein, was man sagt. Um ehrlich zu sein finde ich beides über alle Maßen anstrengend. Das gebe ich mir nicht, schon gar nicht in einer Reha, bei der das Ziel ist, sich zu entspannen. Dann gibt es noch die Schweigsamen, die auch nicht so oft in der Küche sind. Sie sind weitaus angenehmer als die anderen, aber mit ihnen komme ich auch auf keinen richtigen Nenner. Die meisten von ihnen haben Essstörungen. Das finde ich fast schlimmer als mein eigenes Manko. Sie tun mir leid, denn man sieht ihnen ihre Qualen auf den ersten Blick an.

Soviel dazu. Zum Glück habe ich ausreichend Bücher mitgenommen. Ich werde mir die Zeit hier schon vertreiben.

8. September 2014

Heute war zum ersten Mal Gruppentherapie, die war recht zermürbend. Es ging darin um unsere Symptome und wie die Schübe bei uns anfangen. Ich versuche eigentlich, nicht so viel darüber nachzudenken, obwohl ich natürlich immer ein Auge darauf habe wie es mir geht und ob sich vielleicht wieder etwas anbahnt. Aber in einer größeren Gruppe darüber zu reden und von anderen zu hören wie es bei ihnen war macht mir Angst. Ich habe noch nie Stimmen gehört. Wenn ich aber andere davon berichten höre, denke ich immer, dass es mir auch noch passieren könnte. Das wäre so ziemlich das Schlimmste was ich mir vorstellen kann. Den anderen scheint es nicht allzu schwer zu fallen über ihre Schübe zu reden. Sie sind aber auch um einiges älter als ich und haben damit schon länger zu tun. Ich bin die ganze Zeit zappelig und möchte am liebsten raus gehen. Das wurde auch von vorne herein abgesegnet. Wir können und sollen sogar gehen wenn es uns zu viel wird. Aber ich bin ein Durchhalter, ich gebe nicht so schnell auf. Warum auch immer, selbst wenn es gar nicht unbedingt nötig ist. Aber ich denke einfach, ich muss mich dem stellen.

Nach der Gruppentherapie war ich schwimmen, um abzuschalten. Es hat gut getan, auch wenn es recht voll war und wir uns in die Quere kamen. Aber ich habe mich auf meine Bewegungen und meine Atmung konzentriert und versucht, alles andere auszublenden. Das brauchte ich. Ich wüsste nicht, wie ich ohne das meine Sinne beisammen halten würde.

Danach war ich ein wenig in der Küche, um meine Kontaktbereitschaft zu zeigen. Ich war allerdings allein, was nicht so häufig vorkommt. Sie scheinen alle ausgeflogen zu sein. Aber das ist mir auch ganz recht. So kann ich, ohne den Gedanken etwas zu verpassen, in mein Zimmer gehen und den Abend mit lesen verbringen.

10. September 2014

So langsam habe ich mich hier eingewöhnt. Ich hatte vorhin auch ein sehr nettes Gespräch mit einer Mitpatientin. Sie ist ein wenig älter als ich und hat schon eine Krebserkrankung hinter sich. Ein ziemlich schweres Schicksal. Aber sie ist gut drauf und man kann offen mit ihr reden. Das war sehr angenehm. Abends spielt sie immer Karten. Ich habe mir fest vorgenommen, mich ihr mal anzuschließen. Nachher gehe ich noch mit ein paar anderen Kegeln. Das wird sicherlich lustig.

****

Die Kegeltruppe ist im Grunde ganz sympathisch, zum Glück bin ich einen Schritt auf sie zugegangen. Leider reisen die meisten von ihnen morgen ab. Der Ausflug heute ist ihr Abschied. Sie waren fast alle in meiner Gruppe, da wird es also die nächsten Tage auch einiges an Bewegung geben.

Mit den Leuten aus seiner Gruppe hat man Gruppentherapie, Musiktherapie und Bewegungstherapie, die anderen Angebote sind offen für alle. Es gibt außerdem noch Massagen, Fangopackungen und verschiedene Sportangebote. Ich gehe zum Badminton, Bogenschießen und Nordic Walking. Außerdem habe ich noch Bürotraining, weil ich später vielleicht in diese Richtung gehen will. Da wird auch die Belastbarkeit getestet, was für mich spannend ist, weil ich momentan so gar nicht einschätzen kann wie leistungsfähig ich noch oder schon wieder bin. Soweit läuft alles sehr gut. Ich habe ein wenig Heimweh nach meinem Hund und meiner Wohnung. Zum Glück konnte ich einen Nachbarn dazu bewegen, Monty für die fünf Wochen bei sich zu beherbergen. Er ist also gut versorgt. Und ich auch. Das Essen hier ist sehr lecker. Es gibt acht Wochen lang jeden Tag etwas anderes, erst dann wiederholen sich die Menüs. Das ist großartig. Auch die Massagen tun mir sehr gut. Bevor die Reha begonnen hat dachte ich, man müsse hier richtig was leisten, weil getestet wird wie fähig man ist. Aber dem ist nicht so. Man soll hier eher seine Batterien aufladen und Kraft tanken. Hier sind auch nicht nur Leute mit meinem Krankheitsbild. An meinem Tisch beim Essen sitzen zwei die an Multipler Sklerose erkrankt sind und eine die wegen Migräne hier ist. Also die unterschiedlichsten Sachen. Ich bin auch ganz froh, beim Essen meiner Krankheit mal entfliehen zu können. Zu allen anderen Gelegenheiten ist sie immer Thema, aber hier kann ich mal abschalten. Das tut gut. Was auch gut tut sind die Spaziergänge. Mittlerweile habe ich mich an die bergige Gegend gewöhnt. Die ersten Tage hatte ich noch Muskelkater, das hat sich aber gelegt. Die Landschaft ist wunderschön. Und die Luft ist viel frischer als in der Stadt. Es ist herrlich hier.

Gestern ist mir zum ersten Mal eine junge Frau aufgefallen. Wir sind im Gang fast ineinander gelaufen. Ich war nach meiner Massage sehr träumerisch entspannt und sie schien sich verlaufen zu haben. Während sie nach Orientierung suchte sah sie extrem süß aus. Beim Essen habe ich sie dann wieder gesehen. Sie sitzt Luftlinie circa zehn Meter von mir entfernt, schräg gegenüber. Vorher ist sie mir noch nie aufgefallen, also muss sie neu hier sein.

Ich glaube nicht an Liebe auf den ersten Blick. Sowas passiert einem, denke ich, nur wenn man jung und naiv ist. Aber Sympathie ist auf jeden Fall da. Ich fühle mich sehr stark von ihr angezogen. Nicht so stark wie damals von Marie, dennoch, wenn unsere Blicke sich treffen geht ein Kribbeln durch meinen Körper. Es ist regelrecht elektrisierend. Jedes Mal wenn ich das Zimmer verlasse, hoffe ich, ihr über den Weg zu laufen. Ich weiß nichts über sie, aber an ihrem Tisch sitzen zwei Männer von meiner Station, die ich jedoch nicht wirklich kenne. Vielleicht ändert sich das aber noch und ich komme über die Beiden mit ihr in Kontakt. Aber vorerst reicht es mir, sie aus der Ferne zu bewundern. Das genieße ich. Kein Druck, keine Pflichten, keine Gefahr. Es ist ein schönes Gefühl.

22. September 2014

Meine bisherigen Therapiegespräche, auch die in der Gruppe, führen mir vor Augen, dass mein Leben nicht so weitergehen kann wie bisher. Ich bin erkrankt und das geht nicht einfach wieder weg. Ich bin immer rückfallgefährdet und muss mein Leben mit Rücksicht auf die Krankheit ausrichten. Ich muss das ernst nehmen, wenn ich einen Rückfall vermeiden will. Und das will ich auf jeden Fall. Ich kann also nicht in meinen alten Job zurück, weil der Stresslevel zu hoch ist. Es muss mir etwas anderes einfallen. Ich habe aber kein wirkliches Ziel. Das einzige was ich immer machen wollte war zeichnen. Architektur würde da vielleicht einigen in den Sinn kommen. Das wäre bestimmt gar nicht so abwegig. Aber ich bin mir nicht sicher, ob mir das liegt. Und Jobs liegen in dem Bereich auch nicht gerade auf der Straße. Vielleicht sollte ich ins Bankwesen gehen oder Industriekaufmann lernen. Irgendwas im Büro. Allerdings habe ich auch keine Lust, noch mal eine Ausbildung zu machen. Studieren möchte ich auch nicht mehr. Ich würde gerne mit dem was ich schon gelernt habe etwas anfangen. Das höchste Maß der Gefühle ist für mich eine Weiterbildung. Das reicht aber auch. Während meines Studiums habe ich jahrelang im Marketing einer Krankenkasse assistiert. Vielleicht kann ich da einsteigen. Obwohl der Vertrieb auch nicht gerade etwas für Zartbesaitete ist. Was ich nun mal bin. Inzwischen bin ich so weit mir das einzugestehen. Vor ein paar Monaten noch wäre das niemals in Frage gekommen. Ich war immer stark und habe nie über meine Probleme gesprochen. Manche Menschen neigen dann dazu zu denken, dass man keine Probleme hat. Diese Leute wundern sich am meisten, wenn es einem irgendwann den Boden unter den Füßen weg zieht. Zu recht. Aber das stark sein um jeden Preis habe ich aufgegeben. In der Tagesklinik und auch in der Zeit danach habe ich gelernt, Schwäche zuzulassen und auch mal über meine Sorgen zu sprechen. Früher dachte ich immer das wäre jammern. Aber so denke ich heute nicht mehr. Es ist nur jammern, wenn man immer wieder über die gleichen Sachen redet und nichts daran ändert. Wenn es zu einer Leier wird. Aber einem engen Freund ein Problem anzuvertrauen ist noch lange kein Gejammere. Im Gegenteil, es ist völlig legitim und bringt zwei Menschen näher zusammen. Das war für mich ein Lernprozess, aber wenn es einmal klick gemacht hat ist das alles kein Thema mehr. Ich habe mir früher immer die Probleme der anderen angehört, war ein sehr guter Zuhörer und habe mich vollquatschen lassen. Ich dachte immer, wenn mir jemand seine Probleme anvertraut sind wir eng miteinander. Ich habe immer gerne Lösungen gesucht und meistens auch gefunden. Dabei habe ich eins nicht begriffen: Es ist sehr wohl Teil einer guten Freundschaft, sich die Probleme des anderen anzuhören und zu helfen. Aber wenn jemand dir von seinen Problemen erzählt, zu schnell und zu oft, heißt das noch lange nicht, dass ihr Freunde seid. Manche Menschen labern andere nur einfach gerne mit ihrem Mist zu, das ist alles. Solche Menschen sollten mir mal richtig schön egal sein. Auch hier laufen Leute rum, die andere nur vollquatschen wollen, die sich gerne reden hören, am liebsten über ihre Wehwehchen und Sorgen. Wobei sie im Vergleich nicht mal große Sorgen haben. Ok, niemand ist ohne Grund hier, aber wenn ich höre mit welchen Themen sie sich befassen, kann ich mir nur an den Kopf packen. Alles, jedes kleinste Ding, wird zu einer Katastrophe hochstilisiert. Das ist kaum auszuhalten. Ich weiß schon ganz genau wer die Pappenheimer sind und gehe ihnen aus dem Weg. Das ist die beste Art mit ihnen klar zu kommen. Ich wundere mich jedoch sehr, wie man so werden kann. Ständig nur von sich selbst zu erzählen, ohne anderen zuzuhören. Die Leute leben komplett in ihrem eigenen Universum. Das ist schon ein wenig erschreckend. Vor allem aber abschreckend. Und nicht nur für mich, denke ich. Aber was soll's, jeder so wie er kann. Ich lasse mich darauf jedenfalls nicht ein und es geht mir gut damit.

26. September 2014

Meine Vermeidungstaktik geht nicht mehr auf. Jemand hat mich auf dem Kieker, und ich denke, das geht schon eine Weile so. Hier ist eine Frau, die viel redet und dabei sehr viel – wie ich finde unangemessen – lacht. Sie hat mich ständig im Blick und schnell gemerkt, dass ich nicht mitlache. Sie ist einfach nicht lustig. Das scheint sie zu wurmen. Vorgestern in der Musiktherapie habe ich sie, zugegebenermaßen, ein bisschen geneckt und gesagt, dass sie ganz schönen Lärm produziert. Daraufhin ist sie aufgestanden und abgedampft. Als die Stunde zuende war bin ich rauf auf die Station, um sie zu suchen. Ich wollte mich bei ihr entschuldigen. Ich wollte sie nicht kränken, das ist mir einfach so rausgerutscht. Manchmal habe ich halt ein lockeres Mundwerk. Da habe ich gesehen, dass sie im Schwesternzimmer war. Die Wände sind ziemlich dünn und ich konnte hören, dass sie sich über mich beschwerte. Sie hat geweint. Als sie rauskam wollte ich mich dazu äußern, sie aber setzte sich eine Sonnenbrille auf – im Gebäude – und meinte nur, mit starrem Blick geradeaus, ich solle sie nicht ansprechen. Das war ganz schön heftig. Ich hätte nie gedacht, dass ein paar unüberlegte Worte so etwas auslösen können. Das wollte ich nicht und es ging mir schlecht deswegen. Sie gab mir keine Möglichkeit mich zu entschuldigen und deshalb wurmte es mich noch mehr. Ich fand es allerdings nicht in Ordnung, dass sie gegen mich hetzte. Das hat sie, wie ich später erfuhr, auch bei unserem gemeinsamen Therapeuten getan. Er fragte mich nur, was denn los sei. Und ich wusste es selbst nicht genau. Sie hat mich als Feindbild gebranntmarkt und schickt mir in Gruppensituationen immer Hass- blicke rüber. Sie will sich nicht aussprechen oder versöhnen, sie will Krieg und scheint das zu genießen, zumindest irgendwie zu brauchen. Das bringt mich in eine sehr unangenehme Lage. Und macht mir schwer zu schaffen. Ich bin ein Mensch, der Konflikte gerne aus dem Weg räumt. Diese Chance bekomme ich von ihr nicht.

Unser Therapeut meint, dass sie schwer gestört sei und ich versuchen soll, das nicht persönlich zu nehmen. Das ist leicht gesagt. Aber es beruhigt mich, dass es nicht an mir liegt. Er meinte, dass sie mit anderen Patienten auch solche Konflikte hat.

Nun ja, ich versuche, ihr aus dem Weg zu gehen. Und in den Gruppenstunden meide ich den Blick in ihre Richtung. Das kostet mich Kraft, aber ich werde es irgendwie überstehen.

Meinen Aufenthalt hier hatte ich mir entspannter vorgestellt. Ich verstehe auch nicht, dass diese Frau als rehafähig eingestuft wurde – sie ist sozial nicht vertretbar. Aber es ist nun so und ich werde damit leben. Ich versuche, an andere Dinge zu denken.

30. September 2014

Die Frau von schräg gegenüber geht mir nicht mehr aus dem Kopf. Sie hat so eine warme, liebevolle Ausstrahlung, die mich unglaublich in den Bann zieht. Ich würde mich so gerne mal mit ihr unterhalten, aber wir kennen uns immer noch nicht. Die beiden Männer von meiner Station scheinen eigentlich ganz nett zu sein und sich mit ihr auch zu verstehen, aber sie schotten sich total ab. Hängen immer nur zu zweit rum, beziehungsweise zu dritt, mit der hier gefundenen Freundin des einen. Dass sich das als so schwierig entpuppen würde hätte ich nicht gedacht. Obwohl ich es zumindest schon zweimal geschafft habe, ihr hallo zu sagen. Das ist mir so rausgerutscht, um die Peinlichkeit abzumildern nachdem ich sie träumerisch angestarrt habe. Sie hat nett zurückgegrüßt, aber ein Gespräch ist daraus nicht entstanden. Ich kann gar nicht einschätzen, ob sie daran überhaupt Interesse hat. Sie wirkt sehr aufgeschlossen, aber auch offen für ein näheres Kennenlernen? Ich weiß es nicht. Vielleicht ist sie vergeben. Das alles würde ich gerne herausfinden. Dazu muss ich mich nur endlich mal trauen, es in Angriff zu nehmen.

Ich weiß gar nicht, wovor ich so eine Angst habe. Ok, ich war schon immer schüchtern wenn mir eine Frau gefallen hat. Aber verlieren kann ich doch de facto nichts. Vielleicht würde ich mich schämen, wenn sie mir einen Korb gibt. Aber wenn ich sie auf anständige, und im besten Fall originelle, Art frage, gibt es dafür ja eigentlich keinen Grund. Trotzdem hab ich Bammel.

Ich bin ein neumodischer Mann, ich mag es, wenn die Frau mich anspricht. Die Frauen die das machen sind aber eigentlich nicht mein Typ, das ist die Zwickmühle. Ich mag zurückhaltende Frauen, die zwar schon aus sich rausgehen können, es aber nicht immer und überall tun. Mit weiblichen Draufgängern möchte ich lieber nicht ausgehen.

Ich möchte sie erforschen, soviel weiß ich. Ich muss einfach all meinen Mut zusammen nehmen und auf sie zugehen. Vielleicht freut sie sich, auch wenn sie einen Freund haben sollte. Dass sie mir gefällt, ist für sie ja ein Kompliment. Nur für mich wäre es blöd. Ich würde mich beim Essen dann unheimlich genieren. Aber warum habe ich das Gefühl, ich müsste mich dann schämen? Es ist doch eigentlich nichts dabei. Früher habe ich ohne Probleme Frauen angesprochen. Aber da ging es um nichts. Wenn es um etwas geht werde ich wortkarg und zurückhaltend.

Gefühle zu zeigen war nie groß mein Ding, deshalb ist es für mich ungewohnt und ein bisschen unangenehm. Sollte es nicht sein, ist aber so. Ich kann nicht wirklich viel dagegen machen. Es war schon ein Kampf, Gefühle überhaupt zuzulassen, geschweige denn sie nach außen zu tragen. Meine Kindheit und Jugend haben dazu geführt, dass ich mir derartiges verkniffen habe, weil man es in meinem Elternhaus immer unter den Teppich gekehrt hat. Das habe ich die ganzen Jahre so beibehalten, bis ich Klara traf. Sie hat mir was das anging einiges beigebracht und viel Geduld mit mir gehabt. Jetzt sieht meine Welt ganz anders aus – zum Glück. Trotzdem kriege ich es nicht auf die Reihe, eine nette Frau anzusprechen. Auch wenn ich weiß, dass diese Ängste dumm und unnütz sind, kann ich sie nicht abschütteln. Ich habe einfach den Gedanken im Kopf, dass sie etwas Besseres als mich verdient. Das ist ganz schön bescheuert. Vorhin, nach dem Abendessen, ist sie zeitgleich mit mir die Treppe raufgegangen. Sie war vor mir und hat sich zweimal umgedreht, ist auch recht langsam gelaufen. Es wäre also die Gelegenheit gewesen, aber ich habe sie nicht genutzt. Es kam total unvorbereitet, ich habe einfach nicht damit gerechnet. Unter anderen Umständen würden wir uns jetzt vielleicht schon kennen und den Abend miteinander verbringen. Aber so ganz ohne Vorbereitungszeit krieg ich das einfach nicht hin.

Ich habe mir etwas überlegt, was ich vielleicht machen könnte, um das Problem mit dem Ansprechen zu umgehen. Ich habe ihr einen kurzen Brief geschrieben, in dem steht, dass sie mir aufgefallen ist und ich sie sehr gerne kennen lernen würde. Dann habe ich den Brief zu einer Serviette gefaltet. Die wollte ich auf ihren Platz stellen. Und wenn sie liest und sich fragt, wer ihr den Brief geschrieben hat und sie mich, im besten Fall hoffnungsvoll, anschaut, würde ich lächeln und nicken. Das könnte ganz gut ankommen, denke ich. Ich muss es nur machen, aber selbst das traue ich mich noch nicht. Kaum zu glauben, dass ich sonst ein erwachsener Mann bin. Aber mit sowas kriegt man mich. Wenn sie vergeben ist oder mich einfach nur nicht will, würde ich mich ab dem Moment einfach nur noch schämen. Es ist einfach so, daran gibt es nichts zu rütteln. Deshalb zögere ich es hinaus.

Sie ist nach mir gekommen, also wird sie auch nach mir fahren. Ich habe noch Zeit. Klar, je früher ich es angehe, desto mehr Zeit haben wir miteinander. Ich weiß ja auch nicht, woher aus Deutschland sie kommt. Womöglich aus Bayern, das würde schwierig werden.

Ich kann die Zeit der Ungewissheit nicht mehr genießen, es fängt an mich zu belasten. Es wird wirklich höchste Zeit, dass ich etwas unternehme. Ich habe auch schon mit meinem Therapeuten darüber gesprochen. Er meint, ich soll mich mal entspannen. Je mehr ich darüber nachdenke, desto krampfiger werde ich und dann geht es schief. Das Problem ist, dass ich schon krampfig bin. Am besten wäre es, sie liefe mir noch mal nach der Massage über den Weg, wenn ich tiefenentspannt bin. Dann ständen meine Chancen am besten. Vielleicht habe ich ja Glück. Ich denke, das hätte ich mir verdient, dass etwas einfach mal einfach geht und mir in den Schoß fällt.

Ich habe die Hoffnung noch nicht aufgegeben, dass sie vielleicht den ersten Schritt macht. Auch wenn ich gar nicht einschätzen kann, ob ich ihr gefalle. Unsere Blicke kreuzen sich ab und zu, aber wir sitzen zu weit auseinander um sie deuten zu können. Auch weiß ich nicht, ob da nur

Wunschdenken im Spiel ist, wenn ich mir einbilde, dass sie auch mehr will.

Mir ist klar, ich drehe mich im Kreis. So kann und soll es nicht weitergehen. Es muss sich etwas ändern. Ich werde es in Angriff nehmen, sobald sich eine Gelegenheit bietet.

07. Oktober 2014

Morgen steht meine Abreise an. Was soll ich sagen, mit der Frau aus dem Speisesaal hat sich noch nichts getan. Das ist typisch für mich und mein jetziges Leben. Ich habe es mir schon gedacht. Aber die Zeit rennt und ich werde diesen Kreislauf durchbrechen. Heute früh war sie nicht beim Essen, vielleicht war sie früher da. Heute Abend allerdings werde ich die Serviette auf ihren Platz legen und dann werde ich es wissen. Wir hätten jetzt zwar nicht mehr viel Zeit uns kennen zu lernen, aber für ein erstes Beschnuppern reicht es noch.

Ich weiß jetzt auch endlich, wie es für mich nach der Reha weitergeht. Mein Therapeut und die Sozialarbeiterin sind sich übereingekommen, dass ich nicht einfach so wieder auf den Arbeitsmarkt geworfen werden soll, sondern ich werde eine LTA-Maßnahme – eine Leistung auf Teilhabe am Arbeitsleben – machen. Eine Maßnahme für Leute die erkrankt sind und aufgrund dessen eine berufliche Neuorientierung anstreben, mit therapeutischer Begleitung und Rücksichtnahme auf die Krankheit. Ich halte das auch für sinnvoll. Zuerst war ich nicht sehr begeistert, weil ich mich dadurch ausgebremst fühle – irgendwie behindert, eingeschränkt. Mein Stolz hat verrückt gespielt. Aber ich habe mich wieder eingekriegt. Ich denke, es ist der richtige Weg und ich werde die Hilfestellung annehmen.

Hilfe anzunehmen ist neu für mich. Für mich bestand das Leben immer aus Härtetests, die ich irgendwie bestehen musste. Aus meiner Kindheit kenne ich es nicht, dass ich meinen Eltern von meinen Problemen erzählen konnte. Dafür war einfach kein Raum, weil es ständig Streitereien gab, Konflikte innerhalb der Familie, die gelöst werden mussten. Meist hervorgerufen durch meine cholerische Mutter. Da war kein Platz für meine *Problemchen*. Und ich habe ihn auch nicht eingefordert, sondern soweit ich das als Kind schon konnte, die Sachen selbst verarbeitet und damit gelebt. Jetzt sehe ich das ein wenig anders. Es ist nicht mehr nötig, mich mit allem alleine zu belasten. Ich kann mich durch das Mitteilen meiner Sorgen um einiges erleichtern. Ich bin nicht perfekt und es gibt einfach Dinge, die ich so nicht hinkriege. Damit stehe ich nicht allein da, das weiß ich und diese Einsicht entspannt mich. Ich habe in der letzten Zeit mit vielen Leuten zu tun gehabt, die genau wie ich nicht mehr alleine klargekommen sind, sich Therapeuten gesucht und eine Reha gemacht haben. Leute, die sich selbst eingestanden haben, dass sie Hilfe brauchen. Wäre ich noch, wie vorher, in einer Ellenbogengesellschaft unterwegs, in der alle Menschen stark tun und sich profilieren wollen, würde es sicherlich anders aussehen. Aber jetzt lebe ich am Rande dieser Gesellschaft und muss sagen, da lebt es sich gut. Ich spüre keinen Druck mehr – Druck etwas darzustellen, Druck zu funktionieren. Ich bin einfach ich und lebe von einem Tag zum nächsten, so wie ich es eben kann.

Eine Zeit lang konnte ich es nicht erwarten wieder Teil der *normalen* Gesellschaft zu werden, ganz am Anfang. Ich habe mich schlecht gefühlt, weil ich nicht arbeiten konnte. Das war kaum zu ertragen. Jetzt habe ich mich an diesen Zustand gewöhnt und riesige Angst davor, bald wieder in das Haifischbecken zurück zu müssen. Ich weiß nicht, ob ich da noch bestehen kann. Mein Leben ist jetzt wunderbar entschleunigt, das würde ich gerne so beibehalten, weil es mir damit gut geht. Ich weiß ich nicht, ob das möglich ist wenn ich wieder im Berufsleben stehe. Ich habe mir eine Gelassenheit antrainiert, die ich dann möglicherweise wieder verlieren würde. Verdrängt durch den Stress und die Hektik des Alltags. Das will ich auf keinen Fall.

Manchmal wünschte ich, ich könnte in die Zukunft reisen und sehen, dass alles gut wird. Immer dann, wenn ich mir über meine berufliche und private Zukunft Gedanken mache. Das kommt nicht jeden Tag vor, dennoch würde ich mir diese Grübeleien gerne ersparen. Obwohl sie in meiner Lage ganz normal sind, denke ich. Damit werde ich wohl leben müssen. Es gibt keinen Fahrplan für meine Zukunft. Keine Möglichkeit, zu sehen was kommt. Irgendwie ist es ja auch spannend, wenn nicht alles schon entschieden ist, da hatte Peter schon recht. Aber es ist eine ungewohnte Situation für mich, immer noch. Es ist ok jetzt eine Auszeit zu nehmen, so viel Gelassenheit habe ich da inzwischen. Aber was nach der Maßnahme kommen kann weiß ich beim besten Willen nicht.

Naja, wie heißt es so schön? Kommt Zeit, kommt Rat. Das wird von jetzt an mein Motto. Ich möchte mich daran nicht länger aufreiben. Ich versuche mich jetzt einfach mal ganz intensiv im positiv Denken.

08. Oktober 2014

Sie war gestern nicht beim Abendessen und heute nicht beim Frühstück. Mein Brief ist also im Müll gelandet. Ich weiß nicht, ob sie schon abgereist ist oder ob sie einfach keinen Hunger hatte. Jedenfalls habe ich sie nicht mehr gesehen. Das sagt mir doch schon einiges. Wenn sie abgereist ist, ohne Kontakt mit mir aufzunehmen, kann ihr nichts daran gelegen haben. Ich habe mir also alleine den Kopf über uns zerbrochen. Jetzt sitze ich im Zug und heule, weil ich sie nie wieder sehen werde. Ganz schön bescheuert.

Ich weiß nicht weshalb, aber ich bin in letzter Zeit extrem emotional. Wahrscheinlich kommen jetzt all die unterdrückten Gefühle hoch und fordern ihr Recht ein. Nach Jahren der Unterdrückung. Aber das ist schon ok. Ich schäme mich nicht mal mehr dafür. Es ist nun mal so und es ist mir, zum ersten Mal in meinem Leben, völlig egal was die anderen denken. Da hat sich einiges getan und ich bin stolz darauf, dass es so ist. Früher hätte ich es niemals zugelassen in der Öffentlichkeit zu weinen. Jetzt gebe ich mich dem hin und lebe meinen Schmerz aus. Das ist unglaublich befreiend.

Sie war es eben nicht. Ist auch nicht mehr wichtig. Ich werde eine andere Frau finden, mit der ich vielleicht einfacher in Kontakt komme. Und ich werde mich verlieben. Ich bin dazu bereit. Ich will es, mehr als alles andere. Jobmäßig wird sich in den nächsten Wochen erst mal nicht so viel tun. Also habe ich eine Menge Zeit, die ich in eine Beziehung investieren kann. Das ist mein größter Wunsch. Auch wenn die Einsamkeit ein wenig abgenommen hat, seit ich von meiner kleinen Tochter weiß, so ist sie doch nicht vollständig verschwunden. Ich sehne mich nach einer Partnerin. Zärtlichkeiten, intensive Gespräche, alles was dazu gehört. Ich finde, nur wenn man in einer Beziehung ist, lebt man richtig. Das Leben hat eine ganz andere Qualität wenn man es mit jemandem teilt. Alles andere ist nur ein Überleben.

Doch wie stelle ich es am besten an? Online-Dating habe ich für mich abgehakt. Und Partys stehen im Moment keine an. Mein neuer Plan ist also, aufmerksam durchs Leben zu gehen und meine blöde Schüchternheit abzulegen. Der Leidensdruck ist inzwischen so groß, dass ich es kann, denke ich. Sollte ich also in der Bahn oder im Supermarkt eine Frau sehen die mir gefällt, werde ich sie ansprechen und nach ihrer Nummer fragen. Oder ihr meine Karte in die Hand drücken, das geht im Zweifel vielleicht weniger in die Hose. Es ist beschlossene Sache. Vielleicht frage ich zuerst mal Frauen die mir nicht so gut gefallen, um in Übung zu kommen und die Hemmschwelle abzubauen. Ich glaube, das ist ein guter Plan.

12. Oktober 2014

Ich bin wieder zu Hause und tierisch frustriert. Eigentlich ging es mir gut, aber seitdem ich Zyprexa nehme habe ich schon 10 Kilo zugenommen. Die Waage hat es mir praktisch ins Gesicht geschrien. Es wundert mich allerdings nicht. Ich habe ständig Appetit und esse die ganze Zeit. Total ungesundes Zeug auch noch. Während der Reha hatte ich das irgendwie im Griff, aber jetzt hat der alte Trott mich wieder. Eine Pizza und danach eine ein Liter Packung Eis sind gar nichts. Dazu eine Tafel Schokolade und abends noch einen Döner. Es ist ganz klar wo die Kilos herkommen. Aber ich kann mich einfach nicht beherrschen. Das Hungergefühl ist so stark, dass ich denke ich würde sterben, äße ich nichts. Und ich gönne mir alles worauf ich Appetit habe, meine Vernunft ist völlig ausgeschaltet. Wie bei einem Kind. Durch die schlechte Ernährung werde ich träge und habe keine Lust mehr auf Sport. Ich esse also mehr und bewege mich weniger, ganz klar, dass ich immer dicker werde. Trotzdem ich das weiß, kann ich nichts dagegen machen. Ich sehe tatenlos dabei zu wie ich immer mehr in die Breite gehe. Es ist wie ein schlechter Film. Ich esse aus Frust, aus Langeweile oder einfach weil ich einen bestimmten Geschmack im Mund haben will. Jeden Tag nehme ich mir vor, mich zusammen zu reißen, aber es klappt einfach nicht. Das kleine dicke Kind in mir hat ein riesiges Verlangen. Ich musste mir schon eine neue Jeans kaufen, weil meine anderen Hosen nicht mehr passen.

Früher habe ich nie kapiert wie man richtig dick werden kann. Inzwischen habe ich dafür sehr viel Verständnis. Ich hatte mich schon seit drei Wochen nicht mehr gewogen, weil ich einfach nicht wissen wollte, wie viel ich zugenommen habe. Dass ich zunehme weiß ich, das reicht mir. Und so wird man richtig fett – wenn man die Kontrolle über sein Gewicht verliert. Ich hätte nie gedacht, dass mir sowas mal passiert. Ich bin regelrecht geschockt und völlig ratlos. Jeden Tag sage ich mir, ok, heute noch mal sündigen, aber morgen beginne ich eine Diät. Am nächsten Tag sage ich mir das gleiche. Es ist ein wirklicher Teufelskreis.

Wenn man den Magen erst einmal an eine gewisse Menge Essen gewöhnt hat, gibt er sich mit weniger auch nicht mehr zufrieden. Ich esse nicht nur ungesunde Sachen, sondern davon auch noch große Mengen. Und ich kann mir dabei nur zusehen, einschreiten kann ich nicht. Ich kaufe absichtlich keine Süßigkeiten ein, damit ich nicht in Versuchung komme. Alles was ich zu Hause habe wird nämlich sofort vernichtet. Aber dann schaltet sich mein Körper irgendwie auf Autopilot und ich finde mich im Supermarkt wieder. Wie ein Schlafwandler gelange ich dahin, eigentlich gegen meinen Willen. Und anstatt das Schlimmste zu vermeiden und mir einen Joghurt oder ähnliches zu kaufen, muss es dann doch die Familienpackung Milchschnitte sein, die ich in einem Zug wegesse. Ich hab auch schon seit Monaten keinen echten Hunger mehr. Früher habe ich mit dem Essen immer gewartet, bis sich der Hunger eingestellt hat. Da habe ich auch nicht so viel übers Essen nachgedacht. Jetzt denke ich die ganze Zeit daran. Und kann es kaum erwarten. Ich esse oft einfach nur weil ich essen will. Weil ich etwas in mich reinstopfen will. Es ist verrückt. Mein Körper ekelt mich schon regelrecht an. Er ist weich und schwabbelig geworden, absolut unattraktiv. Eigentlich wollte ich ja eine Frau kennenlernen, aber unter diesen Umständen lasse ich mir damit vielleicht noch ein wenig Zeit. Es soll ja Frauen geben, die das nicht stört. Aber mich stört es und darauf kommt es an. Mein Selbstbewusstsein hat allein durch die Krankheit schon sehr gelitten. Die Gewichtszunahme macht das alles noch mal einen Ticken schlimmer. Mein Marktwert ist dadurch nicht gerade gestiegen. Es ist schon schwierig genug, eine schwere Depression zu verkaufen. Gut, ich müsste das vielleicht nicht unbedingt erzählen, aber irgendwann kommt das Thema auf Beruf und all den Rest. So ehrlich bin ich dann, auch die Wahrheit zu sagen. Sicherlich könnte ich einfach sagen, dass ich arbeitslos bin, aber das geht gegen meinen Stolz. Wäre ich fit, würde ich Arbeit haben, ich habe immer irgendwas gearbeitet, seit ich 16 bin. Also sage ich, dass ich krankgeschrieben bin. Das kann ich besser verkraften, denn dafür kann ich nichts. Dann muss ich natürlich sagen, was ich habe und das tue ich auch. Ich finde das nur fair. Wenn meine Krankheit Jahre zurückliegen würde, würde ich das wahrscheinlich gar nicht thematisieren. Aber jetzt ist es aktuell und ich finde es ist richtig, davon zu erzählen. Es ist ein Teil von mir und ich will mich nicht mehr verstecken müssen. Obwohl es natürlich ein ganz klares Manko ist, ein Makel. Frauen wollen einen starken Mann. Wenn sie dann auf jemanden treffen, der dem Druck der Welt nicht standhalten konnte, ist er gleich ein wenig unattraktiver. Andererseits will ich eine Partnerschaft, die auf Offenheit und Ehrlichkeit basiert. Man muss sich austauschen können, auch über Probleme und Schwächen. Alles andere macht für mich keinen Sinn. Das wäre nicht das was ich suche. Und so trennt sich ziemlich schnell die Spreu vom Weizen. Es gibt genug Leute, die Verständnis dafür haben, die sich mit dem Thema selbst schon befasst haben oder jemanden kennen der damit schon zu tun hatte. Alle anderen können mir fern bleiben. Leute, die Depressionen nicht ernst nehmen und nicht als Krankheit ansehen, Ignoranten eben, brauche ich in meinem Leben nicht. Auf die kann ich gut verzichten.

20. Oktober 2014

Mein Körper verändert sich immer mehr zum Negativen. Ich habe mich auf die Waage getraut – 13 Kilo inzwischen. Das macht mich fertig. Es gibt ein Musikvideo von den Rolling Stones zu „Anybody seen my Baby". Da steht eine Frau unter der Dusche und wäscht sich Schicht um Schicht ihre Fettleibigkeit vom Körper, bis sie rank und schlank ist. Das würde ich jetzt auch gerne machen. Ich muss definitiv mit dem Futtern aufhören. Hier ist eine Grenze erreicht. Ich passe in keine meiner Hosen. Das kann so nicht weiter gehen. Hier ziehe ich die Not- bremse und benehme mich wieder wie ein Erwachsener. Ich erlaube mir von jetzt an nicht mehr jede kulinarische Sünde. Ich passe auf was ich esse. Sonst artet das noch weiter aus.

****

Ich sitze gerade an der Spree und lasse mir die Herbstsonne auf den Pelz scheinen. An Tagen wie diesen ist das Leben, trotz kleinerer oder größerer Sorgen, in Ordnung. Ich bin Single, dick und arbeitslos, aber das alles stört mich nicht – das ist die Macht der Sonne. Für mich ist es mittlerweile richtig schwer bei gutem Wetter schlechte Laune zu haben. Ich bin sehr wetterfühlig, was wiederum bedeutet, dass ich an trüben Tagen eher schlechter drauf bin. Bald ist November, der grauste Monat des Jahres. Die Sonne ist weg und es liegt noch kein aufhellender Schnee. Ich freue mich nicht darauf. Aber zum Glück ist es ja nur ein Monat, den werde ich schon irgendwie überstehen. Auch wenn die Zeit momentan zu schleichen scheint. Ich wünschte ich hätte etwas zu tun. Wann meine LTA-Maßnahme losgeht weiß ich noch nicht. Manchmal könnte ich echt die Wände hochgehen. Dann werde ich ganz unruhig, laufe in meiner Wohnung auf und ab und weiß nichts mit mir anzufangen. Solche Tage versuche ich im Nachhinein auszublenden. Sie sind unerträglich. Ganz besonders, wenn man mit sich selbst nicht zufrieden ist. Dann sich selbst überlassen zu sein ist nicht so spaßig. Aber was sollen Gedanken an morgen, wenn es mir heute gut geht?

****

Ich habe beschlossen, dem Online-Dating doch noch mal eine Chance zu geben. Und wenn es nur der Ablenkung dient. Oder um herauszufinden, wie mein Marktwert tatsächlich ist. Ich erwarte nicht, dass eine Beziehung mich glücklich macht, wenn ich sonst unglücklich bin. Den Anspruch habe ich nicht und es wäre eine Illusion. Ich erwarte nicht einmal, eine Beziehung zu finden. Aber meine Laune heben würde ein bisschen flirten bestimmt. Ich suche zu aller erst mal Kontakt zu jemandem, was sich daraus entwickelt ist eine andere Sache. Dennoch, dieses Mal werde ich nur Frauen schreiben bei denen es kribbelt. Und sie müssen mehrere Fotos hochladen, damit ich mir ein gutes Bild machen kann. Mag oberflächlich klingen, aber nur wenn man jemanden äußerlich attraktiv findet – und das ist sehr subjektiv – will man die Person auch näher kennen lernen. So ist das nun mal, auch wenn es scheiße klingt. Ich bin auf der Suche nach meinem persönlichen Glück und die darf ich so gestalten wie es mir passt. Ansprüche zu haben ist kein Charakterfehler. Mal schauen was es bringt.

02.November 2014

Peter war heute zu Besuch. Ich bin wahnsinnig stolz auf ihn. Er hat einen Job gefunden und startet jetzt richtig durch. Er hat früher eine Kochlehre gemacht und nun eine zweite Chance bekommen. In einem Restaurant hat er zunächst geputzt, bis ihm zu Ohren kam, dass einer der Köche das Handtuch werfen wollte. Da hat er sich beworben und wurde prompt genommen. Jetzt kocht er dort und ist glücklich. Ich freue mich total. Endlich läuft sein Leben wieder in geregelten Bahnen. Er hat auch versucht Kontakt mit seinen Kindern aufzunehmen. Die sind mittlerweile erwachsen und dürfen selbst entscheiden, ob sie ihn sehen möchten. Seine Tochter hat er schon getroffen, sein Sohn wollte noch nicht. Aber ich denke, das ist nur eine Frage der Zeit. Er muss sich erst mal daran gewöhnen, wieder einen Vater zu haben.

Bei mir ist weiterhin Stagnation angesagt, es ist einfach nur belastend. Ich versuche, ein wenig zu zeichnen, aber mir fehlt die Inspiration. Das graue Wetter draußen zieht mich runter.

Ich höre, wie schon seit Ewigkeiten, viel Musik und gucke Filme, zu etwas anderem fühle ich mich nicht in der Lage. Ich denke aber nicht, dass ich depressiv bin, höchstens ein bisschen verstimmt. Ich habe keine selbstmörderischen Gedanken und grübele auch nicht. Mein Antrieb ist relativ in Ordnung und ich schaffe es, morgens aufzustehen. Es wird vorbei gehen. Nächste Woche habe ich einen Termin bei der Rentenversicherung, dann werde ich hoffentlich wissen wann es losgeht.

11. November 2014

Ein Ruck ist durch mich durchgegangen. Ich gehe wieder viel spazieren. Irgendwie zieht es mich in die Natur. In der Nähe meiner Wohnung ist ein Naherholungsgebiet, da findet man mich momentan oft. Ich brauche das irgendwie. Früher konnte ich mit der Natur nicht viel anfangen und auch heute noch kenne ich viele Pflanzen oder Bäume nicht, dennoch werde ich von ihnen angezogen. Es ist friedlich hier und strahlt Ruhe aus. Das tut mir unheimlich gut.

Manchmal wünschte ich, ich wäre schon ein alter Mann. Dann würde nichts mehr von mir erwartet. Ich könnte auf mein Leben zurückblicken und würde wissen, dass alles gut wird. Und ich müsste nichts mehr machen, müsste mich nicht mehr mit Ängsten rumplagen. Ich könnte einfach nur zu Hause sitzen und ab und zu Besuch empfangen, mich an Geschichten aus meinem Leben erinnern und eine ruhige Kugel schieben. Ich würde meinen Enkeln, die ich hoffentlich haben werde, beim Heranwachsen zusehen und mich an ihnen erfreuen.

Hört sich fast so an, als wäre ich schon jetzt reif für die Rente. Aber dem ist nicht so. Ich möchte gerne noch eine Weile meinen Beitrag leisten. Wenn es nur nicht so schwer wäre, Orientierung zu finden.

Ich möchte einen Job, der zu mir passt. Wenn es geht würde ich gerne weiter Karriere machen. Auch wenn ich nicht sicher bin, ob ich das vom Belastungslevel meistern kann. Aber versuchen möchte ich es, zumindest. Wenn das nicht klappt, gebe ich solche Träume auf. In welche Richtung es mich verschlagen wird ist offen, aber dafür ist die Maßnahme da. Ich erwarte mir viel davon, hoffentlich nicht zu viel. Und ich kann kaum erwarten, dass es endlich losgeht. Ich hänge in der Luft, und diesen Schwebezustand halte ich nicht viel länger aus. Ich möchte endlich wissen wie es weitergeht. Dann könnte ich vielleicht auch besser schlafen.

21. November 2014

Ich hatte inzwischen meinen Termin bei der Rentenversicherung und auch beim Berufsförderungswerk, die Institution, bei der ich die Maßnahme machen werde. Meine Belastungserprobung startet im März, es gibt also ziemlich lange Vorlaufzeiten. Bis dahin muss ich mich noch irgendwie beschäftigen. Aber ich denke, ich kriege das hin, denn inzwischen bin ich was das Zeichnen anbelangt wieder inspirierter. Und endlich weiß ich, wann und wie es weitergeht! Das ist eine riesige Erlösung.

Ein anderer Grund für meine gute Laune ist der: Ich habe eine Frau kennen gelernt. Wir haben uns zwei Wochen hin und her geschrieben und dabei hat es bei mir schon etwas gekribbelt. Ihre beiden Fotos haben mir auch sehr gut gefallen. Dann haben wir uns getroffen. Es war keine Liebe auf den ersten Blick, aber sie war mir gleich sympathisch. Sie redet gerne und viel, das gleicht ein bisschen aus, dass ich eher zurückhaltend bin. So entstanden keine Momente unangenehmen Schweigens. Obwohl Schweigen natürlich nicht immer unangenehm sein muss, aber wenn man sich erst so kurz kennt ist es das schon irgendwie. Jedenfalls haben wir einen schönen Abend verbracht und uns noch mal getroffen. Wir waren zuerst etwas trinken und dann eine Runde am See spazieren. Das war sehr angenehm. Wir haben vom Tanzen geredet und davon, dass ich vor nicht allzu langer Zeit mit meiner Ex einen Kurs gemacht habe. Da hat sie mich heraus- gefordert, ihr zu zeigen was ich drauf habe. Und so haben wir mitten in der Nacht am See Walzer getanzt. Danach haben wir uns zum ersten Mal geküsst. Es war magisch. Der Mond glitzerte auf dem ruhigen

Wasser. Ein leichter Wind umwehte uns. Und es gab in dem Moment nur sie und mich auf der Welt. Ich hätte ihn am liebsten für immer eingefangen. Ich hoffe, dass diesem noch viele folgen werden.

Ich habe sie später nach Hause gefahren, bin aber nicht mit zu ihr hoch, dafür ist es noch zu früh. Obwohl ich ihr schon sehr gerne noch näher gekommen wäre. Aber ich bin kein Mann für die schnelle Nummer. Nicht mehr. Und es war mir wichtig, ihr das zu beweisen. Ich denke, dass sie es zu schätzen weiß.

Es geht ein Stückchen bergauf durch sie. Sie weiß es, mir diesen grausten aller Monate zu versüßen. Ich bin unheimlich froh, sie kennen gelernt und der online Suche noch eine Chance gegeben zu haben. Und ich denke ihr geht es ähnlich. Sie war drauf und dran sich abzumelden, hat sich aber noch mit mir getroffen. Das war ein großer Glücksfall.

Leider sehen wir uns nicht so oft wie ich es gerne hätte. Sie macht Karriere bei einer Bank und investiert sehr viel Zeit darin. Arbeitet oft bis in den späten Abend hinein. Wir haben trotzdem viel Kontakt, wir chatten über Facebook oder telefonieren. Das tröstet mich ein wenig. Aber ganz kann es die persönlichen Treffen eben doch nicht ersetzen. Egal, ich nehme momentan was ich kriegen kann. Ich will sie und gebe mich mit dem zufrieden was ist. Das mit uns fühlt sich richtig an.

Was mir ein wenig zu schaffen macht ist allerdings die Tatsache, dass sie beruflich sehr erfolgreich ist. Das wurmt mich. Ich habe darüber noch nicht mit ihr gesprochen, weiß also nicht wie sie das sieht, aber ich habe damit ein Problem. Ich arbeite nicht. Auch wenn ich mir denke, dass das ja nicht für immer so bleibt. Aber ich kann mir nicht vorstellen, dass sie das nicht stört. Es muss sie stören, denke ich mir dann, und das zieht mich ziemlich runter. Ich habe Angst es anzusprechen, weil ich sie nicht auf Gedanken bringen will, die ihr alleine vielleicht nicht gekommen wären.

Ich weiß nicht, ob ihr das so bewusst ist wie mir. Ich versuche auch, sie bei allem was wir machen einzuladen, aber um ehrlich zu sein wird meine Kohle langsam knapp. Ich habe zwar Gespartes, aber das wollte ich für schlechte Zeiten aufheben. Vielleicht sind das auch jetzt schon die schlechten Zeiten, aber ich will das Geld einfach nicht antasten. Es gibt mir eine gewisse Sicherheit zu wissen, dass ich ein Polster habe. Hätte ich das nicht, würde es mir bedeutend schlechter gehen.

05. Dezember 2014

Natalie und ich sind jetzt zusammen, ganz offiziell. Es läuft sehr gut. Ich bin in sie verliebt. Obwohl ich mich noch nicht traue, ihr das zu sagen. Dafür ist es noch zu früh, denke ich. Auch wenn es die Männer sind, die sich durch sowas abschrecken lassen und Frauen das vielleicht gerne hören. Ich lasse mir damit noch Zeit. Ich bin was das angeht nicht von der schnellen Sorte, sage sowas erst wenn ich mir sehr sicher bin. Auf jeden Fall spüre ich es und es ist ein tolles Gefühl. Wenn sie in meiner Nähe ist, fühle ich mich als würde ich auf Wolken laufen. Ganz leicht und unbeschwert. Meine Sorgen vergesse ich in ihrer Gegenwart. Das tut so gut. Sie zu kennen macht die Warterei auf die Maßnahme um vieles erträglicher. Sie hat mich auch dazu ermutigt mehr zu zeichnen. Sie hat die Sachen die ich bisher hervorgebracht habe nahezu verschlungen und ist ganz begeistert davon. Sie meint, ich sollte das auf jeden Fall weiter verfolgen. Und das tue ich, ganz fleißig. Ich hab schon meinen ersten Cartoon fertig und sitze gerade an der Fortsetzung. Es macht wahnsinnig viel Spaß, auch wenn ich bisher keinen Verlag gefunden habe. Aber darum kümmere ich mich später. Ich will mir im Moment noch meine Hoffnung bewahren und mir keine Absagen einhandeln. Das würde mir den ganzen Spaß verderben.

Ich zeichne in jeder freien Minute. Die Zeit, die ich nicht mit Natalie verbringe geht komplett dafür drauf. Ich habe einen richtigen Lauf. Das fühlt sich gut an. Es geht ganz von allein, ohne irgendwelchen Druck. Es sprudelt nur so aus mir heraus. Manchmal vergesse ich sogar zu essen, weil ich mich so sehr darauf konzentriere. Natalie hat in mir etwas angestoßen, was ich schon verloren geglaubt hatte: Ehrgeiz. Ich bin voll und ganz bei der Sache und verfolge mein Ziel. Vielleicht hat mich meine Krankheit doch nicht so kaputt gemacht und ich kann wieder der alte werden. Das wünsche ich mir sehr. Ich hatte Teile meiner Persönlichkeit schon verschwunden geglaubt. Aber meine neue Freundin hat einiges in mir wach gerüttelt und das in so kurzer Zeit. Ich fühle mich wieder lebendig. Dafür bin ich ihr sehr dankbar.

Ich habe ihr auch schon von meiner Erkrankung erzählt, das ist nur fair. Wir sind ziemlich schnell auf das Thema gekommen, weil ihr Bruder aktuell auch damit zu tun hat und sie mir davon erzählte. Ich habe ihr dann gleich reinen Wein eingeschenkt, weil ich es für richtig hielt. Sie hat viele Fragen gestellt und gut reagiert. Darüber bin ich froh. Ich merke, dass es mir nicht so leicht fällt, jemandem den ich beeindrucken will alles zu erzählen. Aber es tut gut, dass es jetzt raus ist. Ich fühle mich befreit. Und die Tatsache, dass sie trotzdem bei mir bleibt, gibt mir ein gutes Gefühl.

13. Dezember 2014

Heute hat es zum ersten Mal geschneit. Ich war im Stadtwald spazieren und es war herrlich. Die Bäume waren bedeckt und sahen aus wie eine Winterwunderlandschaft. Traumhaft. Dabei ist mir ein Gedanke gekommen. Ich habe die letzten Nächte immer von Barcelona geträumt und würde so gerne wieder hinfliegen. Am liebsten um die Weihnachtszeit. Deshalb habe ich jetzt Nägel mit Köpfen gemacht. Ich habe mir gesagt, wenn ich einen Flug unter 100 Euro finde, buche ich. Und so war es. Ich werde vier Tage vor Weihnachten anreisen und eine Woche bleiben. Ich freue mich wahnsinnig darauf und habe es gleich Natalie erzählt. Sie war nicht so begeistert. Zum einen, weil ich sie nicht gefragt habe, ob sie mitkommt. Dazu muss ich gestehen, dass ich tatsächlich nicht daran gedacht habe sie zu fragen, weil wir erst so kurz zusammen sind. Schande über mein Haupt. Aber ich finde, dass es für einen gemeinsamen Urlaub auch noch zu früh ist. Sie fand es generell nicht gut, dass ich alleine fliege. Sie hat Angst, dass mir irgendwas passiert. Dass ich einen Rückfall habe und dann keiner da ist, der mir helfen kann. Das kann ich verstehen. Aber anders als beim letzten Mal habe ich jetzt Bedarfsmedikation dabei. Wenn ich also merke, dass ich psychotisch werde oder ich übersteigerte Ängste habe, nehme ich einfach eine Tablette und dann sollte sich das von allein erledigen. Womit sie natürlich recht hat ist, dass sich Verwirrtheit einstellen könnte, trotz Notfallpillen. Das war beim letzten Mal der Fall und ich hätte deswegen fast meinen Rückflug verpasst. Darüber mache ich mir natürlich auch Gedanken. Das will ich auf keinen Fall. Außerdem habe ich in den nächsten Monaten einiges vor. Ich will beruflich wieder durchstarten und kann mir keine Rückschläge erlauben. Und ich will nicht alles durch so etwas Banales wie eine Reise aufs Spiel setzen. Ich habe Natalie versprochen, mit meiner Therapeutin und meinem Arzt darüber zu sprechen. Wenn einer der beiden einen Einwand hat, bleibe ich hier.

19. Dezember 2014

Heute habe ich mir ein echtes spanisches Frühstück gegönnt, zur Feier des Tages. Mein Flieger geht in drei Stunden. Aber ohne mich. Ich habe mit meiner Therapeutin gesprochen, die von meinen Plänen hellauf begeistert war. Sie ist auch Barcelona Fan und der Meinung, dass mir die Energie der Stadt gut tun würde. Sie hält es auch für unwahrscheinlich, dass mit mir durch die Reise und den Aufenthalt dort irgendetwas passiert. Es ist positiver Stress und der würde mich, wenn überhaupt was passiert, nur beflügeln. Mein Arzt war ganz anderer Meinung. Ihm gefiel die Idee nicht. Er fand es nicht gut, dass ich dort alleine bin. Er meinte, er hat ein mulmiges Gefühl dabei und riet mir davon ab. Ich vertraue auf seine

Erfahrung und habe es abgeblasen. Um ehrlich zu sein bin ich sogar ein bisschen froh. Ich habe mir selbst auch schon sehr viele Gedanken gemacht und darüber Ängste entwickelt. Ein Teil von mir wäre die Reise wahnsinnig gerne angetreten. Die andere Hälfte hatte riesigen Schiss. Am liebsten würde ich jetzt im Flieger zurück nach Hause sitzen und mich an schönen Erinnerungen laben. Aber das geht ja leider nicht. Ich will auf keinen Fall einen Rückfall riskieren und die Maßnahme gefährden. Man erholt sich von solchen Schüben nur sehr schwer, beziehungsweise langsam. Das kann ich mir momentan einfach nicht leisten. Und ich möchte nicht in Spanien stranden, weil es mir so schlecht geht, dass ich es nicht mehr alleine in den Flieger schaffe. Ich weiß noch, wie verwirrt ich bei der letzten Reise war, das war wirklich kein Spaß.

Ich werde es mir stattdessen in Berlin schön machen. Mal ins Aquarium gehen, an der Spree entlang spazieren, mich im Tiergarten aufhalten, im spanischen Restaurant essen gehen. Es hätte mir zwar sicherlich gut getan mal raus zu kommen, aber es gibt hier auch so schöne Ecken, ich muss nicht unbedingt wegfahren. Und ich kann jeder Zeit Natalie sehen. Sie hätte ich schmerzlich vermisst. Auf Einsamkeit hätte ich jetzt auch gar keine Lust gehabt. Klar lernt man in einer Jugendherberge schnell Leute kennen, aber man hat dafür nie eine Garantie und letztendlich macht dann auch jeder sein Ding. Es ist besser so, ich habe mich richtig entschieden.

Das Geld für meinen Flug ist allerdings hinüber. Ich war so risikofreundlich, keine Rücktrittsversicherung abzuschließen. Selbst Schuld, das hätte ich wirklich tun sollen. Aber egal, wieder was gelernt. Beim nächsten Mal mache ich es anders. Ich merke trotzdem, dass ich langsam erwachsen werde. Ich wollte nach Barcelona, um mir zu beweisen, dass ich alles genau wie früher machen kann. Dass ich ohne Probleme alleine durch die Welt tingeln und meine Freiheit genießen kann, ohne Einschränkungen. Das ist eben nicht der Fall. Das habe ich eingesehen. Ich bin vorbelastet und gefährdet. Worauf es jetzt ankommt ist, nichts Wichtiges aufs Spiel zu setzen. Auch wenn mir vielleicht nichts passiert wäre, so ist das Risiko doch zu hoch. Ich muss noch länger stabil sein um so etwas machen zu können. Das hat noch Zeit. Vielleicht nächstes Jahr und dann zusammen mit Natalie. Wäre sicherlich schön und auf jeden Fall deutlich entspannter.

30. Dezember 2014

Mir ist gerade die Kinnlade heruntergeklappt. Natalie hat sich aus dem Mantel des Schweigens gehüllt und mir verraten, worauf sie im Bett steht. Ich bin aus allen Wolken gefallen. Sie mag SM.

Ich wünschte, sie hätte es mir früher gesagt, dann hätte ich mich vielleicht nicht in sie verliebt. Das ist ein totaler Schock. Das hätte ich nie von ihr erwartet. Ich selbst stehe überhaupt nicht auf harten Sex, aber sie will darauf nicht verzichten. Da kommen wir nicht überein. Für mich ist das ein absoluter Beziehungskiller und ich denke, für sie auch. Sex ist zwar nicht das wichtigste in einer Partnerschaft, aber er hat schon einen gewissen Stellenwert. Und wenn es da so gar nicht passt, wird alles andere schwierig.

Der Gedanke an eine Trennung stimmt mich sehr traurig. Ich habe sie gebeten, mir mal genau zu sagen was sie mag, damit ich gucken kann, ob wir vielleicht einen Mittelweg finden. Sie steht auf Peitschen, ist gerne die Domina, mag Fesselspiele und alles, was mit Schmerzen zu tun hat. In diese Welt kann ich mich nicht einfühlen, so sehr ich es mir auch wünsche. Ich befürchte, das mit uns ist vorbei. Und ich bin wieder allein. Zum Glück habe ich Monty, er tröstet mich schon ein wenig über den größten Schmerz hinweg. Das finale Gespräch mit Natalie steht noch aus, aber es zeichnet sich deutlich ab in welche Richtung es führt und wir gehen nicht in die gleiche. Es bricht mir das Herz, aber ich weiß nicht was ich machen soll. Soll ich mich verstellen um ihr zu gefallen? Soll ich etwas tun, was mir total gegen den Strich geht, nur damit ich sie nicht verliere? Das kann es irgendwie nicht sein. Man muss bleiben wer man ist. Ich muss auch ehrlich sagen, dass sie mir, seit ich das weiß, weniger gefällt. Ich bin regelrecht geschockt darüber und kann es überhaupt nicht nachvollziehen. Wieso mag jemand Schmerzen? Was bringt einen dazu so zu werden? Ich weiß es nicht. Ich weiß nur, dass ich es kaum glauben kann und es mich sehr traurig macht. Wir hatten so schöne Zeiten zusammen. Und nur wegen sowas ist jetzt alles kaputt. Das ist jammerschade.

Vielleicht sollte ich es einfach aushalten. Nach ein paar Jahren wird das mit dem Sex eh weniger und wenn wir uns als Menschen gut verstehen, was wir tun, ist das doch das, worauf es ankommt.

Aber ich muss sagen, dass diese Neuigkeit mein Weltbild ein wenig ins Wanken gebracht hat. Eine so liebevolle Frau wie Natalie mag es brutal. Das geht einfach nicht in meinen Kopf. Das ist einfach nur verkehrt. Ich kann nachvollziehen, dass Lust und Schmerz nah beieinander liegen können. Aber es gibt eine Grenze, die sie ganz klar überschreitet. Ich kann ihr dahin einfach nicht folgen.

01.Januar 2015

Das neue Jahr beginnt traurig. Schade, ich dachte, ich wäre übern Berg. Natalie und ich hatten heute unser letztes Gespräch – es ist vorbei. Bei mir geht gar nichts mehr. Es fühlt sich an, als hätte jemand meine gesamte Energie abgezapft. und nichts für mich übrig gelassen. Wir waren nicht sehr lange zusammen, aber es reichte aus, um mich ihr sehr verbunden zu fühlen. Es tut einfach weh. Ich weiß, das wird nicht für immer anhalten. Der Schmerz wird bald nachlassen. Aber momentan verschwende ich keinen Gedanken daran was in ein paar Wochen ist. Es geht mir einfach nur mies.

Heute Abend werde ich mich betrinken. Ausnahmsweise. Etwas Besseres fällt mir nicht ein. Wenn die Welt über einem zusammen- bricht braucht man ein Schutzschild. Alkohol ist das einzige was ich mir momentan vorstellen kann. Betäubung.

Ich habe mir Wodka und O-Saft besorgt. Screwdriver ist mit das Einzige was ich mag. Das habe ich schon lange nicht mehr getrunken. Viel werde ich wohl nicht vertragen, aber das passt schon. Worüber ich schon eher nachdenke ist meine Situation. Ich bin wieder Single. Das wurmt mich total. Ich hatte gehofft, endlich die Richtige gefunden zu haben. Und dann das. Ich kann es immer noch nicht recht glauben. Aber die Tatsache, dass sie mich lieber verliert, als auf ihre Gewaltspielchen zu verzichten, sagt mir doch schon, wie wichtig ihr unsere Beziehung war. Beziehungsweise, wie wenig sie ihr bedeutet haben muss. Ich weiß nicht, ob wir Kontakt halten werden. Sie meinte, sie würde sich freuen und dass es ihr wichtig wäre. Aber ich weiß nicht, ob ich das kann.

Ich würde gerne wissen, ob sie auch leidet oder vielleicht sogar erleichtert ist. Möglicherweise war die unterschiedliche Vorstellung von Sex ja nicht der einzige Grund für unsere Trennung. Vielleicht hat sie mich auch als Last gesehen, derer sie sich jetzt entledigt hat – so wie ich es bei Klara vermutet hatte. Sie hat zwar immer gesagt, dass meine Krankheit sie nicht stören würde – dass sie es zwar besser fände, wenn ich gesund wäre – dass es für sie aber kein großes Problem darstelle. Ich weiß einfach nicht mehr genau, ob ich das glauben kann. Ich persönlich sehe meine Krankheit noch immer als Makel an und kann mir nicht vorstellen, dass es anderen Leuten anders geht. Wenn ich jemanden kennen lernen würde der erkrankt ist, hätte ich damit glaube ich auch ein Problem. Bei einer potentiellen Partnerin, nicht bei neuen Freunden. Es würde mich stören. Obwohl ich ja das gleiche Problem habe. Mag sein, dass das ein wenig verblendet wirkt, aber es ist so. Und deshalb kann ich mir nicht vorstellen, dass es sie nicht gestört hat.

Trotz allem überlege ich, sie einfach anzurufen. Aber ich traue mich nicht. Und ich hoffe, dass der Alkohol nichts daran ändert. Es wäre kein guter Move. Vielleicht schreibe ich ihr morgen mal bei Facebook. Heute lasse ich sie auf jeden Fall in Ruhe.

03. Januar 2015

Ich habe sie tatsächlich nicht angerufen. Aber wir haben gestern geschrieben, über alles Mögliche. Ich habe sie gefragt, wie es ihr geht und sie meinte, es ginge ihr auch nicht gut – wegen uns. Das hat gut getan. Ich leide also nicht alleine. Dadurch geht es mir schon etwas besser. Unter anderem aber auch, weil ich vorhin meine Tochter gesehen habe. Sie ist das süßeste Baby der Welt und hebt meine Laune, selbst wenn sie unterirdisch ist. Ich bin so unsagbar froh sie zu haben. Auch wenn ich sie längst nicht so oft sehen kann wie ich gerne würde. Momentan bekomme ich sie jedes zweite Wochenende zu Gesicht. Manchmal zwischendurch für ein paar Stunden. Naja, besser als nichts.

Ab und an denke ich, dass ich vielleicht für die Beziehung mit Klara kämpfen sollte, damit wir eine Familie werden können. Wenn es nicht so aussichtslos wäre, hätte ich es vielleicht längst getan. Ich habe absolut keine Ahnung, wie sie das sieht. Wenn ich mich richtig anstrengen würde und ihr klarmachen könnte, dass ich mich wirklich geändert habe, hätten wir vielleicht eine Chance. Wer weiß. Vielleicht wünscht sie sich das ja auch und ich würde offene Türen einrennen. Einer muss bei sowas immer den ersten Schritt machen. Und im besten Fall ist das der Mann. Ich weiß, dass sie noch keinen neuen Partner hat. Von daher stehen die Chancen vielleicht nicht so schlecht. Andererseits habe ich keine rechte Lust, mir noch eine Abfuhr einzuhandeln. Die letzte sitzt noch zu tief. Ich kann nicht garantieren, jetzt der Mann zu sein, den sie sich wünscht, auch wenn ich mich optimiert habe. Der Druck wäre sehr hoch. Ich weiß nicht, ob ich dem gewachsen bin. Aber wünschen würde ich es mir.

Leider habe ich keinen Kontakt zu ihren Freundinnen, sonst würde ich da mal antesten wie ihre Meinung dazu ist. Ich muss einfach wissen wie wichtig es *mir* ist. Ich würde sagen, es hat höchste Priorität. Dann sollte ich, denke ich, in den sauren Apfel beißen, auch wenn ich eine Abfuhr riskiere. Was ich gewinnen würde, wenn es klappt, wäre alles was ich will. Meine Kleine immer um mich und eine liebevolle Frau an meiner Seite.

Von mir aus wäre zwischen uns nie Schluss gewesen, auch wenn es nicht immer reibungslos lief. Sie war die Liebe meines bisherigen Lebens. Ich habe noch keine Frau vor ihr so nah an mich heran gelassen. Auch wenn das inzwischen besser klappt. Sie hat die Dämme durchbrochen, sie war meine Königin. Und ich habe noch nie so starke Gefühle für jemanden empfunden. Ich glaube, ich hatte Angst vor einer echten Beziehung und den Dingen mit denen man sich im Rahmen dessen auseinander setzen muss. Ich habe mich vor ihr immer vom Acker gemacht wenn es ernst wurde. Meine Therapeutin sagt, das liegt an der gestörten Beziehung zu meiner Mutter. Das soll keine Entschuldigung sein, aber eine Erklärung. Es war einfach so. Bis Klara kam und mich vollkommen enteist hat.

Ich erinnere mich daran als wäre es gestern gewesen. Es war ein recht langweiliger Tag auf der Arbeit. Auf einmal kommt diese junge Frau rein und bringt die Hauspost vorbei – eine Praktikantin, mit enormer Ausstrahlung. Wenn ich nicht gesessen hätte, hätte es mich umgehauen. Ihre Offenheit und positive Art haben mich sofort überzeugt. Sie hat mir die Unterlagen mit einem breiten Grinsen überreicht und gefragt, wie es mir geht. Diese Direktheit hat mich überrascht. Die meisten Frauen sind in meiner Gegenwart eher ruhig und abwartend, schauen mich nur an. Ich bin recht gutaussehend und erlebe es nicht oft, dass Frauen in meiner Gesellschaft aus sich raus gehen. Das hat mich sofort überzeugt. Für mich war es Liebe auf den ersten Blick. Sie sah total süß aus: Braune Locken, Sommersprossen und ein Grübchen auf der linken Wange. Einfach faszinierend. Ab diesem Tag hat sie mir immer die Post gebracht und wir haben uns jedes Mal unterhalten. Und uns dabei sehr gut verstanden. Wenn sie wieder ging fand ich das immer schade. Ich hätte sie gerne länger bei mir gehabt. An einem Freitag hab ich sie dann einfach gefragt, ob sie Lust hat, nach der Arbeit etwas trinken zu gehen. Sie hat Ja gesagt. Und so hat das mit uns angefangen.

Ich würde gerne die schweren Zeiten einfach löschen und an damals anknüpfen. Dann hätten wir eine gute Chance. Aber ich weiß nicht, ob ich es wagen soll. Liebe macht mutig. Ich fühle mich aber nicht mutig. Ich gehe davon aus, dass sie mich ablehnt, ich werde also nicht aus allen Wolken fallen wenn sie Nein sagt. Und ich bin mir fast sicher, dass der Schmerz erträglich sein wird, weil ich gar nicht viel erwarte. Allerdings könnte das unseren zukünftigen Kontakt erschweren. Zumindest zeitweise und nur, wenn ich mich anstelle. Für sie ist es ein Kompliment, dass ich sie wiederhaben will. Und für mich ist es nur unangenehm, wenn ich das Gefühl zulasse. Ich muss in dem Fall eben meinen Stolz runterschlucken, das wird schon gehen. Meine Entscheidung ist also gefällt. Ich werde es versuchen. Neues Jahr, neues Glück. Mal sehen.

12. Januar 2015

Heute habe ich meine Tochter gesehen, also auch Klara. Ich habe sie gefragt, ob sie nicht bleiben und Zeit zusammen verbringen möchte. Mehr habe ich mich noch nicht getraut. Sie hatte leider schon etwas vor. Ob sie unter anderen Umständen geblieben wäre weiß ich nicht. Allerdings merke ich, dass ich in ihrer Gegenwart wieder Schmetterlinge im Bauch habe. Es fühlt sich gut an. Aber auch ein wenig beängstigend. Ich muss sie bald fragen, bevor sich wieder ernsthafte Gefühle ausbreiten und die mögliche Abfuhr mir richtig wehtun kann. Das würde mir doch den Rest geben. Die Trennung von Natalie hat mir schon genug zugesetzt. Was mir dabei geholfen hat ist, dass wir noch viel Kontakt haben. Fast so viel wie vor der Trennung. Sie meinte, ich sei ein wichtiger Mensch für sie, trotz allem.

Und das merke ich auch. Es tut gut. Vielleicht hätten wir immer nur Freunde sein sollen. Aber sowas weiß man ja nie vorher. Auf jeden Fall klappt das mit der Freundschaft.

****

Im Großen und Ganzen geht es mir besser. In weniger als zwei Monaten geht meine Belastungserprobung los und dann hoffentlich bald die Maßnahme – wenn ich für fit genug befunden werde. Das Warten hat also bald ein Ende. Aber ich kann sagen, dass ich die Zeit optimal genutzt habe – zum Zeichnen. Seit der Trennung von Natalie habe ich nicht sehr viel geschafft, aber davor schon einiges und so langsam kommt die Inspiration zurück. Ich denke, dass ich in den nächsten Wochen noch viel reißen werde. Es fühlt sich unglaublich gut an wie ein Künstler zu leben. Das ist das, was ich immer wollte. Und ich genieße es, solange es dauert. Ich lebe nicht mehr in der Illusion, dass ich davon irgendwann mal mein Leben finanzieren kann. Es wird nie mehr als ein Hobby sein. Aber ein Hobby, das mich glücklich macht. Und das ist eine Menge wert.

Es gibt hin und wieder noch schlechte Tage, Tage an denen ich denke, dass mir die Kraft ausgeht und ich nicht weiß, wo ich sie hernehmen soll. Was mir dann hilft, neben dem Gedanken an meine Tochter, ist das Wissen, dass es nie so bleibt wie es ist, dass es immer besser werden kann. Das fällt mir in solchen Momenten nicht von alleine ein, deshalb habe ich es mir an den Spiegel geschrieben und zwinge mich, es dann zu lesen.

Ich bin niemand der gerne aufgibt. Und so lange sich das vermeiden lässt, vermeide ich. Schon immer habe ich mich durchgeboxt und ich lasse mich selbst von meiner Depression nicht besiegen. Auch wenn es schwer fällt, unheimlich schwer sogar. Es ist so leicht, sich dem einfach hinzugeben und in die Abwärtsspirale zu trudeln. Und so unheimlich schwer da rauszukommen, wenn sich die Depression erst über einen gelegt hat wie eine Bleidecke. Das braucht Übung. Manche Menschen haben Freunde, Familie oder einen Partner der sie stützt, die Verschlechterung erkennt und verhindert, dass es ganz übel wird. Das ist allerdings auch kein Allheilrezept. Man darf sich nicht darauf verlassen, dass andere einen aus dem Loch rausholen, das funktioniert sowieso nur bedingt. Und ich würde niemandem diese Last aufbürden. Ich schaffe das auch alleine. Ich will es! Ich möchte auf niemanden angewiesen sein und momentan auch niemandem Rechenschaft ablegen. Dafür, dass ich morgens nicht aus dem Bett komme. Oder dafür, dass ich ab und zu mal einen über den Durst trinke. So oft kommt das nicht vor und ich kriege das auch wieder in den Griff. Aber im Moment ist es eben so. Ich brauche das irgendwie und genieße das Ausschlafen. Bald wird all das vorbei sein und die harte Realität wird mich wiederhaben. Dann werde ich es ändern. Aber jetzt sehe ich dafür noch keinen Grund. Ich muss niemandem etwas beweisen. Auch mir nicht. Ich lebe so wie ich es kann. In der Intensität die mir gerade gut tut.

Ich vermeide es, mir andere Leute als Beispiel zu nehmen. Dabei kann ich im Moment nur verlieren. Meine unsensible Mutter erzählt mir oft von meinem Cousin, der eine Frau hat, ein Haus und zwei kleine Kinder. Noch dazu eine steile Karriere bei der Bank. Damit kann ich nicht dienen und sie hält es mir immer wieder vor. Das tut mir weh und macht mich fertig. Das ist auch der Grund, warum ich oft nicht ans Telefon gehe wenn sie sich meldet. Ich habe keine große Lust mich mit ihr auseinander zu setzten. Das geht immer nach hinten los. Ich weiß nicht, warum sie so auf den schönen Schein abfährt. Mein Cousin hat sicherlich auch seine Probleme, bei ihm ist auch nicht alles eitel Sonnenschein, da bin ich sicher. Seine Frau ist eine totale Schreckschraube. Aber er kann sich und sein Leben gut verkaufen und alle glauben die Scharade. Mir gelingt das nicht, ich bin ehrlich. Das war schon immer mein Problem. Mit 18 habe ich in das Auto meines Stiefvaters eine Beule gefahren. Anstatt es für mich zu behalten oder auf jemand anderen zu schieben, habe ich es gebeichtet und bin für den Schaden aufgekommen. Das ist nur ein Beispiel von vielen. Ich kann nicht lügen. In meinem Beruf musste ich das manchmal, das bleibt nicht aus. Komischerweise bin ich ganz gut durchgekommen. Ich hatte wohl willige Opfer. Aber im Alltag bringe ich das nicht fertig, besonders nicht bei Leuten die mir etwas bedeuten. Ich weiß nicht, ob das ein Manko ist oder der bessere Weg. Aber für mich persönlich ist es richtig so. Und ich denke, darauf kommt es an. Wie die anderen es sehen ist mir meistens egal. Das interessiert mich nur bei Leuten die mir nahe stehen. Meine Mutter muss ich da ausblenden, sie ist einfach wie sie ist. Ich denke nicht, dass sie sich auf ihre alten Tage noch ändern wird. Wofür auch, ihr geht es gut damit. Es ist nicht so, dass in ihrem Leben nie etwas Schlechtes passiert ist, oder in dem Leben meines Cousins, aber sie sprechen einfach nicht darüber. Also scheint es so, als wäre immer alles paletti. Mit dieser oberflächlichen Welt will und wollte ich nie etwas zu tun haben. Sie kotzt mich an. Mit solchen Leuten würde ich mich nie freiwillig umgeben, aber seine Verwandtschaft kann man sich ja leider nicht aussuchen. Ich lebe damit, mehr schlecht als recht. Aber ich komme schon klar. Wenn es mir einigermaßen gut geht stört mich das auch weniger, dann kann ich es auszublenden. Geht es mir schlecht ist das schwierig. Dann braucht es schon den ein oder anderen Drink. Oder laut aufgedrehte Musik.

Manchmal frage ich mich, warum gerade ich so eine Mutter abbekommen habe. Ich habe mal gehört, dass man nur das aufgelastet bekommt was man auch schultern kann. Jemand scheint zu finden, dass ich eine ganze Menge ertrage, aber das stimmt so nicht, dem würde ich gerne widersprechen. Ich hätte sehr gerne ein leichteres Paket. Klar, es könnte auch schlimmer sein. Ich könnte erblinden oder im Rollstuhl landen, keine Frage, im Vergleich geht es mir gut. Leider denkt man nicht daran wenn man am Boden ist. Da verliert sich die Relation. Alles erscheint um vieles härter als es ist. Und das lässt einen ins Bodenlose fallen. Solche Erfahrungen machen einen stärker, wenn man sie übersteht. Und ich hoffe ich werde sie überstehen.

29. Januar 2015

Es war ein sehr trüber Tag. Am Himmel ist kein einziger Stern zu sehen. Ich schaue trotzdem gerne zu ihm hinauf. Ich mag den Nachthimmel. Er beruhigt mich. Heute habe ich Klara gesehen und nichts gemacht. Ich traue mich einfach nicht. Ich will nicht aufs Spiel setzten, dass die Beziehung die wir jetzt haben gefährdet. Wir machen uns ganz gut, so soll es bleiben. Wenn ich ihr mit romantischen Gefühlen komme, könnte das alles kaputt machen. Das will ich nicht. Ich will nur eins, glücklich werden. Mit Klara war ich das eine ganze Weile und dahin würde ich gerne zurück. Ich weiß aber nicht ob das geht. Es ist viel kaputt gegangen.

Vielleicht hat die inzwischen vergangene Zeit ein paar Wunden geheilt. Vielleicht ist es aber auch noch zu früh, um an einen Neuanfang zu denken. Ich weiß, ich drehe mich im Kreis. Ich werde es nicht wissen, es sei denn ich spreche mit ihr darüber. Warum habe ich nur solchen Respekt davor? Es ist doch eigentlich ganz normal, dass man seinem Kind eine intakte Familie ermöglichen will. Das und nichts anderes möchte ich. An mich selbst denke ich dabei eher an zweiter Stelle.

Eine andere Möglichkeit, die ich in Betracht ziehen würde, wäre eine Wohngemeinschaft mit Klara zu haben. Dann könnte ich meine Kleine öfter sehen. Dafür müssen wir beide uns allerdings weiterhin gut verstehen. Das könnte problematisch werden, besonders wenn einer von uns einen anderen Partner mitbringt. Das will ich mir momentan gar nicht ausmalen. Es wäre hart für mich.

Damit sich meine Tochter auch bei mir wohlfühlt, habe ich das Kinderzimmer, das sie bei mir hat, genauso eingerichtet wie ihrs zu Hause. Ich würde mir wünschen, dass sie es öfter benutzt. Aber ich gebe mich auch mit dem zufrieden was ich bekommen kann. Dennoch, für andere Optionen bin ich sehr offen. Es geht nicht so weiter, ich kann nicht ständig darüber nachgrübeln was wäre wenn, ich muss handeln. Ich werde Klara anrufen.

Sie war zu Hause, wir haben gesprochen. Davon, dass ich gerne wieder mit ihr zusammen wäre habe ich nichts gesagt. Das würde ich, wenn überhaupt, lieber persönlich machen. Ich habe ihr vorgeschlagen, dass sie mietfrei bei mir einziehen könnte. Dadurch wäre sie ein paar Sorgen los und ich könnte öfter auf Amelie aufpassen, sie hätte also mehr Freizeit. Klara lässt es sich durch den Kopf gehen, hat also nicht gleich Nein gesagt. Das ist schon mal ein gutes Zeichen. Wenn sie wirklich hier einziehen würde, wäre ich nicht mehr allein. Das wäre großartig. Es gibt wirklich nichts was ich mir sehnlicher wünsche. Auch wenn wir nicht wieder zusammen kommen. Aber das ergibt sich ja vielleicht von alleine, wenn wir erst als Familie unter einem Dach leben. Ich hoffe wirklich, dass sie Ja sagt. Ich überlege schon die ganze Zeit, wie ich ihr die Entscheidung erleichtern kann. Aber mir fällt nichts ein. Ich denke, ich muss es einfach darauf ankommen lassen und mich in Geduld üben. Auch wenn es schwer fällt.

Während ich schreibe hat es angefangen zu regnen. Ich höre die Tropfen gegen mein Fenster klopfen. Ein sehr beruhigendes Geräusch, wie ich finde. Ich mag Regen. Ich überlege, spazieren zu gehen, beschließe aber, es mir lieber zu Hause gemütlich zu machen. Der Regen würde mich schön durchspülen, aber es ist kalt, ich möchte nicht krank werden. Stattdessen habe ich mir ein paar Kerzen angezündet und sanfte Musik aufgelegt. Ich denke an Klara und die Jahre, die wir zusammen verbracht haben. Es gab schwere Zeiten, aber wir hatten auch sehr viel Spaß miteinander, gerade in den ersten Monaten. Diese Zeiten wünsche ich mir zurück. Ich gäbe alles, um das zu erreichen.

13. Februar 2015

Mein ganzes Leben lang wurde mein Wert nur nach dem bemessen was ich leiste. Wenn ich perfekt funktionierte, wurde ich von meinen Eltern akzeptiert. Wenn ich versagte war ich nicht existent. Ich war immer auf der Jagd nach Anerkennung und habe mich dadurch kaputt gespielt. Das haben meine Therapeutin und ich heute herausgefunden. Ein ganz schönes Armutszeugnis. Ich habe nur soetwas wie Liebe erfahren, wenn ich ein vorzeigbarer Sohn war. Wenn ich Tennispokale mit nach Hause brachte. Oder gute Schulnoten. Mein seelischer Zustand war ihnen egal. Sie hielten sich nur mit Oberflächlichkeiten auf. Später im Leben habe ich mich abgerackert um angesehen zu sein. Ich bin dem Perfektionismus verfallen. Und wenn etwas nicht perfekt lief, oder ich mich nicht perfekt geschlagen hatte, fühlte ich mich wertlos. Um dem zu entgehen habe ich mich umso mehr angestrengt. Und das führte letztendlich zum meinem Zusammenbruch, beruflich und privat. Und dazu, dass mein ganzes Leben über mir zusammengestürzt ist, obwohl, oder gerade weil ich alles gegeben habe. Man kann also mit Gewissheit sagen, dass meine Kindheit und Jugend mich verkorkst haben. Meine Erziehung ist fehlgeschlagen. Meine Eltern haben versagt. Ich will damit nicht sagen, dass ich vollkommen missraten bin. Aber ich scheitere dadurch am Leben. Das was andere locker packen wird für mich zur Tortur. Ich mache mir so viel Druck, dass es nicht auszuhalten ist. So kann und soll es nicht weitergehen.

Ich bin immer noch dabei, Gelassenheit zu lernen. Das ist gar nicht so einfach, obgleich ich auf einem guten Weg bin. Jedes Mal wenn ich in Stress gerate, den ich mir ja selber mache, atme ich durch und sage ein Mantra vor mich hin: *Entspann dich, du bist nicht perfekt und das ist gut so.* Das hilft ein wenig. Es wird wohl ein paar Monate dauern bis ich das richtig verinnerlicht habe, meint meine Therapeutin, aber ich werde am Ball bleiben. Das kriege ich schon hin. Was meine Eltern in jahrelanger Arbeit verpfuscht haben, baue ich mir jetzt wieder auf. Da kommt mein

Wille, alles zu schaffen was ich anpacke ins Spiel, dieser hilft mir jetzt. Ich habe Ehrgeiz. Das ist ein gutes Gefühl. Ich kann alles was für mich gut ist schaffen, wenn ich es nur stark genug will. Und ich will das unbedingt hinkriegen. Sonst gelange ich wieder an den Nullpunkt. Dazu soll es auf keinen Fall kommen, also bleibt mir gar keine Wahl. Ich will mein Leben meistern, meine Dämonen in den Griff kriegen. Die sollen endgültig der Vergangenheit angehören. Das hält niemand auf Dauer aus. Mich hat es kaputt gemacht. Jeden Abend ins Bett zu gehen, mich schlaflos hin und her zu wälzen und nicht zu wissen, ob ich den nächsten Tag schaffen kann, weil ich meine Ansprüche an mich selbst so hoch geschraubt habe. Und davon ausgegangen bin, dass die anderen gleiche Erwartungen an mich haben. Was sicherlich zu Teilen auch zugetroffen hat. Man kann sich einen hohen Standard erarbeiten, aber ihn auf Dauer zu halten ist unter meinen Voraussetzungen beinahe unmöglich. Vielleicht gibt es Leute die das locker hinkriegen. Aber ich gehöre definitiv nicht zu ihnen. Meiner Meinung nach ist es nur eine Frage der Zeit, bis man einknickt. Entweder deligiert man dann, oder man ist weg vom Fenster. Und deligieren war bei mir nicht möglich. Ich war ganz auf mich allein gestellt und hab auf der Toilette heimlich Panikattacken geschoben, weil ich nicht wusste, wie ich das alles aushalten soll. Das will ich nie wieder durchmachen. Deshalb mache ich die Avanti-Maßnahme, bei der das Hauptaugenmerk darauf liegt, den passenden Beruf zu finden – unter Beachtung der eigenen Ressourcen und mit Rücksicht auf die Krankheit.

****

Ich will meine geistige Freiheit zurück. Als Kind hat man sie, das ist keine Frage. Und ob man sie sich bewahren kann hängt vom Lebens- wandel ab. Bei mir ist sie irgendwann auf der Strecke geblieben. Ganz besonders in den letzten drei Jahren habe ich sie vermisst. Doch sie kehrt allmählich zurück. An manchen Tagen spüre ich sie ganz intensiv. Besonders in Situationen, in denen ich den Moment genieße, ganz unabhängig davon was war oder was noch sein wird. Dann atme ich durch und alles ist im Fluss. Von ganz alleine, ohne Anstrengung oder Druck. Ich fühle mich dann einfach nur lebendig und richtig, so wie ich bin. Solche Momente muss es in Zukunft definitiv öfter geben. Ich arbeite daran. Ich mache jetzt auch des Öfteren Yoga, das tut gut. Neulich habe ich mir eine Massage gegönnt. Sie war nicht billig, aber das Geld absolut wert. Danach war ich so entspannt wie lange nicht mehr. Auch das werde ich mir weiterhin ermöglichen.

Was nützt es, Geld auf der hohen Kante zu haben? Wenn man jung ist, sollte man das Leben genießen. Dazu gehört es auch, Geld auszugeben. Und das tue ich jetzt.

15. Februar 2015

Klara hat eine Entscheidung getroffen, sie wird mit Amelie Ende des Monats bei mir einziehen. Ich bin überglücklich. Anders lässt sich mein Gefühl nicht beschreiben. Ich könnte die ganze Welt umarmen. Obwohl mir natürlich bewusst ist, dass es zu Konflikten kommen könnte. Besonders was die Erziehung von Amelie angeht, aber auch das Zusammen-leben im Allgemeinen. Wir haben uns während unserer Beziehung recht oft gestritten, obwohl wir beide Harmonie liebende Menschen sind. Auch wenn die Gefühle sehr groß waren, wir waren einfach zu verschieden. Was nicht bedeutet, dass wir nicht zusammen gepasst haben. Wir mussten uns manchmal einfach aufeinander eingrooven. Ansonsten haben wir uns wunderbar ergänzt. Die Situation ist jetzt eine andere. Wir sind kein Paar mehr. Kann sein, dass da mal die Fetzen fliegen, weil wir uns nicht mehr so wichtig sind. Kann aber auch sein, dass wir uns jetzt besser verstehen. Wer weiß. Es bleibt abzuwarten. Ich bin auf jeden Fall gespannt und versuche, mich nur darauf zu freuen. Und ich hoffe, dass wir uns auch emotional wieder näher kommen. Ich werde sie nicht bedrängen, ich warte einfach ab was passiert. Aber ich werde darauf achten, ob sich Gelegenheiten bieten und wenn ja, dann werde ich sie nutzen. Es bleibt dabei, ich wäre gerne wieder mit ihr zusammen. Ich liebe sie noch immer. Sie ist für mich auch keine Notlösung, nachdem das mit Natalie nicht geklappt hat. So ist es nicht. Sie ist für mich nicht nur die Mutter meiner Tochter, sondern, neben Amelie, noch immer der wichtigste Mensch auf der Welt. Ich würde gerne wieder mein Leben mit ihr teilen, auch wenn es nicht nur rosige Zeiten gab. Ich bin aber inzwischen bereit an unseren Baustellen zu arbeiten. Mehr als je zuvor. Ich habe mich geändert. Vielleicht verliebt sie sich ja wieder in mich, in die neue, verbesserte Version von mir. Ich habe in der Therapie schon einiges über mich gelernt und arbeite an vielem. Das will ich ihr zeigen. Vielleicht kann ich sie überzeugen, dass das mit uns das Richtige ist. Ich hoffe es wirklich sehr. Aber eins nach dem anderen. Zuallererst freue ich mich darüber, nicht mehr allein wohnen zu müssen. Jetzt kommt Leben in die Bude und das ist einfach nur großartig. Das wird mir gut tun.

17. Februar 2015

Ab und zu mache ich mir Gedanken über das Alter. Wie ich wohl als alter Mann bin, was für Gebrechen ich haben werde. Das schlimmste was ich mir vorstellen kann wäre der geistige Verfall – Demenz. Meine Oma litt daran und ich musste mit ansehen, wie es ihr von Jahr zu Jahr schlechter ging. Zu Beginn wusste sie noch, dass sie krank ist und wollte dem Ganzen ein Ende setzen. Später hat sie gar nicht mehr gesprochen und nur noch vor sich hin gestarrt. Ab und zu hat sie Wutanfälle bekommen und geschimpft. Aber auch das wurde weniger. Ich weiß, durch meine psychotischen Phasen, wie es ist, nicht mehr klar denken zu können. Und ich bin heilfroh, dass es dagegen Tabletten gibt. Gegen Demenz gibt es nichts was gut hilft, das ist fortschreitender Verfall. Dem zum Opfer zu fallen ist wirklich tragisch. Soweit ich weiß ist nicht klar, ob Demenz erblich ist. Die Veranlagung dazu wohl schon. Aber es hängt auch mit dem Lebenswandel zusammen. Viel Bewegung, nicht rauchen und trinken und soziales Engagement sollen vorbeugend wirken. Da müsste ich noch das ein oder andere ändern.

Wenn ich an meinen Lebensabend denke, stelle ich mir vor, mit der Frau meiner Wahl in einem kleinen Häuschen am Stadtrand zu wohnen, nicht in einem Heim, alleine. Vor kurzem noch konnte ich mir mich gar nicht als alten Mann vorstellen. Da habe ich eine so weit entfernte Zukunft nicht gesehen. Aber seit ich Vater bin, möchte ich gerne so alt wie möglich werden, um zu sehen wie meine Kinder und Enkel heranwachsen. Und was aus ihnen für Persönlichkeiten werden. Das finde ich enorm spannend. Deshalb möchte ich auf jeden Fall so lange es geht dabei bleiben. Ich werde weniger trinken, nicht zuletzt, weil ich meiner Tochter ein gutes Beispiel sein will. Sie bekommt das zwar noch nicht mit, aber dennoch ist es besser so.

Ich versuche, mir nicht so viele Gedanken über die Zukunft zu machen. Sie kommt früh genug. Auch an die Vergangenheit denke ich nicht. Manche Menschen sehnen sich nach ihrer Jugend zurück, das kann ich gar nicht nachvollziehen. Ich wäre nicht gerne wieder jünger, ich bin froh, in dem Alter zu sein in dem ich bin. Ich finde, Anfang 30 ist das perfekte Alter. Und was die Zukunft bringt, da lasse ich mich einfach überraschen.

Ich erinnere mich noch daran wie es war Zukunftsangst zu haben. Das war eines meiner größten Probleme als meine Depression akut war. Ich habe Angst vor dem gehabt was kommt, beziehungsweise, dass nichts mehr kommt. Ich sah keine Zukunft. Das hat sich zum Glück geändert. Ich sehe eine Zukunft. Den Kopf zerbrechen brauche ich mir darüber nicht mehr. Meine Tochter ist meine Zukunft und alles was sie macht, wird mein Leben bereichern. Das heißt, dass ich mich jetzt entspannen kann. Alles wird gut werden, daran glaube ich.

22. Februar 2015

Heute war ich zu einer Party eingeladen. Ein früherer Bekannter hat Geburtstag gefeiert. Ein sehr netter Mensch, gelassen, ausgeglichen, nett. Trotzdem war ich nervös. Ich bin es nicht mehr gewohnt unter gesunden Leuten zu sein. Das ist eine Herausforderung, der ich mich noch nicht gewachsen fühle. Einmal sind es die fremden Menschen, mit denen man sich erstmal bekannt machen muss. Da weiß man nie was man erwarten kann und wer so dabei ist. Dann verkrampfe ich mich bei den Gesprächen, weil ich nicht weiß wie ich wirke, besonders wenn ich gefragt werde, was ich beruflich mache. Da weiche ich meistens aus und fühle mich irgendwie minderwertig. Ich kann es auch nicht beschönigen. Ich sage, dass ich auf der Suche bin. Von manchen wird das so stehen gelassen, manche fragen genauer nach und dann komme ich ins Taumeln. Ich weiß momentan einfach nicht wo es für mich hingehen soll. Und aus den Fingern saugen kann und will ich mir nichts. Darin bin ich einfach nicht gut oder überzeugend genug. Nichts desto trotz bin ich hingegangen. Ich kann mich nicht immer von meinen Ängsten und Befürchtungen ausbremsen lassen, dann habe ich kein Leben mehr. Und ich will so oft es geht am Leben teilnehmen.

Es war eigentlich sehr nett. Ich war vorher schwimmen und dadurch total entspannt. Die Leute waren locker drauf. Das Blöde war nur, dass sich alle kannten. Ich war der einzige Neuling, das war ein bisschen anstrengend. Aber ich wurde von der Gruppe ganz gut aufgenommen. Nur an den Gesprächen konnte ich mich nicht viel beteiligen, weil es immer um Geplantes oder zusammen Erlebtes ging. Oder um gemein- same Bekannte. Wie das eben so ist. Und wirklich mittrinken ging auch nicht. Ich nehme zwei verschiedene Medikamente ein, die sich nicht sehr gut mit Alkohol vertragen. Da lasse ich es inzwischen besser sein, gerade in Gesellschaft. Deshalb war ich auch nicht allzu lange da. Gegen Mitternacht hab ich mich verabschiedet. Aber es war trotzdem schön. Anstrengend, aber schön. Gut, mal wieder unter Leute gekommen zu sein.

Danach bin ich noch eine Weile durch die Stadt spazieren gegangen. Ich mag die Dunkelheit. Irgendwie fühle ich mich in ihr wohl, fast wohler als an manchen Tagen bei Sonnenschein – auch wenn ich diesen liebe. Es war eine sternenklare Nacht. Niemand sonst war unterwegs. Das habe ich genossen. Dabei konnte ich richtig entspannen. Obwohl mir auch einiges durch den Kopf ging. Ich habe mal wieder gemerkt, dass ich keinen Freundeskreis habe. Nur lockere Bekannte. Das stimmt mich ziemlich traurig. Eigentlich bin ich doch ein guter Mensch. Ich habe keine Ahnung wie ich das ändern kann. Woher soll man Freunde nehmen? Wenn ich wieder im Job bin hätte ich zumindest einen Kollegenkreis, das würde schon helfen. Aber einen echten Freundeskreis kann das auch nicht ersetzen. Leute, die mich gut und lange kennen, das kann man sich nicht so schnell neu aufbauen. Mir ist das sehr peinlich. Klara und ich hatten einen ganz guten Freundeskreis, aber das waren alles Leute die sie kannte. Nach der Trennung habe ich mit keinem davon Kontakt gehabt.

Klara hat das mit den fehlenden Freunden nie schlimm gefunden, wir haben auch nie wirklich darüber geredet. Wenn ich jetzt eine neue Frau kennen lernen würde, wäre mir das unangenehm. Dafür würde ich mich ziemlich schämen. Jeder vernünftige Mensch, jeder gute Mensch hat Freunde. Wenn die fehlen ist das meist ein schlechtes Zeichen. Ich bin kein schlechter Mensch, aber ich glaube, dass ich dann so wirken würde. Die Frau würde sicherlich denken, dass da etwas faul ist. Manchmal denke ich auch darüber nach, was ich falsch mache. Gut, ich habe viel, sehr viel Zeit in meine Arbeit investiert. Oft bis in die Nacht rein gearbeitet und jede freie Minute die dann noch übrig war mit Klara verbracht. Da bleiben andere Kontakte auf der Stecke. Einige Leute die ich beim Studium kennen gelernt habe sind auch weggezogen. Andere haben Familie bekommen und sich somit irgendwie verabschiedet. Und zu Leuten aus der Schulzeit habe ich keinen Kontakt mehr, der ist schon ziemlich bald nach dem Abi abgerissen. Auch damals war ich ein ziemlicher Einzelgänger. Ganz früher noch nicht, das kam erst mit Beginn der Pubertät. Da habe ich mich mehr und mehr zurückgezogen und viel gezeichnet. Auch in den Schulpausen. Es gab einfach nicht viel anderes was mich interessiert hat. Die meisten meiner Mitschüler konnten damit nichts anfangen und so konnte ich mit ihnen nichts anfangen. Das war so und es hat mir nichts ausgemacht. Erst jetzt, rückwirkend, finde ich es sehr schade. Solche alten Freundschaften sind durch nichts zu ersetzen. Ich wünsche mir oft, jemanden zu haben der mich in und auswendig kennt und alles von mir weiß, einfach einen guten platonischen Freund. Früher war das für mich ein Graus. Ich wollte so mysteriös wie möglich sein. Wollte von niemandem gekannt werden. Ich habe coole Sprüche geklopft und vor anderen einen auf Draufgänger gemacht, wobei ich innerlich ganz anders gepolt war. Ich hatte immer Angst, von Leuten zurückgewiesen zu werden. Und da wollte ich lieber, dass sie einen Mark abweisen der anders ist als der echte. So würden sie nicht wirklich mich zurückweisen, sondern quasi eine Fantasiefigur. Damit hätte ich leben können. Ich war sehr leicht zu verletzen, leichter als es für Männer typisch ist. Das konnte ich natürlich nicht nach außen kehren. So habe ich oft einstecken müssen und innerlich kräftig geschluckt. Ich habe mir vor anderen nie Schwächen anmerken lassen. Ich war immer tapfer und cool. Auch als ich etwas mehr gewogen habe und gehänselt wurde. Ich war immer athletisch gewesen, dann wurde ich durch eine Sportverletzung ein paar Monate stillgelegt und habe meine athletische Figur verloren. Ich habe mir nie anmerken lassen, dass mich etwas verletzt. Ich stand nach außen hin immer über den Dingen. Dass ich mich heimlich in den Schlaf geweint habe und noch mehr Frustessen betrieben habe wusste natürlich keiner. Nicht mal meine Eltern. Es hätte sie aber auch nicht interessiert, im Gegenteil. Sie haben sich für mich geschämt. Das haben sie mir zwar nie gesagt, aber ich habe es gespürt. Es war kein gutes Gefühl. Ein Kind sollte sich von seinen Eltern angenommen fühlen. Das konnten mir meine nie vermitteln. Was das angeht hege ich auch einen Groll auf sie. Das werde ich bei meiner Tochter auf jeden Fall anders machen. Sie ist der Mittelpunkt meiner Welt und ich werde sie in allen Lebenslagen lieben und unterstützen. Das ist das einzig Gute was ich aus meiner Vergangenheit ziehen kann: wer Schlechtes erlebt hat, hat den Anspruch, es besser zu machen. Die Fehler meiner Eltern werde ich ganz sicher nicht wiederholen. Das steht fest.

Was die Freunde angeht muss ich mich auch einfach entspannen. Es ist schade, dass sie fehlen, aber ich kann mir vielleicht wieder etwas aufbauen. Ich werde ab jetzt keine Gelegenheit auslassen die sich mir bietet. Aber ich werde dem Zeit geben. Sowas ergibt sich nicht von jetzt auf gleich, mit viel Glück werde ich andere gute Menschen anziehen und mich mit ihnen zusammentun. Dann kennen wir uns eben nicht ewig, aber wenn ich mich öffne trotzdem gut. Das ist eines meiner Probleme, das ich angehen muss. Ich habe meine Persönlichkeit lange vor anderen versteckt, aber jetzt möchte ich gekannt werden. Bei Klara war das nie ein Problem, sie konnte ich an mich heranlassen. Und es war gar nicht schlimm. Obwohl es schon ein wenig Überwindung gekostet hat. Aber es ist ein schönes Gefühl mit jemandem vertraut zu sein. Das fehlt mir. Ich hoffe, dass ich das bald wieder haben werde.

Für jetzt muss es mir erstmal reichen, dass ich mich selber kenne. Das war schon ein langer Weg und Arbeit genug. Ich lerne, in mich hineinzuhorchen und auf mich zu achten. Mich nicht zu überfordern und nicht immer an meine Grenzen zu gehen. Das habe ich früher oft getan, ohne Rücksicht auf Verluste. Inzwischen habe ich gelernt Nein zu sagen, zu mir und zu anderen. Auch wenn es manchmal nicht leicht ist, gerade bei Leuten die ich mag. Aber mein Wohl geht vor. Das habe ich begriffen. Und ich richte mein Leben so aus, dass es mir gut geht. Andere sorgen selbst für sich, ich muss mir um sie also keine Gedanken machen oder ein schlechtes Gewissen haben, wenn ich schlicht und einfach mal Nein sage. Früher dachte ich immer, ich verspiele so die Sympathie der anderen, aber ich habe festgestellt, dass das gar nicht so ist. Die Leute, die man durch Nein sagen verliert, will man auch gar nicht kennen – man braucht sie nicht. Ich sehe das inzwischen alles viel entspannter und das tut mir gut.

An die Sache mit Klara werde ich ganz locker rangehen, ohne Druck oder Erwartungen. Sonst mache ich es kaputt bevor es überhaupt beginnen kann. Ich werde ihr Zeit geben und warten, bis sie den ersten Schritt macht. Wie heißt es so schön – gut Ding will Weile haben. Und ich habe was das angeht viel mehr Geduld als früher, denn die Sache ist mir überaus wichtig. Auf gute Dinge lohnt es sich zu warten. Ich kann warten.

26. Februar 2015

Heute ist ein verregneter Tag. An Tagen wie diesem habe ich noch vor einem Jahr viel gegrübelt – über die Welt und mich selbst. Das ist zum Glück nicht mehr der Fall. Jetzt kuschele ich mich in meine Decke ein und lese auf der Couch. Etwas Besseres gibt es nicht. Obwohl ich ziemlich wetterfühlig bin, blase ich keine Trübsal. Darüber bin ich unheimlich froh, denn ich merke dadurch, dass es mir wirklich besser geht. Das hat auch mein Berater vom Arbeitsamt gemerkt, bei dem ich diese Woche einen Termin hatte. Er ist wirklich nett und hat sich auf- richtig für mich gefreut. Und er hat mir ein bisschen Hoffnung gegeben. Er meint, ich kann mit meinen Vorerfahrungen ohne Probleme im kaufmännischen Bereich unterkommen, mit einer Umschulung oder als Quereinsteiger. Das würde gut zu mir passen und mich nicht zu sehr belasten. Ich selbst will eigentlich nichts weiter als zeichnen, aber da ich Realist bin und weiß, dass man damit einfach kein Geld verdient, bin ich offen für Vorschläge, denn ich habe keine andere Idee was ich beruflich mit mir anfangen soll. Es tat gut, von einem Fachmann mal zu hören, dass ich Perspektiven habe und Ziele die ich anpeilen kann.

Mich nimmt es nicht mehr so mit, dass alles in der Schwebe ist. Ich erinnere mich, wie sehr mich das vor ein paar Monaten fertig gemacht hat. Ich wollte einfach zurück in meinen alten Job und mit meinem Leben weitermachen, egal wie schlecht es war. Dabei war mir nicht klar, dass das Zurückgehen eigentlich gar keine Option mehr war. Ich habe nicht gut genug in mich hineingehorcht. Erst in den letzten Monaten wurde mir klar, dass ich noch zu sehr in der Tretmühle gefangen war um einen umsichtigen Blick zu riskieren. Das Timeout hat ihn mir ermöglicht und dafür bin ich dankbar. Wäre ich in meinen Job zurückgegangen, hätte ich sicherlich schon das zweite Burnout und wäre wieder schwer depressiv. Aber so sehe ich die Vorteile des Schwebezustands. Ich finde es inzwischen ungeheuer spannend, nicht zu wissen wo es hingehen wird, weil ich Hilfe an der Hand habe. Bei mir ist alles offen und das finde ich inzwischen ziemlich gut. Ich kann mich was das angeht entspannen. Bald wird sich etwas auftun, da bin ich sicher. Ich freue mich auf das was noch kommt und bin einfach nur gespannt. Mein Leben ist nicht in Stein gemeißelt. Alles geht, nichts muss. Das ist eigentlich ein schönes Gefühl. Man muss immer versuchen, das was gerade ist zu genießen. Das tue ich und es gelingt mir inzwischen. Das Timing könnte nicht besser sein, denn meine beiden Mädels ziehen dieses Wochenende bei mir ein.

03. März 2015

Ich glaube ich bin endlich übern Berg. Die letzte schlechte Phase ist, bis auf kleinere Rückschläge, schon ein halbes Jahr her. Ich bin stabil und lebe so gut ich kann. Ich gehe wieder regelmäßig schwimmen. Nur meine Ernährung lässt noch zu wünschen übrig. Ich versuche, gesund zu essen, aber ich habe einfach noch sehr oft einen Japs auf Süßes oder Fettiges. Das muss ich noch in den Griff kriegen, ebenso wie mein Gewicht. Aber ich mache mich deswegen nicht fertig. Es ist so und es ist eine Phase, die auch vorübergehen wird, spätestens wenn ich die Neuroleptika reduzieren kann, was nicht mehr allzu lange dauern sollte. Alles in allem geht es mir gut

Klara und meine Kleine wohnen jetzt seit zwei Tagen bei mir und es läuft gut. Tagsüber wird geräumt und ausgepackt, abends sitzen wir bei einer Flasche Wein zusammen und reden. Es ist sehr harmonisch. So könnte es von mir aus immer sein. Ich merke auch, dass Klara es genießt. Mit einem kleinen Kind, um das man sich immer kümmern muss, kann es auch ziemlich einsam werden. Ihre Freunde sieht sie nur selten, da freut sie sich, mich um sich haben. Ich bin für sie ein sehr wichtiger Kontakt, meinte sie gestern Abend. Das hat mich unheimlich gefreut. Wir tun einander gut.

Ich liebe sie noch sehr und weiß nicht, wie lange ich das noch für mich behalten kann. Aber ich möchte auf keinen Fall mit der Tür ins Haus fallen. Wie schon gesagt, es soll von ihr kommen.

04. März 2015

Eine Nacht drüber geschlafen und ich habe meine Meinung geändert. Der Mut hat mich gepackt. Eben habe ich Klara doch darauf angesprochen. Ich habe es nicht mehr ausgehalten, dieser Elefant im Raum. Ich denke, dass es besser ist, das gleich aus dem Weg zu schaffen. Ich habe ihr gestanden, dass ich noch Gefühle für sie habe, dass ich aber unter keinen Umständen das Zusammenleben gefährden möchte, falls sie diese nicht erwidert. Sie war nicht überrascht, ich denke sie hat es auch bemerkt. Und sie meinte, dass sie immer irgendwie Liebe für mich empfinden wird, aber dass wir einfach nicht zusammen passen. Ich gehe gerne an meine Grenzen und will das Unerreichbare möglich machen, bin abenteuerlustig – obwohl ich in- zwischen auch Wert auf Sicherheit lege. Aber ich will meine Träume verfolgen, während sie viel zu viel Angst hat, sich aus dem Bereich des Vorhersehbaren zu entfernen. Das Unbekannte macht ihr Angst – mir nur wenn es mir schlecht geht. Sie kann mich was das betrifft nicht verstehen und würde mich nur ausbremsen. Das wollen wir beide nicht. Sie möchte lieber eine gute Freundschaft als eine kaputte Beziehung. Wir lassen das also mit dem Zusammenkommen und bleiben dafür einfach gute Freunde. Das kann klappen, denke ich, weil wir noch viel Zuneigung und Respekt füreinander haben. Die Beziehung ist auch schon lange genug her. Das bildet eine gute Basis für eine enge Freundschaft. Und als Eltern für Amelie werden wir uns auch gut machen, da bin ich sicher.

Ich bin also auch was das betrifft wieder in der Schwebe. Schade eigentlich, ich wäre gerne endlich angekommen. Mich heimisch zu fühlen mit einer Frau, das fehlt mir. Aber ich werde die Augen weiterhin offen halten.

05. März 2015

Meine Belastungserprobung hat gestern begonnen. Jeder der Teilnehmer muss sie vor der Maßnahme absolvieren, denn es wird hierbei festgestellt, wie fit man ist – entweder für das recht hochschwellige Avanti oder für eine niedrigschwelligere Alternative. Es sind die unterschiedlichsten Leute dabei, die meisten davon können wegen psychischer Probleme nicht mehr in ihren Job zurück und wollen sich neu orientieren, eine hat aber ausschließlich körperliche Beschwerden. Es sind viele Altersklassen vertreten, von 25 bis 54 ist alles dabei. Wir sind 10 Leute. Ich muss sagen, dass mir fast alle sympathisch sind. Das ist am Anfang, unter den richtigen Bedingungen, leicht, erst nach einiger Zeit kristallisiert sich heraus wer nervig ist. Ich habe was das angeht schon so eine Ahnung. Es gibt zwei Frauen hier, die sehr gerne und ausführlich reden. Das könnte noch eine Geduldprobe werden. Aber mal abwarten.

Was die früheren Berufe angeht sind die unterschiedlichsten Richtungen vertreten. Einer war Tischler, ein paar kommen aus der Pflege, eine andere war selbstständig im PR-Bereich. Wir sind eine bunte Mischung.

Es ist ungewohnt wieder regelmäßig mit einer größeren Gruppe Menschen zusammen zu kommen. Daran muss ich mich erst wieder gewöhnen. Auch das lange Zuhören fällt mir schwer. Meine Aufmerksamkeitsspanne hat sich seit meinem Absturz merklich verkürzt. Ich hoffe das renkt sich wieder ein. Ansonsten denke ich, dass die anderen mich auch ganz ok finden. Wir gehen ab jetzt immer zusammen essen, das bekommen wir sogar kostenlos. Und dabei hat sich ein ganz nettes Tischgespräch entsponnen. Von einer der anderen Teilnehmerinnen habe ich dabei ein nettes Kompliment bekommen. Sie meinte, ich sei ein sehr angenehmer Mensch. Das ging natürlich runter viel Öl. Es kam allerdings von einer der beiden, die ich als potentiell nervig eingestuft hatte. Aber was soll's, ich nehme das gerne so an.

Wenn ich ehrlich bin, hatte ich die Hoffnung, dass vielleicht eine nette Frau in meinem Alter dabei ist. Einfach als Lichtblick. Aber dem ist nicht so. Leider. Naja, auch irgendwie zum Glück, weil mich das nur ablenken würde. Und das wäre nicht gut. Hier geht es um meine berufliche Zukunft, da will ich nicht über eine Verliebtheit meinen Kopf verlieren. Ich will mich, während ich hier bin, voll und ganz auf das Programm konzentrieren. Wäre hier eine Frau die mir gefällt, würde mich das nur nervös machen. Obwohl ich sehr gerne wieder verliebt wäre, in eine Frau die das auch erwidert.

Von den Themen her geht es erstmal noch nicht darum, eine berufliche Perspektive zu entwickeln. Es geht eher darum sich auszuprobieren. Wir arbeiten am Rechner, mit Holz, löten, basteln, lösen Rechenaufgaben, machen Gehirnjogging und reden viel. Das tut eigentlich ganz gut. Nur am Ende des Tages bin ich völlig erledigt. Sechs Stunden lang ein Programm zu absolvieren ist schon eine ganz schöne Herausforderung. Praktisch von null auf hundert in einem Tag. Das schlaucht ganz schön. Aber ich bin froh dabei zu sein und meine Zeit mit Leidensgenossen zu verbringen. Obwohl nicht alle ihre Krankheit so nehmen wie ich. Manche jammern viel. Einige thematisieren ihre Probleme und ihre Krankheit sehr oft. Ich habe nicht das Bedürfnis, immer und ständig darüber zu reden. Andere schon. Das nervt mich ein wenig. Es ist schon schlimm genug darunter zu leiden, da muss man sich nicht, wenn es einem besser geht, auch noch ständig damit befassen wie man drauf ist, wenn es einem nicht so gut geht. Ich weiß nicht, das ist einfach nicht mein Ding. Man könnte denken, vielleicht geht es ihnen noch schlecht, dann hätte ich dafür vollstes Verständnis. Aber sie sind alle hier und das heißt, so schlimm kann es nicht mehr sein. Naja, jedem das seine. Aber es fängt schon an mir ein wenig auf den Geist zu gehen. Ich hoffe mal, dass das noch nachlässt. Wenn nicht werde ich einfach versuchen diese Leute zu meiden und in der Morgen- und Abschiedsrunde, wenn sie dran sind zu erzählen, sie so gut wie nur möglich auszublenden. Das ist eine Herausforderung, aber ich nehme sie an. Vielleicht sage ich auch mal etwas dazu, wenn es nicht aufhört. Aber bisher ist es gerade noch im Bereich des Erträglichen.

Es gibt eine Frau mit der ich mich sehr gut verstehe. Sie ist Mitte 40, verheiratet und hat zwei erwachsene Kinder. Wir haben also nicht sehr viel gemeinsam, außer, dass wir beide gerne schwimmen gehen. Aber wir haben denselben Humor. Und sie gehört auch nicht zu denen die ständig über ihr schweres Los jammern. Sie ist mir einfach sehr sympathisch und wir haben uns auf Anhieb verstanden. Vielleicht machen wir auch privat mal etwas zusammen, ich könnte es mir auf jeden Fall sehr gut vorstellen. Wir lachen viel, das tut unheimlich gut. Ich habe im Allgemeinen viel zu wenig gelacht in den letzten Monaten, da kommt mir das sehr gelegen.

Nach den sechs Stunden bei der Maßnahme bekomme ich nicht mehr viel gebacken, zumindest im Moment. Vielleicht ist es auch nur am Anfang so, weil es noch ungewohnt ist. Das hoffe ich. Aber ich bin am Ende des Tages richtig platt. Alles was ich noch schaffe ist ein wenig lesen oder fernsehen und um 21 Uhr bin ich schon überreif fürs Bett. Das liegt vielleicht auch daran, dass ich ab jetzt um sieben Uhr aufstehe. Vorher habe ich immer bis 10 ausgeschlafen. Diese Zeiten sind eindeutig vorbei. Mal schauen, wie sich das noch entwickelt. Aber ich würde schon gerne nach meinem Programm noch ein bisschen was schaffen – zeichnen oder Sport machen. Besonders mit dem Zeichnen will ich vorankommen. Aber auch der Sport ist wichtig. Ich habe schon 2 Kilo abgenommen und will das weiter verfolgen. Mein Ziel habe ich noch lange nicht erreicht, also heißt es am Ball bleiben. Das werde ich versuchen, spätestens nächste Woche.

12. März 2015

Mit Klara und Amelie läuft es sehr gut. Wir waren am Wochenende zusammen im Zoo. Klara hat sich auch schon zwei freie Abende gegönnt, während ich auf unsere Kleine aufgepasst habe. Es ist ein gutes Arrangement, das prima funktioniert. Auch Klara ist begeistert davon, nicht nur weil sie das Geld für die Miete spart. Wir verstehen uns wirklich gut, beinahe besser als zu unserer Beziehungszeit. Es ist schon seltsam, aber irgendwie fühle ich mich ihr jetzt näher als jemals zuvor. Die Zeiten der Einsamkeit sind endgültig Geschichte. Und ich verbringe viel Zeit mit einer Frau, die mich wirklich gut kennt und mag – ein großartiges Gefühl. Ein neues noch dazu. So wie es jetzt ist, ist es fast noch besser als früher. Es ist ein wohlig warmes Gefühl das einfach gut tut. In meiner Situation ist mir eine aufrichtige Freundschaft fast lieber als eine Liebe. Ich weiß nicht, wie ich das erklären soll. Eine Freundschaft wühlt einen nicht so auf. Liebe kann schön sein, sie kann aber auch anstrengen, besonders wenn es mal nicht so gut läuft. Eine Freundschaft ist eine Konstante, es gibt weniger Hochs und Tiefs. Das tut der Seele einfach gut. Ich hoffe sehr, dass dieser Zustand zwischen uns beiden noch lange anhält.

 Nichts desto trotz bin ich weiterhin auf der Suche nach Liebe. Da ich jetzt regelmäßig Straßenbahn fahre und ich auch schon ab und zu mal eine Frau gesehen habe die mir gefallen hat, habe ich mir überlegt, der

Nächsten einfach meine Visitenkarte zu überreichen. Das ist vielleicht etwas forsch und ungewöhnlich, aber es ist doch auch einfach doof, jemanden zu sehen den man sympathisch sowie attraktiv findet und nichts zu unternehmen. Es ist mir fast egal wie das rüberkommt, ich werde es mal ausprobieren. Auf jeden Fall habe ich jetzt immer eine Visitenkarte dabei und ich werde mich nicht davor scheuen sie auch einzusetzen.

Mit dem Sport klappt es auch immer besser. Ich gehe wieder drei Mal die Woche schwimmen und nehme konstant ab. Das gibt mir Selbstbewusstsein. Ich fühle mich einigermaßen attraktiv und passe langsam wieder in meine Klamotten. Ich hoffe ich halte das auch weiterhin durch, denn mein Wohlfühlgewicht habe ich noch nicht erreicht. Die Fressattacken sind deutlich weniger geworden. Ich weiß nicht woran es lag. Sicherlich haben Langeweile und Einsamkeit da eine Rolle gespielt. Seit meine beiden Frauen bei mir wohnen hat das mit der Futterei enorm abgenommen. Aber ich denke, es ist auch einfach ein Schalter in meinem Kopf umgesprungen, weil es so einfach nicht mehr weiterging. Zu stolz will ich noch nicht sein, weil ich nicht weiß, wie sich das weiter entwickelt, aber ich freue mich über meine bisherigen Erfolge. Es gelingt nicht vielen, unter Neuroleptika abzunehmen, weil es den Stoffwechsel verlangsamt und nicht zuletzt, weil es den Appetit anregt. Aber so weit so gut. Bis hierher habe ich es geschafft, alles weitere werde ich sehen.

Auch in der Gruppe ist die Gewichtszunahme ein großes Thema. Ausnahmslos alle haben damit zu tun. Das ist wirklich eine traurige Statistik. Aber so ist es nun mal. Und entweder man lebt damit, oder man mobilisiert all seine Willensstärke und tut etwas dagegen. Eine der beiden Nervigen thematisiert das auch in fast jedem Beitrag den sie leistet. Das ist beinahe zwanghaft. Aber sie schafft es nicht, etwas dagegen zu unternehmen. Sie isst fleißig weiter und schaufelt die Kalorien nur so in sich hinein. Auch während des Programms. Ich möchte das nicht verurteilen, ich mag nur kein Dauer-Gejammere. Ihr anderes Thema ist ihre Krankheit. Sie ist Borderlinerin und erzählt das jedem, der sich als williges Opfer entpuppt. Von Trigger-Situationen oder Flash Backs. Von zermürbenden Ängsten und schlimmer Vergangenheit. Auch ihr Freund ist daran erkrankt und sie redet über die privatesten Dinge. Über den Missbrauch, den er als Kind durch- leben musste und sein selbstverletzendes Verhalten. Das ist für den Zuhörer ziemlich unangenehm. Man weiß gar nicht, was man darauf erwidern soll. Und man will es eigentlich auch gar nicht wissen. Jeder der Teilnehmer hat sein Päckchen zu tragen. Und es ist einfach unhöflich andere mit seinen Sorgen zu belasten. Wir sind schließlich in einer Berufsfindungsmaßnahme, nicht in einer Selbsthilfegruppe. So sehe ich das. Sie aber anscheinend nicht. Und ausgerechnet sie peilt eine Umschulung zur Sozialarbeiterin an. Sie, die absolut selbst- zentriert ist und keinen anderen ausreden lässt, die jedem von ihren Problemen erzählt und sich für den tragischsten Menschen der Welt hält. Das ist der reinste Witz. Wir haben beim Mittagessen darüber gesprochen und eine von uns meinte, dass sie mit ihrer gesundheitlichen Vorgeschichte gar nicht in diesem Bereich arbeiten darf. Und, dass es ihr auch nicht unbedingt gut tun würde. Da hat sie sich aufgeregt und mit keinem von uns mehr gesprochen. Mal abgesehen davon, dass wir das sehr genossen haben, ist es doch ein absolut kindisches Verhalten, welches unsere Ansicht nur bestärkt. Aber gut, sie muss wissen was sie tut. Irgendwo wird sie schon landen. Man kann nur hoffen, dass sie in einer Position ankommt, in der sie keinen Schaden anrichten kann. Sie meint, dass sie, als jemand, der im Leben schon Hürden nehmen und schwierige Situationen über- stehen musste, besonders für einen sozialen Beruf geeignet ist. Das stimmt im Allgemeinen sicherlich. Wer selbst schon von Leben getestet wurde ist mit Sicherheit sensibler für die Probleme anderer und kann vielleicht auch den ein oder anderen Rat erteilen. Wenn man selbst aber nur jammert und nicht über seine Probleme hinweg kommt, ist das sicherlich nicht so ratsam. Das will sie aber nicht einsehen. Ihr ist einfach nicht zu helfen.

Genau wie einer anderen Teilnehmerin, die völlig verpeilt ist. Bei ihr frage ich mich ernsthaft, in welches Berufsfeld sie passen kann. Sie redet immer total zusammenhangloses Zeug, kann auf nichts von anderen Gesagtes eingehen, hört sich aber selbst gerne reden. Sie lebt völlig in ihrer eigenen Welt. Die anderen ignorieren sie meistens, weil man mit dem was sie so äußert einfach nichts anfangen kann. Aber sie findet sich wichtig und will gehört werden. Das ist an sich ja nicht falsch, Selbstbewusstsein ist gesund. Aber bei ihr völlig unangebracht. Sie ist wirklich kaum zu ertragen und ich hoffe, dass wir nach der Belastungserprobung getrennte Wege gehen werden. Wenn sie auch beim Programm mitmacht kriege ich eine ernsthafte Krise.

Es gibt noch eine dritte nervige Frau, die ich zu Beginn gar nicht so eingestuft habe, aber es hat sich jetzt so herauskristallisiert. Sie redet auch ohne Punkt und Komma und atmet dabei noch hörbar, was richtig nervig ist. Sie redet langsam und bedacht, aber auch einfach zu viel. Wenn sie ansetzt schalte ich innerlich schon ab.

Es ist wirklich manchmal ein Geduldspiel die Leute hier zu ertragen. Der Großteil ist sehr angenehm, leider bekommt man von denen so wenig mit, weil die Anstrengenden sich immer in den Vordergrund spielen. Das ist wirklich schade. Aber so ist es auch draußen in der Welt. Die Schlauen und Zurückhaltenden kommen meist nicht so weit wie die Penetranten. Die Guten finden meist nicht so viel Gehör, weil die von sich Überzeugten sich aufdrängen und alle Aufmerksamkeit auf sich ziehen. Man muss sich konsequent durchsetzten wenn man weiterkommen will und da intelligente Menschen dazu neigen, an sich zu zweifeln und still zu bleiben, werden sie oft übersehen. Das ist ein Jammer, aber so läuft der Hase. Ich will nicht sagen, dass ich übermäßig intelligent bin, aber der Rest trifft auch auf mich zu. Ich lasse eher anderen den Vortritt, als mich zu profilieren. Nur wenn ich merke, dass etwas völlig aus dem Ruder läuft, mische ich mit. Das dauert allerdings und kostet auch ein wenig Überwindung. Ich nehme mich einfach nicht so wichtig. Ernst schon, aber ich stelle mich nicht gerne in den Vordergrund. Und vor einer Gruppe zu reden ist auch nicht die leichteste Übung für mich, es ist mir eher unangenehm als dass es mir Spaß macht. Es ist schon komisch, wie unterschiedlich die Menschen sind. Aber das Gute ist, dass sich die Gruppe darüber einig ist wer nervt und wer wertvolle Beiträge leistet. Das kam in ein paar Einzelgesprächen rüber. Zum Glück, denn sonst würde ich wirklich an der Welt zweifeln.

Man muss sich irgendwie damit arrangieren. Wie gesagt, ich mache es so, dass ich auf Durchzug schalte wenn eine der Damen ansetzt. Damit fahre ich am besten. Ich höre dann Musik in meinem Kopf. Das mache ich öfter wenn mir langweilig ist. Meist habe ich irgendein Lied das in meinen Gedanken rumgeistert und das spiele ich dann sozusagen an, wie bei einer menschlichen Jukebox. Klara fand das immer komisch, aber für mich ist es das Normalste der Welt. Das war schon immer so.

Ich werde die letzten drei Wochen schon aushalten und dann muss ich die Frauen hoffentlich nie wieder sehen. Und ich hoffe, dass bei der Maßnahme keine derartigen Teilnehmer dabei sind. Die wurden im besten Fall vorher schon ausgesiebt.

Insgesamt ist die Belastungserprobung ziemlich anstrengend. Nicht nur wegen der Leute, auch wegen der Themen mit denen wir uns auseinandersetzen. Ich bin immer froh wenn Wochenende ist. Aber den anderen geht es genauso, das beruhigt mich irgendwie. Wenn wir nicht so offen darüber reden würden, würde ich denken ich sei eine Lusche. Ich habe zwar nicht gedacht, dass das hier ein Spaziergang werden würde, aber dass es mich so dermaßen erschöpft hatte ich auch nicht erwartet. Wenn der Tag hier beendet ist, schaffe ich es gerade noch, mich ins Schwimmbad zu begeben und meine Bahnen zu ziehen. Immerhin. Danach gehe ich nach Hause, spiele noch ein bisschen mit Amelie und dann falle ich todmüde aufs Sofa. Mehr passiert nicht, für mehr reicht meine Energie nicht. Aber ich hoffe noch, dass es alles nur eine Frage der Gewöhnung ist. Es wäre sehr schade, wenn das bei der Maßnahme und später im Job so weiter gehen würde. Dann hätte ich nur für die Arbeit Energie und würde darüber hinaus nichts mehr hinbekommen. Kein Zeichnen, keine Verabredungen, keinen Spaß. Das wäre sehr schade. Mal sehen, wie sich das noch entwickelt.

18. März 2015

Was die Liebe angeht habe ich neue Hoffnung geschöpft. Endlich ein Lichtblick. Letzten Freitag habe ich bei der Belastungserprobung eine Frau kennen gelernt – Michelle. Ich habe sie zuvor schon ein paar Mal im Gang gesehen. Sie hat mir auf Anhieb gefallen, aber sie ist nicht in meiner Gruppe. Wir haben irgendwie angefangen uns zu grüßen und Freitag waren wir gleichzeitig in der Küche, da habe ich sie einfach angesprochen und gefragt, wie sie die Maßnahme fand. Sie ist schon in der Praktikumsphase und damit auch fast fertig. Wir haben uns dann eine halbe Stunde unterhalten und es war sehr nett. Wir können unglaublich locker reden, ohne dass peinliches Schweigen entsteht. Sie ist sehr offen, noch dazu total entspannt. Ich finde es auch prima, dass sie am selben Punkt ist wie ich und wir gesundheitlich einiges gemeinsam haben. Sie hat ähnliche Probleme und versteht mich daher. Ich brauche mich vor ihr nicht schämen. In ihrer Gegenwart fühle ich mich nicht so geschädigt. Sie hatte eine depressive Phase, keine klinische Depression, muss keine Medikamente nehmen und hat sich schneller wieder gefangen als ich, aber auch eine Reha absolviert. Wir haben nicht viel Zeit mit Geplänkel vergeudet, sind gleich ans Eingemachte gegangen. Das hat sich aber total natürlich angefühlt. Ich fühle mich wohl mit ihr. Und habe das Gefühl, dass sie mich ohne viele Worte versteht. Mir geht es mit ihr genauso. Zu alldem ist sie wahnsinnig attraktiv. Ich fühle mich sehr zu ihr hingezogen.

Wir sind uns auch abgesehen von unserer Krankheit recht ähnlich. Wir haben beide Perfektionismus in die Wiege gelegt bekommen. Komischerweise verspüre ich in ihrer Gegenwart überhaupt keinen Druck, fehlerfrei funktionieren zu müssen. Auch sie hat schwere Zeiten durchstehen müssen und ist dadurch stark geworden, aber auch empfindsam für die Sorgen anderer. Sie wirkt total unschuldig und viel jünger als sie ist – sie ist auch 32 – aber sie hat Lebenserfahrung, die kann man in ihren Augen sehen. Das finde ich wahnsinnig anziehend. Diese Lebenserfahrung hat sie aber weder verbittert noch verschlossen oder hart gemacht. Sie versteht das Leben, das merkt man sofort. Sie wirkt weise. Das spiegelt sich auch in ihrer Lebensführung wider. Früher hat sie gemodelt und damit viel Geld verdient, bis sie von der Branche die Nase voll hatte. Anstatt sich aber auf der Kohle auszuruhen, hat sie ein Haus gekauft, um anderen, die nicht so viel Glück wie sie hatten, eine Chance zu geben. Sie hat eine Künstleroase eröffnet. Ausgewählte Künstler dürfen kostenfrei bei ihr leben und arbeiten. Sie müssen nur selbst für Verpflegung sorgen. Sie glaubt an Träume und daran, diese zu leben. Damit spricht sie mir aus der Seele.

Wir haben auch ähnliche Baustellen. In ihrem Freundeskreis hat sie, genau wie ich, aufgeräumt und musste Enttäuschungen einstecken als sie krank wurde. Das ist ein weit verbreitetes Phänomen, das habe ich schon von vielen gehört. Wenn es einem schlecht geht, merkt man, auf wen man sich verlassen kann. Das ist kein Geheimnis. Trotzdem fühle ich mich ihr dadurch noch mehr verbunden. Wir werden uns von jetzt an öfter unterhalten, hoffe ich. Ich weiß noch nicht, ob sie Single ist, aber das werde ich noch herausfinden. Und wenn es so sein sollte, werde ich sie hoffentlich noch näher kennen lernen. Sie haut mich total um.

23. März 2015

Ich sitze an meinem Zeichentisch. Draußen zwitschern die Vögel, die Sonne geht gerade auf. Ich bin früh aufgewacht, obwohl heute Samstag ist. Ich habe schlecht geträumt. An Genaues kann ich mich nicht erinnern, ich weiß nur, dass es etwas mit Marie zu tun hatte. Jetzt sitze ich hier und mache Brainstorming. Ich bin mit meinem ersten Comic fertig und suche nun nach Inspiration für mein nächstes Werk. Vielleicht zeichne ich mal eine Reihe zum Thema Depression. Kann sein, dass es das schon gibt, aber mir ist sowas noch nie unter- gekommen. Vielleicht ist es noch eine Marktlücke. Es würde mir auf jeden Fall helfen, besser wahrscheinlich als jede Therapie. Obwohl meine Therapie an sich gut läuft. Ich habe nicht immer das Bedürfnis danach, an manchen Tagen habe ich auch überhaupt kein Thema zu besprechen. An anderen wiederum tut es mir richtig gut.

Ich mache zwar eine Verhaltenstherapie, aber ich laufe nicht mit meiner Therapeutin durch die Gegend, um an meinen Panikattacken zu arbeiten. Das mache ich für mich allein. Und es läuft soweit recht erfolgreich. Es gibt Tage, da ist es schwieriger, Tage, an denen es mir einen Ticken schlechter geht als normal. Aber diese kommen nicht mehr so häufig vor. Manchmal machen wir Übungen in ihrer Praxis, zur Abgrenzung oder zur Angstbewältigung, aber es ist größtenteils eine Gesprächsstunde. Ich rede über Dinge, die mich belasten oder belastet haben. Aber ich rühre nicht viel in der Vergangenheit herum, davon halte ich nichts. Meine Therapeutin befürwortet das. Die Vergangenheit ist vorbei, man muss sich damit nicht mehr befassen. Manchmal hilft es, Dinge die jetzt schief laufen zu verstehen. So weiß ich zum Beispiel, dass meine Ängste von Erlebnissen in der Kindheit herrühren, ebenso wie mein Perfektionismus. An den Tatsachen ändert dieses Wissen zwar nichts. Aber es zeigt mir Zusammenhänge auf.

Meine Therapeutin hat vor einiger Zeit zu bestimmten Themen gesagt, dass wir später noch daran arbeiten müssen, wenn es mir besser geht. Aber ich glaube sie hat, wie ich auch, vergessen was genau es war. Vielleicht wartet sie auch darauf, dass ich davon anfange. Das was wir besprechen geht immer von mir aus. So hält sie es wahrscheinlich auch mit dem Arbeiten an gewissen Dingen. Wenn ich meine, dass es Zeit ist, gehen wir es an. Und wenn es nicht wieder hochkommt war es auch nicht wichtig. Ich werde sie bei meinem nächsten Termin einfach mal fragen. Ich fühle mich stabil genug um weiter an mir zu arbeiten und bin auch gespannt, wo ich noch Defizite habe. Ich möchte ein so guter Mensch wie möglich sein und bin für Kritik sehr empfänglich. Obwohl ich eigentlich nicht glaube, dass sie mich kritisieren wird. Das macht sie eher selten. Aber mich interessiert was sie denkt. Man selbst hat oft keinen wirklichen Blick dafür, da hilft es, wenn man es gesagt bekommt. Mein nächster Termin ist erst in zwei Wochen, weil sie momentan Urlaub hat. Dann werde ich es angehen. Mal sehen was dabei herauskommt.

Wenn ich so überlege fallen mir eigentlich nur Sachen ein, die inzwischen gar nicht mehr dringlich sind. Meine Ängste, mein Perfektionismus, meine Grübeleien, meine Schlafprobleme, meine Zukunftsangst, Gelassenheit lernen, Nein sagen. All das läuft schon prima, von ganz alleine, ohne, dass ich dafür bewusst etwas tun musste. Einfach nur weil es mir wieder besser geht – durch die Medikamente und den positiven Lebenswandel. Darüber bin ich sehr froh. Denn es scheinen alles Begleiterscheinungen meiner Depression zu sein, die ich inzwischen überwunden habe. Das einzige mit dem ich noch zu tun habe, ist die Tatsache, dass ich immer etwas leisten muss. Wenn ich nichts leiste bin ich nichts wert, damit bin ich groß geworden. Das sitzt so tief in mir drin, da komme ich nicht ran. Also muss ich immer irgendwas schaffen, damit ich zufrieden mit mir bin. So zeichne ich zum Beispiel jeden Tag. Wenn es mal Tage gibt, an denen ich keine Inspiration habe oder etwas anderes vor, bin ich mit mir unzufrieden. Das kriege ich irgendwie nicht raus. Aber ich denke, das ist auch nicht so schlimm, solange ich mir Erreichbares vornehme. Das was ich schaffen will ist alles realistisch. Somit ist das schon in Ordnung, denn meistens haut das auch hin. Ein paar Zeichnungen und alles ist gut. An den meisten Tagen klappt das wie von selbst. Und dann bin ich auch stolz auf mich. Dann klopfe ich mir, wie ich es in der Tagesklinik gelernt habe, selbst auf die Schulter. Mir wurde damals gesagt, ich solle das öfter tun und ich halte mich daran. Es tut gut.

Morgen wird ein aufregender Tag, da haben Michelle und ich unser erstes Date. Weil wir uns immer so viel und lange unterhalten und dafür eigentlich gar keine Zeit ist, hat sie einmal vorgeschlagen, dass wir doch privat mal einen Kaffee trinken könnten. Das machen wir also. Ich bin schon recht aufgeregt. Sie gefällt mir wirklich sehr. Ich hoffe, dass ich mich gut schlagen werde. Aber eigentlich mache ich mir da keine allzu großen Sorgen, weil wir bisher auch immer recht locker und entspannt miteinander waren. Ich hoffe, daran ändert sich nichts.

25. März 2015

Gestern war unser Date. Ich muss sagen, dass es sehr gut lief. Noch ist alles rein platonisch, aber ich denke schon, dass ich ihr auch gefalle. Der Augenkontakt den wir haben ist hammermäßig. Und ich weiß inzwischen, dass sie auch solo ist. Es ist also hoffentlich nur eine Frage der Zeit bis wir uns näher kommen.

Wir haben uns beim Kaffee wieder blendend unterhalten, über alles Mögliche. Die Zeit ist wie nichts vergangen. Das ist ein wunderbares Zeichen. Und wir haben es beide so empfunden, was ein noch besser- es Zeichen ist. Ich würde wirklich gerne mit ihr zusammen kommen. Und ich denke, die Chancen stehen ganz gut. Ich schaffe es, sie zum Lachen zu bringen. Das ist das schönste Gefühl überhaupt. Ihr Lachen ist wie Musik in meinen Ohren. Außerdem strahlt sie dabei wie tausend Sonnen. Ein herrlicher Anblick, den ich hoffentlich noch sehr oft sehen werde. Heute haben wir uns bei der Maßnahme wiedergesehen und es fühlt sich jetzt noch um vieles vertrauter an mit ihr zu reden. Ich würde sie am liebsten berühren, küssen, halten. Es fällt mir sehr schwer das nicht zu tun. Wir stehen oft sehr nahe beieinander und ich kann sie zumindest riechen. Sie duftet wunderbar. Ich inhaliere sie, denke dabei an unsere Zukunft, die hoffentlich bald beginnen kann.

Was die Belastungserprobung betrifft habe ich inzwischen einen kleinen Lagerkoller. Die Art mancher Leute geht mir tierisch auf die Nerven. Michelle kennt das auch aus ihrer Gruppe, es ist ganz normal. Die Leute die hier sind haben alle ein ziemlich großes Päckchen zu tragen und manchen merkt man es sehr deutlich an. Teilweise, weil sie ständig davon reden, teilweise, weil sie deutliche Macken haben. Ich höre wie gehabt oft Musik in meinem Kopf. Das hilft. Trotzdem wünschte ich, dass das nicht nötig wäre. Ich hoffe wirklich inständig, dass diese Leute nicht bei der Maßnahme mitmachen. Vier Monate würde ich es mit ihnen nie im Leben aushalten. Aber so wie ich das einschätze, sind sie dafür auch viel zu kaputt. Sie brauchen ganz andere Hilfe als sie hier bekommen würden. Sie sind noch zu sehr in ihrer Krankheit gefangen, oder haben einfach eine gestörte Persönlichkeit. Was auch immer, in einer Woche bin ich sie hoffentlich los.

Zu Hause läuft es prima. Klara und ich verstehen uns immer noch sehr gut. Sie drückt mir auch die Daumen bei der Sache mit Michelle. Sie freut sich für mich. Das meint sie aufrichtig. Unsere Beziehung ist jetzt endgültig geklärt. Wir mögen uns, aber mehr wird da nie wieder sein. Und das ist völlig ok. Inzwischen habe ich damit kein Problem mehr.

Meine Kleine entwickelt sich auch prächtig, sie kann inzwischen schon krabbeln. Das ist so niedlich. Auch habe ich endlich das Gefühl, dass sie weiß: Ich bin ihr Papa. Das hatte ich vor dem Einzug nicht wirklich.

Alles läuft also gut. Mein Leben fließt endlich wieder in geregelten Bahnen. Ich habe gesunde Gesellschaft zu Hause und außerhalb gute Kontakte – ein paar Leute von der Belastungserprobung, Michelle, Peter. Wenn ich an die Zeiten meiner Einsamkeit zurückdenke, werde ich kurzzeitig depressiv. Ich bin so wahnsinnig froh, dass das vorbei ist. Und ich hoffe, dass es nie wieder so schlimm werden wird. Aber ich habe das auch selbst in der Hand. Wenn ich mich mit guten Leuten umgebe – und die suche ich mir inzwischen etwas besser aus – stehen die Chancen gut, dass sie auch da sind, wenn es mir mal nicht so gut gehen sollte. Dann hätte ich jemanden, der mich daran erinnert wie ich bin, wenn ich es vergessen sollte. Wahre Freunde eben. Das ist beruhigend zu wissen. Ich denke nicht, dass ich jemals wieder so tief fallen werde wie vor anderthalb Jahren.

Sehr viele Freunde habe ich zwar nach wie vor nicht, dafür ein paar sehr gute. Darauf kommt es an. Klara und ich werden immer füreinander da sein, schon allein weil wir beide wollen, dass es dem anderen gut geht – für unsere Tochter. Natürlich auch, weil wir uns gern haben. Ich denke, dass ich immer auf sie zählen kann. Was das mit Michelle wird kann ich noch nicht absehen, aber selbst wenn sie sich nicht in mich verlieben sollte, werden auch wir eine gute Freundschaft haben. Den Grundstein dafür legen wir zumindest gerade. Dann gibt es noch Peter und Markus, einen guten Bekannten, der es zum Glück damals nicht auf meine verheerende Party geschafft hat. Er hat mir gesagt, dass ich mich bei ihm melden kann, wenn es mir nicht gut geht. Er ist auch der einzige aus meinem damaligen Bekanntenkreis der von meiner Erkrankung weiß. So wird es auch bleiben, denke ich.

Ich gehe relativ offen mit meiner Krankheit um, aber finde trotzdem, dass nicht jeder im Bilde sein muss. Bei manchen wäre es mir einfach unangenehm, wenn sie es wüssten. Ein paar hätten dafür, so wie ich es einschätze, auch kein wirkliches Verständnis. Und ich will es mir nicht antun, mir vor ignoranten Leuten die Blöße zu geben. Das muss weiß Gott nicht sein. Da kommt mein Selbstschutz ins Spiel, der inzwischen wieder gut funktioniert.

Wer weiß, vielleicht lerne ich noch weitere Leute kennen mit denen ich mich wirklich anfreunden kann. Spätestens wenn die Maßnahme losgeht. Das sind dann auch Menschen mit denen ich absolut offen sein kann, denn wir sitzen alle im selben Boot. Das wird uns verbinden und zusammen schweißen. So stelle ich es mir zumindest vor. Die meisten werden wohl nicht in meinem Alter sein, aber das ist ja kein Hindernis. Wenn man sich gut versteht spielt das Alter keine Rolle.

31. März 2015

Meine Belastungserprobung ist seit drei Tagen zu Ende. Ich habe sie bestanden, wurde für fit genug befunden und werde ab Juni in die Maßnahme gehen. Bis dahin habe ich jetzt erst mal frei. Aber ich werde nicht in ein Loch fallen, ich werde die Zeit nutzen. Zwar aus- schlafen, aber auch produktiv sein. Ich werde zeichnen, schwimmen, viel lesen, Filme schauen und das Leben genießen. So lange frei am Stück werde ich vielleicht nie wieder bekommen. Ich werde es aus- kosten so gut ich kann. Vielleicht mache ich eine kleine Reise. Oder ich entdecke Berlin. Hier gibt es so viele tolle Sachen die man sich angucken oder machen kann. Mir wird sicher nicht langweilig werden. Auch werde ich so viel Zeit wie möglich mit Michelle verbringen. Wir hatten gestern unser zweites Date. Wir waren auf dem Frühlingsfest und haben uns da ein wenig vergnügt. Danach waren wir noch in einer chilligen Bar etwas trinken. Wir haben wieder viel geredet. Ich habe mich wahnsinnig wohl gefühlt. Zum Abschied haben wir uns geküsst. Es ging von mir aus und ich bin wahnsinnig stolz, dass ich mich getraut habe. Danach hat sie mich zu sich eingeladen. Dort ist auch noch mehr passiert. Ich würde sagen, wir sind jetzt zusammen. Sie ist wundervoll. Sie macht mein Leben perfekt. Sie ist ein selbstloser, humorvoller, großzügiger Mensch. Eine Bereicherung für jeden der sie kennt. Ich bin wahnsinnig froh, dass sie in mein Leben getreten ist. Wir passen zusammen wie zwei Puzzleteile.

Einen Wehmutstropfen hat meine jetzige Situation allerdings. Ich musste Anfang des Monats Arbeitslosengeld beantragen, weil meine Krankenkasse mich ausgesteuert hat. Man bekommt höchstens 72 Wochen Krankengeld und bei mir ist dieser Zeitraum inzwischen verstrichen. Ich fühle mich nicht wohl dabei, vom Staat zu leben. Allerdings habe ich auch ordentlich in die Kassen reingewirtschaftet. Und zum Glück wird es nur für absehbare Zeit sein. Sobald meine Avanti-Maßnahme beginnt, bekomme ich Übergangsgeld vom Rententräger. Wenn sie vorbei ist kann ich hoffentlich das Geld was sie für mich ausgegeben haben wieder einarbeiten.

Heute war der erste schöne, warme Frühlingstag. Ich war lange mit meiner Kleinen spazieren. Sie ist so wahnsinnig süß und zieht schon jetzt alle Blicke auf sich. Ich bin unheimlich stolz. Sie sieht aus wie die perfekte Mischung zwischen Klara und mir. Sie hat meine blonden Locken, meine braunen Augen, Klaras Nase und Mund. Von uns beiden hat sie jeweils das Beste mitbekommen. Ich kann es gar nicht erwarten zu sehen was für eine Persönlichkeit sie haben wird. Ein bisschen kann man jetzt schon ausmachen. Sie schreit nicht viel, sie ist sehr genügsam und geduldig. Für ein kleines Kind ist das schon beachtlich. Auch habe ich sie noch nie ernsthaft weinen sehen. Sie ist eine kleine Tapfere. Und sie liegt am liebsten auf Papas Bauch. Da schläft sie immer sofort ein. Das soll ich früher auch so gemacht haben, hat mir meine Mutter mal erzählt. Seit es Amelie gibt denke ich des Öfteren an sie. Sie weiß noch nicht, dass sie Oma ist. Irgendwie denke ich, dass diese Tatsache unsere Beziehung stärken könnte. Ich weiß, dass sie kleine Kinder liebt. Auch wenn sie bei mir viel falsch gemacht hat. Eben aus diesem Grund weiß ich nicht, wie sehr ich sie in Amelies Leben lassen möchte. Ich will nicht, dass sie verletzt wird. Aber sie hat ein Anrecht darauf, zu wissen, wer ihre Großeltern sind. Es wären auch ihre einzigen, denn Klaras Eltern sind bereits vor Jahren bei einem Autounfall ums Leben gekommen.

Ich überlege ab und zu sie anzurufen, aber komme dann immer wieder davon ab. Sie weiß noch nichts von meiner Trennung von Klara. Das letzte Mal gesehen haben wir uns als ich ins Krankenhaus kam. Das letzte Mal gesprochen habe ich sie vor ein paar Monaten. Man kann also wahrlich nicht sagen, dass wir uns sehr nahe stehen. Für mich ist das ok, weil sie ist wie sie ist. Wäre sie anders, würde ich sie vielleicht sogar vermissen. Dem ist aber nicht so. Je weniger Kontakt wir haben, desto weniger kann sie mir wehtun oder mich verwirren. Ich fahre damit ganz gut. Aber ich habe schon öfter gelesen, dass Menschen, die als Eltern versagt haben, bei ihren Enkeln ganze Arbeit leisten. Vielleicht um Altes zu kompensieren. Diese Erfahrung will ich Amelie nicht vorenthalten. Ich bin also hin und her gerissen, weiß nicht, was ich tun soll. Klara meint, ich sollte ihr eine Chance geben. Ich werde noch ein paar Mal darüber schlafen, das kann ich nicht so einfach entscheiden.

Heute Abend treffe ich mich mit Peter. Ich bin mal gespannt was er zu berichten hat. Natürlich auch, was er zu diesem Thema denkt und wie er es handhaben würde. Anders als Klara kennt er meine Mutter nicht, aber er ist ein weiser Mann. Ich denke, dass er mir einen guten Rat geben wird. Bisher hat er das zumindest noch immer getan.

05. April 2015

Peter hat mir empfohlen, meine Mutter mal zu besuchen. Er glaubt daran, Menschen eine zweite Chance zu geben. Ich eigentlich auch. Daher habe ich beschlossen: Ich werde es tun. Aber in diesem Moment bin ich noch nicht dazu bereit. Ich werde noch warten.

Vorhin habe ich mich mit Markus auf ein paar Drinks getroffen. Er ist auch gerade frisch verliebt, da hatten wir eine Menge zu besprechen. Wir können richtig reden. Das tut wahnsinnig gut. Mit den meisten meiner sogenannten Bekannten ging das nicht. Da traf man sich zum Feiern, es wurde viel getrunken, rumgealbert, Quatsch geredet – was auch ganz nett sein kann. Aber über dies bin ich inzwischen hinweg. Es tut gut sich mal auszusprechen, solche Dinge sind mir wichtig geworden.

Ich habe leider nicht viele weibliche Bekannte, eigentlich gar keine – bis auf die Freundinnen von Klara, die ich jetzt auch hin und wieder bei uns zu Hause sehe. Meistens war da in der Vergangenheit etwas im Busch, von der anderen Seite. Da waren die Interessen nicht ganz platonisch. Deshalb habe ich dazu tendiert, weibliche Freundschaften zu meiden, einfach um mir Stress zu ersparen. Aus dem Grund hatte ich nie so viele willige Gesprächspartner um mich herum. Aber in Markus habe ich einen guten Zuhörer gefunden, der sich selbst auch mir gegenüber öffnen kann. Dadurch ergibt sich eine tolle Balance. Es ist nicht so, dass einer dem anderen ein Ohr abkaut, während der andere in Gedanken langsam abschweift. Es ist total ausgeglichen und angenehm. Wir sollten das öfter machen. Werden wir hoffentlich auch. Ich denke, ihm hat unser Treffen auch gut getan. Er hat mir sogar erzählt, dass auch er schon mal an einem Tiefpunkt angelangt war. Auch er hat sich therapeutische Hilfe geholt.

Markus war nie im Krankenhaus und musste auch nie Medikamente nehmen, aber er kann sich gut in mich hineinfühlen. Das hätte ich nie im Leben gedacht. Er von mir aber auch nicht und war ziemlich überrascht als ich ihm davon erzählt habe. Er meinte, ich war immer so ein tougher Typ und voll Power. Ja, so kann man sich täuschen. Beziehungsweise niemand ist davor gefeit so einen Zusammenbruch zu erleiden, egal wie er vorher war oder gelebt hat. Es kann wirklich jeden treffen. Und so wie man nach außen hin scheint ist man ja auch nicht unbedingt innerlich. Ich habe jahrelang einen Schutzwall um mich aufgebaut und niemanden hereingelassen. Niemand hat mein wahres Ich gesehen, das war tief in mir drin verborgen. Inzwischen habe ich gelernt, dass es ziemlich blöd ist, sich so zu verstecken. Es kam aus Angst vor Ablehnung. Ablehnung, die es tatsächlich gab. Aber ich habe mich immer dagegen gewehrt mich wie ein Opfer zu benehmen, obwohl ich natürlich eins war. Dazu hatte ich noch zu viel Stolz. Diese Zeiten sind lange vorbei, aber das Problem ist tief in mir verankert. Das ist vielleicht auch etwas woran ich in der Therapie arbeiten sollte, aber es läuft ja inzwischen schon besser.

Ich hatte mittlerweile auch wieder einen Termin bei meiner Therapeutin. Sie meinte, wenn ich nicht finde, dass es etwas gibt an dem wir arbeiten sollten, arbeiten wir an nichts. So ist es dann. Ich arbeite auch so an mir, von ganz allein, ohne dass ein Plan dahinter steckt. Ich gehe mittlerweile sehr offen auf meine Mitmenschen zu. Ich zeige mich so wie ich bin. Meine Tochter hat dazu etwas beigetragen, denke ich. Sie zu haben, sich selbst in einem anderen Wesen wiederzuerkennen, ist unglaublich heilsam und hilfreich. Und nicht zuletzt hilft mir die Liebe meiner Michelle. Ja, ich würde es schon als Liebe bezeichnen, auch wenn es noch zu früh wäre das zu sagen. Unsere Beziehung ist ja noch sehr jung. Aber ich fühle es schon. Sie bedeutet mir wirklich viel. Ich würde am liebsten jede Minute des Tages mit ihr verbringen. Sie macht mich glücklich, sie macht mich komplett. Sie ist etwas ganz besonderes und das nicht nur für mich. Auch ganz objektiv betrachtet ist sie einmalig. Gut, das sind wir alle, aber sie ist ein wahrer Engel, so wie sie sich um ihre Künstler kümmert. Wenn ich sie anschaue habe ich das Gefühl zu Hause zu sein. Ich weiß gar nicht, wie ich mal ohne sie leben konnte. Sie vervollständigt mich. Wenn sie nicht bei mir ist vermisse ich sie schmerzlich. Ich brauche ihre Nähe wie die Luft zum Atmen. Wenn ich mir vorstelle, dass sie mich vielleicht irgendwann nicht mehr will, bringt mich das fast um den Verstand. Ich wüsste schon jetzt nicht mehr wie ich ohne sie leben soll. Aber das stelle ich mir besser nicht vor. Ich genieße es, sie in meinem Leben zu haben. Alles Weitere wird sich zeigen. Ich werde auf jeden Fall alles dafür tun, dass sie noch lange mit mir zusammen sein will. Ich will sie glücklich sehen und ich denke ich habe was es braucht, um das zu erreichen. Ich werde mein Bestes geben, so viel steht fest.

Wenn ich daran denke, dass ich es noch vor ein paar Wochen ausgeschlossen habe mit einer Frau zusammen zu kommen, die auch erkrankt ist, muss ich mich doch sehr über mich wundern. Ich dachte immer, dass es mir etwas ausmachen würde. Dachte, zwei Depressive, das kann doch nicht gut gehen. Aber da habe ich mich getäuscht. Es passt. Es würde sicher schwierig werden, wenn wir beide zur gleichen Zeit akut erkranken würden. Aber im Moment denke ich, selbst das kriegten wir in den Griff. Wir haben uns in einer Phase kennen gelernt, als wir beide im Umbruch waren, noch nicht hundertprozentig gefestigt. Unsere schlimmsten Zeiten hatten wir hinter uns, aber es ging uns immer noch nicht wirklich gut. Wir haben uns zusammen gerauft, gegenseitig Stärke gegeben und waren füreinander da. Wir sind ein Dreamteam, wir können alles schaffen. Daran glaube ich.

Momentan habe ich alle Zeit der Welt, den Kopf frei, um Michelle der bestmögliche Freund zu sein der ich sein kann. Ich bin vogelfrei. Außerdem sind meine Zukunftsängste total passé. Damit hatte ich in den letzten Monaten immer noch zu tun. Aber nun weiß ich, dass sich darum bald gekümmert wird. Mit der richtigen Hilfe an der Hand werde ich meinen Weg finden. Ich kann mich vollends entspannen, einfach wie ein Künstler leben: ausschlafen, zeichnen so lange ich will und Lust habe, Sport machen, mich verabreden. Meine komplette Zeit steht mir für mein ganz persönliches Glück zur Verfügung. Das wird wahrscheinlich nie wieder so sein, also genieße ich. Michelle beneidet mich ein wenig darum. Sie selbst macht bald eine Umschulung. So lange sie noch nach einer passenden Stelle sucht macht sie einen Vorbereitungskurs. Sie muss also jeden Morgen früh aufstehen, während ich mich noch mal umdrehen kann. Oft stehe ich mit ihr gemeinsam auf und wir frühstücken zusammen.

Danach gehe ich wieder ins Bett, schlafe noch eine Runde oder lese ein wenig. So lebt es sich wirklich gut. Ich bin mir jetzt auch sicher, dass ich aus dem tiefen Tal endgültig heraus bin. Ich kann das Leben und die Liebe genießen, das ist Beweis genug. Noch vor einem Jahr hätte ich nie gedacht, dass ich das jemals wieder sagen würde, aber es stimmt: Ich bin glücklich. Das einzige was mich momentan belastet ist der Gedanke, dass das alles auch ganz bald wieder anders sein kann. Aber ich versuche, mich auf das Positive zu konzentrieren. Alle negativen Gedanken landen im Mülleimer, da wo sie hingehören. Wenn irgendetwas schief läuft habe ich immer noch genug Zeit mich damit auseinander zu setzen. Ich muss mir aber nicht durch trübe Vorahnungen mein Glück kaputt machen. So weit kommt es noch. Ich lasse mir nicht mehr die Butter vom Brot nehmen und gebe sie erst recht nicht freiwillig her. Das ist eine Lektion, die ich in den letzten Monaten definitiv gelernt habe.

20. April 2015

Gestern hatte ich Geburtstag. Meine Mutter hat mir eine Karte geschrieben, von meinem Vater kam nichts. Das sagt schon eine Menge aus. Manchmal fühle ich mich wie ein Waisenkind. Und ich denke, dass ich davon gar nicht mal weit entfernt bin.

Mein Vater gehört schon seit Jahren nicht mehr zu meinem Leben. Als meine Mutter das Sorgerecht zugesprochen bekam hat er sich im Grunde für immer verabschiedet. Und meine Mutter ist emotional blockiert, positive Gefühle kann sie nicht nach außen transportieren. Ich weiß nicht, wie ihr momentaner Partner das aushält. Er ist ein toller Kerl, sehr sympathisch, offen und immer nett zu mir. Eigentlich passen sie gar nicht zusammen, aber wo die Liebe hinfällt, heißt es ja so schön. Vielleicht ist sie zum ihm, wenn sie zu zweit sind, auch anders. Ich weiß es nicht. Aber dann würde es mich umso mehr wundern, dass sie bei mir nie solche Momente hat. Das würde mir noch mehr wehtun. Ich gehe einfach davon aus, dass sie immer so ist, damit geht es mir besser. Und der arme Kerl an ihrer Seite ist vielleicht so verliebt, dass er es gar nicht bemerkt. Noch nicht. Ist vielleicht auch nur eine Frage der Zeit. Aber das sind alles Spekulationen.

Ich habe mir gestern Besuch eingeladen, um meinen Geburtstag zu feiern. Markus und Peter sind vorbeigekommen, Michelle auch, Klara war sowieso dabei. Ich habe für alle gekocht. Nichts Spektakuläres, nur Spaghetti Bolognese. Darum ging es auch nicht, sondern darum, an meinem besonderen Tag liebe Menschen um mich zu haben. Sie haben sich auch untereinander verstanden. Darüber war ich sehr erleichtert. Wir haben uns gut unterhalten und hatten Spaß. Es war ein sehr schöner Abend. Ich bin froh, dass ich mich dazu durchgerungen habe. Zuerst wollte ich alleine bleiben, einfach nichts machen. Aber zum Glück hat Michelle mir ins Gewissen geredet. Ich mag es eigentlich nicht, Partys zu veranstalten, weil man immer in der Verantwortung steht, dass alle Spaß haben. Auch wenn es keine Party in dem Sinne war, habe ich trotzdem ein wenig Druck gespürt. Aber es lief alles prima, wir sollten das öfter machen, einfach nette gesellige Abende.

Heute hatte ich dann eine Verabredung mit einem Bekannten, den ich schon ewig nicht gesehen habe. Wir haben mal zusammen gearbeitet und eine Weile Kontakt gehalten, wenn auch nicht sehr regelmäßig. Er hat mir zum Geburtstag gratuliert und ich hab die Gelegenheit genutzt, mich mit ihm für den folgenden Tag zu ein paar Drinks zu verabreden.

Beim Wiedersehen nach längerer Zeit ist uns eins sofort aufgefallen: Wir haben beide zugenommen – er im Laufe der Jahre einfach so, ich wegen der Medikamente. Das habe ich ihm leider auch gesagt und so kam das Thema ziemlich schnell auf meine Krankheit. Eigentlich wollte ich es ihm gar nicht erzählen. Ich weiß auch nicht, warum es mir rausgerutscht ist. Irgendwie habe ich was das angeht anscheinend einen ziemlichen

Mitteilungsdrang entwickelt. Naja, jedenfalls war seine Reaktion unterirdisch. Er wollte von mir wissen, was vor meinem Zusammenbruch los war. Ich war so offen, ihm alles zu berichten. Es endete damit, dass er mir sagte, seine Schwester hätte ähnliche Zeiten hinter sich, aber sie sei daraus stärker hervorgegangen, anstatt krank zu werden und zu scheitern. Das saß. Er hat mir damit einen ganz schönen Hieb versetzt. Eigentlich dachte ich, ich wäre stabil genug um alles Mögliche aushalten zu können. Aber das war zu viel. Er hatte nicht das geringste Verständnis für Depressionen als Krankheit. Und meine Erklärungsversuche schlugen allesamt fehl. Das hat mich so fertig gemacht, dass ich mich für eine Weile auf der Toilette versteckt habe. Ich wusste nicht, wie ich aus der Situation rauskommen sollte. Ich wäre am liebsten weggerannt. Aber ich bin erwachsen, das konnte ich nicht bringen. Besonders nicht vor so einem Typen. Da habe ich eine Übung gemacht, die meine Therapeutin mir vor einiger Zeit beigebracht hatte. Ich stellte mir vor, ein Igel zu sein, der sich, wenn er genug hat, einfach zusammenkugelt und seine Stacheln zeigt. So kommt niemand an ihn ran, nichts kann ihm etwas anhaben – keiner kann ihn verletzen. Und ich habe ein Mantra immer wiederholt: Es ist genug und du kannst mich mal. Das hat mir meine Therapeutin nicht so gesagt, aber ein bisschen improvisieren darf man schon. Als ich wieder raus kam war ich auf Krawall gebürstet. Ich beschloss, dass er ein Idiot ist, wenn er Depressionen nicht als Krankheit anerkennt. Und er hatte wohl beschlossen, dass ich ein Weichei war. Das Gespräch war dann ziemlich schnell zu Ende. Ich sagte ihm, dass ich mich gleich noch mit meiner Freundin treffen würde, was nicht einmal stimmte, und wir haben uns auf nimmer Wiedersehen verabschiedet. Nicht schade drum. Das zeigt mir aber wieder mal, dass meine Antennen stimmen. Er war eigentlich niemand dem ich davon erzählen wollte und ich sollte Recht behalten. Er ist ein Idiot.

Dass ich das im Nachhinein relativ gut verkrafte zeigt mir auch wieder, wie gut es mir doch geht. Vor ein paar Monaten noch hätte ich daran ordentlich zu knabbern gehabt. Jetzt sage ich mir einfach: Was soll's? Mir egal was andere Leute denken, zumindest bei Leuten die mir nichts bedeuten. Und Menschen, die solch eine Meinung vertreten, können mich mal gern haben. Diese Einstellung habe ich mir hart erarbeitet. Und ich bin stolz darauf. Zum einen war es ein Lernprozess, zum anderen liegt es daran, dass ich gute Leute in meinem Leben habe, die mich mögen, sehr gut kennen und so nehmen wie ich bin. Das ist mir eine große Hilfe. Ohne das wäre ich noch immer arm dran. Ich bin wahnsinnig froh, dass sich das Blatt gewendet hat.

24. April 2015

Man sollte meinen ich hätte keinen Grund zur Beschwerde, mit Michelle läuft es eigentlich prima. Wir verstehen uns nach wie vor blendend, haben uns viel zu erzählen. Es fühlt sich alles immer noch natürlich an und mir sind bisher noch kein einziges Mal Zweifel gekommen. Sie bereichert mein Leben, das steht außer Frage. Sie ist einfach die Frau, mit der ich zusammen sein will. Womit ich jedoch langsam ernsthafte Probleme bekomme sind meine Verlustängste. Michelle macht einen Tanzkurs, ohne mich. Sie hat sich da angemeldet als wir uns gerade frisch kennen gelernt hatten. Ich war von Beginn an nicht sonderlich begeistert davon, das wusste sie, aber sie hat es durchgezogen. Jetzt tanzt sie da mit einem anderen Mann. Kommt ihm körperlich nahe, hat intensiven Augenkontakt. Und auch Spaß, das sagt sie mir jedenfalls. Was sie auch meinte ist, dass er wohl etwas von ihr will. Er ist Single und denkt wahrscheinlich, weil sie den Kurs alleine macht, ist sie es auch. Ich weiß nicht, ob sie mich mal erwähnt hat. Das alles macht mir unglaublich Magenschmerzen. Sie sagt zwar, dass er nicht ihr Typ ist, aber das muss noch nicht mal etwas bedeuten. Manche Beziehungen wachsen. Eine Basis scheint ja schon zu bestehen. Wenn sie sagt, dass sie mit ihm Spaß hat, ist das schon mal ein ganz schöner Tiefschlag für mich. Ich möchte nicht, dass sie einem anderen Mann nahe ist. Natürlich, ich liebe sie, wünsche ihr nur das Beste,

Spaß, all das. Wenn's sein muss auch ohne mich. Aber tanzen sollte sie eigentlich nur mit mir. Und da kommen auch schon meine Ängste ins Spiel. Ich befürchte, dass sie sich im Laufe der Zeit auch in ihn verliebt. Ich bin an einem Punkt, an dem mir das schwer zu schaffen machen würde. Wenn sie mich verließe, würde meine Welt einstürzen. Natürlich, ich würde irgendwie darüber hinwegkommen. Das bin ich bisher ja noch immer, manchmal mehr schlecht als recht, aber ich habe es geschafft. Trotzdem setze ich eine Menge Hoffnung in unsere Beziehung. Und ich will noch lange mit ihr zusammen sein. Ich möchte meine Zukunft mit ihr gerne erleben und mache mir einfach Sorgen. Nicht nur wegen des Tanzpartners. Im Grunde lebe ich in der ständigen Angst, dass sie einen anderen Mann kennen lernt und mich nicht mehr möchte. Das sollte eigentlich nicht so sein, aber das Leben hat mich gelehrt, dass alles vergänglich ist. Ich habe meine erste Freundin mit einem anderen Mann im Bett erwischt. Das sitzt tief. Auch wenn ich sie nicht wirklich geliebt habe. Diesen Schmerz, diesen Schock kriege ich einfach nicht aus meinem System raus. Ich rechne praktisch jeder Zeit damit, dass sich sowas wiederholt. Obwohl ich Michelle vertraue und eigentlich nicht denke, dass sie mir soetwas antun würde. Aber neu verlieben kann sie sich immer, das passiert einfach. So ist der Lauf der Dinge. Auch wenn sie mich nicht betrügen, sondern rechtzeitig Schluss machen würde, so ändert sich nichts an der Tatsache, dass diese Möglichkeit immer besteht.

Ich weiß, diese Gedanken sind Tortur und eigentlich überflüssig. Das sagt meine Therapeutin auch. Wenn es soweit ist, kann ich mich immer noch damit auseinander setzen, so wie ich es mit anderen Dingen auch halte. Ich sollte nicht den Teufel an die Wand malen. Aber hierauf möchte ich vorbereitet sein, damit ich nicht so aus allen Wolken falle. Das mag komisch klingen, denn ich weiß, dass ich mir dadurch die Gegenwart kaputt mache, aber es ist so. Punkt. Seltsamerweise oder glücklicherweise habe ich solche Gedanken nie wenn ich mit Michelle zusammen bin. Die kommen nur hoch, wenn ich alleine zu Hause sitze und weiß, dass sie irgendwo da draußen in der Welt unterwegs ist. Vielleicht würde das nachlassen wenn ich auch wieder einen Job oder ein Praktikum habe, mit anderen Leuten Zeit verbringen und abgelenkt sein würde. Ich weiß es nicht. Ich weiß nur, dass ich das so kaum aushalte. Ich will sie einfach nicht verlieren.

Peter meint, ich solle mit ihr reden. Aber ich weiß nicht was das ändern soll. Sie weiß von Anfang an, dass ich nicht begeistert davon bin, dass sie diesen Kurs macht. Aber sie hat sich trotzdem angemeldet. Ich will ihr nichts verbieten, generell, aber in diesem Fall würde ich gerne verlangen, dass sie es nicht mehr tut. Sie ist eigentlich ein lieber, rücksichtsvoller Mensch. Ich glaube einfach, dass sie sich gar nichts dabei denkt.

Ich werde versuchen es auszublenden. Aber es arbeitet ganz schön in mir. So sehr, dass ich fast schon befürchte wieder in eine Depression zu verfallen. Ich muss einfach stark sein. Denn ich will nicht wie eine überzogene Dramaqueen rüberkommen. Ich bin ein Mann und Männer müssen über sowas stehen. Ich will sie glücklich sehen und wenn dieser blöde Kurs sie glücklich macht, warum auch immer, dann soll sie ihn machen. Wenn sich die Gelegenheit ergibt, werde ich viel- leicht noch mal etwas dazu sagen, aber ich bin eigentlich dafür, es einfach auszuhalten. Es ist ja ein Ende abzusehen. Bis dahin muss ich durchhalten. Und darin bin ich eigentlich ein Meister.

Ich sehe es als meine Aufgabe, Michelle glücklich zu machen. Wenn sie glücklich ist, bin ich es auch. Ich denke, seine Sorgen runterzuschlucken gehört manchmal zu einer Beziehung dazu. Der andere kann es einem nicht immer recht machen, das kann man nicht verlangen. Und man sollte sich gegenseitig nichts verbieten, auch wenn es schwer fällt. Ich weiß nicht, wie es ihr gehen würde, wenn sie in meiner Situation wäre. Ich habe schon überlegt sie mal zu fragen. Aber was wäre die Konsequenz? Alles was ich damit erreichen würde ist, dass sie sich unwohl fühlt. Da fühle ich mich lieber unwohl und schlucke es runter. Wenn sie meinetwegen den Kurs schmeißen würde, hätte ich auch ein schlechtes Gefühl. Sie soll sich entfalten können wie es ihr Spaß macht, solange sie immer wieder zu mir zurückkommt. Darauf kann ich dann stolz sein, denn dann will sie mich noch, trotz möglicher Alternativen. Daran muss ich einfach immer denken. Und die Möglichkeit, dass sie einen anderen kennen lernt, der ihr gefällt, besteht immer, dagegen kann ich gar nichts unternehmen. Aber solange ich noch ihre erste Wahl bin sollte ich mich entspannen. Auch wenn es schwer fällt und mir dieser Kurs Bauchschmerzen bereitet. Ich muss damit leben, bis er endlich vorbei ist. Dann mache ich zehn Kreuze; dann kann ich wieder durchatmen. Den nächsten Kurs will sie mit mir machen. Wenn es soweit ist, muss ich mich mit solchen blöden Gedanken nicht mehr rumschlagen. Und der andere Typ ist dann Geschichte.

29. April 2015

Ich habe mir heute ein Auto gemietet und bin einfach losgefahren. Ohne Ziel. Einfach auf die Autobahn und weg. Ein Gefühl unbegrenzter Freiheit. Unglaublich. Es tut gut mal rauszukommen. Ich fahre vorsichtig, aber nicht langsam. 170 dürfen es schon sein. Ich atme durch, genieße die Geschwindigkeit. Mal den Kopf freikriegen, das tut gut. Ich sehe die Straße vor mir, höre das Rauschen des Asphalts. Sonst nichts. Das Radio bleibt aus, ich will durch nichts diese Ruhe durch- brechen. Mein Kopf ist leer. Ich fahre einfach nur, immer geradeaus.

Je weiter ich mich von zu Hause entferne, desto mehr Ballast fällt von mir ab. Ich fahre und genieße. Über mein Ziel habe ich mir noch keine Gedanken gemacht. Ich würde gerne ans Meer. Es ist schon ewig her, dass ich es gesehen habe. Wird mal wieder Zeit.

Es ist nicht viel Verkehr, ich muss mich also nicht übermäßig konzentrieren. Ich bin entspannt. Die Fenster sind runtergekurbelt, der

Wind pfeift mir um die Ohren. Ich denke an Michelle. Ich hätte sie gern bei mir, aber sie hat Schule. Naja, was soll's, das Alleinsein tut mir auch mal ganz gut. Ich muss lachen. Noch vor ein paar Wochen hätte ich diesen Satz niemals über die Lippen gebracht. Da war ich so einsam, dass es mich fast umgebracht hätte. Inzwischen ist mein Leben bestens im Lot. Das freut mich so sehr, dass ich anfange zu pfeifen. Das Leben ist gut. Ich habe endlich mal keinen Grund mich zu beschweren. Bis auf meine Eifersucht, die nervt einfach nur. Michelle hat beschlossen, auch noch den Fortgeschrittenenkurs mit dem Typen zu machen. Das wurmt mich dermaßen und ist auch einer der Gründe, warum ich raus musste. Ich habe das Thema mal angeschnitten, aber bemerkt, dass sie kein rechtes Verständnis dafür hat. Sie denkt sich einfach nichts dabei. Der Typ interessiert sie nicht, sie hat einfach Spaß am Tanzen. Aber mich stört, dass er sie anfasst und sie die ganze Zeit Augenkontakt haben. Sie hat mir erzählt, dass er frisch getrennt ist. Und ich habe mitbekommen, dass sie schon Nummern getauscht haben. Das alles treibt mich fast in den Wahnsinn. Vielleicht bin ich doch noch nicht stabil genug für eine Beziehung. Wenn solche Probleme auftauchen haut mich das ziemlich um. Aber vielleicht wäre das für mich auch im allerbesten Gesundheitszustand ein Problem. Es ist halt einfach eins. Die Beziehung ist auch schlichtweg noch zu jung für solche Vertrauenstests. Ich möchte ihr vertrauen, weiß aber nicht, ob ich das hundertprozentig kann. Dafür hat meine Vergangenheit mich zu sehr gezeichnet. Ich konnte keiner Frau vertrauen. Klara hat mich aus dem Sumpf rausgeholt und einiges wiedergutgemacht was andere verbockt haben, aber ganz geheilt bin ich, was das angeht. Noch nicht. Das werde ich wohl auch nie sein, dazu sitzen die Erlebnisse einfach zu tief. Jemandem zu vertrauen ist für mich harte Arbeit und verlangt ganz viel Selbstkontrolle. Gedankenkontrolle. Michelle ist es mir wert zu kämpfen, keine Frage. Also werde ich alle Kräfte mobilisieren. Ich werde versuchen stark zu sein. All das nicht zu sehr an mich heran lassen. Cool bleiben. Durchatmen. Nach vorne schauen.

In meiner Zukunft sehe ich Michelle. Diese Vision möchte ich um alles in der Welt verwirklichen. Wenn ich diese tolle Sache die wir haben mit meiner Eifersucht kaputt mache, würde ich das auf ewig bereuen. Deshalb hoffe ich, dass mein Kurztrip diese Gedanken schnell vergrault.

Ich bin soeben in Niendorf angekommen, einem kleinen Ort an der Ostsee. Hier werde ich übernachten, in einer Pension direkt am Meer. Es ist windig und es gibt ziemlichen Wellengang. Ich höre das Meer rauschen, es ist unglaublich beruhigend. Es ist schon so lange her. Ich habe dieses Geräusch wirklich vermisst. Das Wasser ist noch zu kalt um darin zu baden. Aber es anzusehen und zu hören reicht mir schon. Ein wahrer Urlaub für die Seele. Genau das Richtige jetzt.

Obwohl ich Michelle gern bei mir hätte, genieße ich meine Zeit alleine. Ab und zu muss man sich auch mal vermissen können. Wenn man sich zu sehr auf die Pelle rückt, geht das nur nach hinten los. Es passt schon so wie es ist.

Ich habe mein Zeichenzeug dabei und lasse mich von der Landschaft inspirieren. Die Ideen fließen nur so aus mir heraus. Das hätte ich schon viel früher machen sollen. Wer weiß, wie viel Material ich dann schon hätte.

In mir kommen Gedanken an verpasste Gelegenheiten hoch. Aber ich versuche nicht so zu denken. Was wäre gewesen wenn? Es ist egal. Ich genieße, dass es jetzt so ist und gut.

Ich hatte eigentlich geplant, nur zwei Tage hier zu bleiben, aber vielleicht verlängere ich auch. Wenn meine Sehnsucht nach Michelle nicht zu groß wird.

1. Mai 2015

Ich bin wieder in Berlin, konnte es einfach nicht länger ohne meine Tochter und meine Frau aushalten. Bei meiner Rückkehr hat sie mir das überragendste Geschenk gemacht – sie bläst den Tanzkurs ab. Sie hat zwar noch Lust darauf, aber der Typ ging ihr auf die Nerven. Jetzt machen wir einen Kurs zusammen. Als sie mir das gesagt hat bin ich ihr um den Hals gefallen. Nicht sehr männlich, ich weiß. Die Emotionen haben mich auch überrascht. Ich weiß, dass sie den Kurs nicht unbedingt meinetwegen abgeblasen hat. Aber trotzdem.

Nach einer heißen Begrüßung haben wir über meine Eifersucht gesprochen. Meine Therapeutin hat mir das empfohlen, obwohl ich es lieber totgeschwiegen hätte, damit ich nicht als der eifersüchtige Typ rüberkomme, der ihr Sachen verbieten will. Aber sie hat sich alles angehört und hat Verständnis für mich. Ihr wäre es genauso gegangen, meinte sie. Meine Welt ist also wieder in Ordnung. Es könnte kaum besser sein.

03. Mai 2015

Ich liebe Musik. Ein Instrument spiele ich leider nicht, ich wünschte meine Eltern hätten das früher forciert, was nicht der Fall war. Aber ich singe leidenschaftlich gerne. Also war ich heute bei einer Chorprobe, zum ersten Mal in meinem Leben. Meine Therapeutin hat mir empfohlen neue Dinge auszuprobieren. Ich wollte das schon immer mal machen. Es war auch sehr nett. Eine gute Mischung aus Männern und Frauen, Jung und Alt. Sehr sympathische Leute. Und die Liederauswahl hat mir auch gefallen. Aber leider wurde ich nicht aufgenommen. Es gab für die Neuen hinterher ein Vorsingen. Bei mir war das Ergebnis, dass ich eine sehr schöne Stimme habe, aber Tatsache ist, dass mir jegliche Erfahrung fehlt. Dieser Chor singt mit sechs verschiedenen Stimmen und die Leiterin meinte, dass ich da durcheinander kommen würde. Ich solle auf jeden Fall weitersingen, es aber erst einmal bei einem einfacheren Chor probieren. Dann, wenn ich es draufhabe, wiederkommen. Sehr schade. Aber zumindest weiß ich jetzt, dass ich singen kann. Ich bin Bariton. Das ist doch schon mal was.

Ich träume in letzter Zeit andauernd, dass ich wieder rauche. Das ist total abgefahren, so verdammt real. Jedes Mal wache ich auf und denke: Gott sei Dank, es war nur ein Traum. Im Traum bin ich immer wütend auf mich, dafür, dass ich wieder angefangen habe, denn ich rauche seit fast sieben Jahren nicht mehr. Vor fünf Jahren hatte ich eine beidseitige Lungenentzündung, war deswegen sogar im Kranken- haus, musste im Sitzen schlafen, weil ich im Liegen erstickt wäre. Es war wirklich heftig und seitdem weiß ich, wie es sich anfühlt, wenn man eine kranke Lunge hat. Glaub mir, das will wirklich niemand. Zum Glück war es bei mir vergänglich, nichts Chronisches. Damals habe ich mir tief und fest geschworen, den Rest meines Lebens nie wieder eine Zigarette anzufassen. Deshalb überrascht es mich, dass ich so intensiv davon träume. Im wachen Zustand will ich gar nicht rauchen. Aber ich sehe unglaublich gerne Leuten dabei zu – in Filmen und auch in Echt. Natürlich nur Leuten die mir nichts bedeuten. Allen anderen würde ich die Dinger am liebsten aus der Hand reißen.

Ich weiß nicht was es ist, mein Unterbewusstsein scheint mit dem Rauchen noch nicht abgeschlossen zu haben. Das besorgt mich ein wenig. Ich habe wirklich Schiss davor, wieder anzufangen. Manchmal im Supermarkt an der Kasse sehe ich die Packungen und denke an früher zurück. *Jetzt eine mitnehmen?* denke ich dann und es er- schreckt mich regelrecht, wie ich sowas auch nur denken kann. Nach so langer Zeit wäre es wirklich sehr dumm wieder anzufangen. Da wäre ich echt sauer auf mich. Sauer und sehr enttäuscht.

Es ist schon seltsam, was Zigaretten an sich haben, dass sie so eine intensive Anziehung ausüben. Dabei ist rauchen ungesund, ecklig und teuer. Was soll daran so toll sein? Nichts, wenn man mal darüber nachdenkt. Bis auf das Zusammengehörigkeitsgefühl unter Rauchern vielleicht. Aber das kann es auch nicht sein. Mein Verstand sagt ganz klar Nein zum Rauchen. Und das bleibt auch so, zumindest im wachen Zustand. Das will ich zumindest mal stark hoffen. Wenn ich allerdings bedenke, wie die Fresserei mich im Griff hatte, mache ich mir da schon Gedanken.

10. Mai 2015

Letzte Woche habe ich meine Mutter angerufen und sie um ein Treffen gebeten. Sie hat zugesagt. Das Treffen war heute. Dazu kann ich sagen: ich bin immer noch ein wenig durcheinander.

Ich habe ihr offenbart, dass sie Großmutter ist. Darüber konnte sie sich gar nicht mehr beruhigen. Zum einen, weil sie erst jetzt davon erfahren hat, zum anderen vor Freude. Ich habe ihr Bilder gezeigt. Sie war ganz fasziniert von meiner Kleinen. Sie möchte sie unbedingt kennen lernen. Ob ich das zulassen will weiß ich noch nicht. Aber ich denke darüber nach.

In dem Zuge habe ich ihr auch über meinen Zustand reinen Wein eingeschenkt. Sie wusste ja, dass ich im Krankenhaus war. Von der Psychiatrie hatte sie keine Ahnung. Nun weiß sie alles. Früher hätte sie nicht so aufmerksam zugehört wie sie es heute getan hat. Darüber bin ich irgendwie erleichtert.

Ich habe sie allerdings auch kritisiert, ihr gesagt, dass der Druck den sie immer auf mich ausgeübt hat mich dahin getrieben hat wo ich gelandet bin. Das hat sie angenommen und sich sogar dafür entschuldigt. Darüber war ich ehrlich gesagt sehr überrascht.

Ich habe bei meiner Mutter nie Nestwärme erfahren. Sie war oft unsensibel, kühl und rücksichtslos, deshalb habe ich ihr nie wirklich vertraut. Doch sie scheint dazugelernt zu haben. Möglicherweise kann man auch im höheren Alter noch an sich arbeiten. So wie sie sich jetzt gibt, könnte ich mir sogar vorstellen, sie mal mit Amelie zusammen zu führen. Wenn sie tatsächlich milder geworden ist, würde ich das sogar befürworten. Ich möchte meiner Tochter ihre Großmutter nicht vorenthalten. Sie könnten beide davon profitieren, denke ich. Es fällt mir, nach all den schlechten Jahren, allerdings nicht leicht, meiner Mutter diese Chance einzuräumen. Daran werde ich wohl noch zu knabbern haben. Aber ich möchte auf keinen Fall, dass meine Kleine darunter leidet. Sie werden sich irgendwann kennen lernen, das ist hiermit beschlossen. Wann und wo habe ich noch nicht entschieden. Aber es wird passieren.

Vorhin habe ich mir, seit langem mal wieder, meine Progressive Muskelentspannungs-CD zu Gemüte geführt. Ich brauchte etwas zum runterkommen. Das Treffen mit meiner Mutter hat mich doch ziemlich aufgewühlt. Wäre sie früher schon so zugänglich gewesen, hätte ich mir vielleicht einigen Ärger erspart. Was das angeht bin ich ein wenig sauer auf sie. Vielleicht sollte ich ihr auch das mal sagen. Aber anders betrachtet – was soll das bringen? Sie wird dazu nichts erwidern können und eine Erklärung brauche ich nicht. Sie ändert nichts an den Tatsachen oder an der verkorksten Vergangenheit. Auch an der Wut, die ich immer noch mit mir trage, wird das nichts ändern. Im Gegenteil, ich will wütend sein dürfen. Wenn sie ihre Schuld eingesteht und sich entschuldigt, werde ich sie schwach sehen, dann kann ich ihr nicht mehr böse sein. Die Vergangenheit lässt sich eben nicht so einfach wegtrösten. Ich will auch nicht in die Situation kommen ihr eine Absolution zu erteilen. Das könnte ich nicht. Also belasse ich es wie es ist und finde mich damit ab. Und hoffe, dass sie es bei Amelie nicht auch versaut. Sollte ich da irgendwas mitkriegen, wird der Kontakt sofort abgebrochen, so viel steht fest.

Ein Teil von mir ist also bereit, meiner Mutter eine ernsthafte Chance einzuräumen und sie neu kennen zu lernen; ein Teil weigert sich noch. Das braucht Zeit, denke ich sowie neue, schöne Erlebnisse mit ihr, die die alten ein wenig überschatten – im besten Fall vergessen machen. Wir werden sehen, ob wir es hinkriegen, guten und regel- mäßigen Kontakt zu pflegen. Davon hängt vieles ab.

Ich habe auch bei meinem Vater in London angerufen. Er war ziemlich schnell an der Strippe. Dabei war ich nicht mal sicher, ob die Nummer noch stimmt – so lange haben wir schon nicht gesprochen. Damals habe mit Sicherheit auch ich angerufen. Ich glaube nicht mal, dass er meine Nummer überhaupt mal irgendwo notiert hat. Es würde mich ehrlich gesagt sehr wundern. Er grenzt sich total von seinem früheren Leben in Deutschland ab. Das war schon immer so, ich kenne es nicht anders. Deshalb hat mich sein gleichgültiger Tonfall nicht sehr betroffen gemacht. Er hat auch nicht wirklich etwas zur Unterhaltung beigetragen, also bin ich direkt auf den Punkt gekommen. Habe ihm ohne viel Einleitung verkündet, dass er Großvater ist. Er hätte kaum emotionsloser sein können. Mein Vater war immer schon ein Lebemann, für den Familie nur ein Klotz am Bein war. Das war früher so und es hat sich anscheinend nichts daran geändert. Seitdem ich erkrankt bin lebe ich um einiges bewusster. Da ist es mir ein um so größeres Rätsel, wie jemand sich so verleugnen kann. Er war nie ein Vater und wird nie ein Großvater sein. Ich zumindest werde ihm dabei nicht auf die Sprünge helfen. Dazu stehen wir uns einfach nicht nahe genug. Dann muss ich es eben in Kauf nehmen, dass meine Tochter ohne Großvater aufwächst. Besser ganz ohne als mit einem, der zu wünschen übrig lässt.

Man fühlt sich in seiner Gegenwart so unglaublich ungeliebt, das kann ich gar nicht in Worte fassen. Das will und werde ich ihr nicht antun. Mein Vater lässt keine Nähe zu. Er wollte mich nie und jetzt will ich ihn im Gegenzug einfach nicht in meinem Leben haben. Man kann nicht sagen ich hätte es nicht versucht, weiß Gott nicht. Aber jetzt habe ich genug. Ich habe ihm so viele Chancen eingeräumt, die er schon gar nicht mehr verdient hat, einfach, weil er mein Vater ist. Und mir so sehr gewünscht, dass er diese Rolle annimmt. Jetzt bin ich an einem Punkt, an dem ich resigniere. Und das ist ok so. Ich brauchte ihn früher mal, aber aus dem Alter bin ich raus. Ich bin auch ohne ihn groß und zum Mann geworden. Jetzt bräuchte ihn nur noch meine Tochter, aber nicht um jeden Preis, nicht, bei dem was er zu bieten hat – nämlich gar nichts. Er wollte nie gebraucht oder geliebt werden und er hat sein Ziel erreicht. Wenn er irgendwann ein sehr alter Mann ist, falls ihm dieses Glück zuteilwerden sollte, und er auf sein Leben zurückblickt, wird er es vielleicht bereuen. Vielleicht auch nicht, aber das soll nicht meine Sorge sein. Jedenfalls wird es mich dann nicht mehr interessieren, dessen bin ich mir gewiss.

Irgendwie tut er mir fast leid. Er muss sehr einsam sein, so wie er lebt. Aber wahrscheinlich empfindet er das gar nicht so. Er braucht es vielleicht genau so und nicht anders. Ich weiß nicht, was bei ihm früher schief gelaufen ist. Möglicherweise hatte er einen Vater der genauso war. Dann wundert es mich aber, dass er es nicht besser hinbekommen hat. Ich weiß für mich selbst, dass ich alles tun werde, um nicht so zu sein. Und momentan zumindest habe ich das Gefühl, dass nichts von ihm in mir steckt. Ich bin ein ganz anderer Mensch als er und ich werde mich immer der Verantwortung für meine Tochter stellen. Keine Frage. Ich liebe sie über alles. Deshalb kann ich einfach nicht verstehen, wie mein Vater sich dieser Gefühle erwehren konnte. Sie haben eine Macht, derer man sich eigentlich nicht widersetzen kann. Sein Kind liebt man ohne Wenn und Aber, ganz egal was passiert. Wie er es schafft, so emotionslos zu sein, ist mir ein großes Rätsel. Vielleicht sollte ich ihn einfach mal fragen was bei ihm los ist. Aber ich befürchte, dass er es selbst gar nicht weiß. Er lebt einfach vor sich hin, bis zu seinem Tod, ohne sich jemals Gedanken über sein Handeln und die Konsequenzen zu machen.

Frauen hat er mit Sicherheit auch einige an der Nase herumgeführt. Ich weiß von meiner Mutter, dass er sie damals oft betrogen hat. Er ist einfach ein unverbesserlicher Egoist, ob es mir nun gefällt oder nicht. Das bin ich nun bereit einzusehen und mit diesem Wissen im Hintergrund kann ich mich ohne schlechtes Gewissen von ihm abwenden. Er verdient keine weitere Chance. Und ich verdiene es, endlich meinen Seelenfrieden zu haben.

13. Mai 2015

Das letzte Wochenende war wundervoll entspannt. Ich war mit Michelle bei mir, wir haben drei Tage nur im Bett verbracht. Es war herrlich. Wir brauchen gar nicht viel zu machen. Die Zeit mit ihr ist einfach immer toll. Ich genieße ihre Nähe und sie meine, mehr brauchen wir nicht.

Wir haben beide das Gefühl, uns schon ewig zu kennen. Dabei sind wir gerade mal sechs Wochen zusammen, kennen uns acht. Aber wir sind uns so verbunden, dass man denken könnte wir kennen uns seit Jahren. Das ist ein großartiges Zeichen.

Wenn sie nicht bei mir ist vermisse ich sie so derbe, das es fast körperlich weh tut. Ich würde am liebsten schon mit ihr zusammen leben. Aber dafür ist es wohl noch ein bisschen früh. Ich weiß allerdings nicht, was uns davon abhalten sollte. Wir passen prima zusammen und ich kann mir nicht ausmalen, was zwischen uns schief gehen könnte. Ich habe das Gefühl es wird nur enger und besser. Was soll denn schon passieren? Ich könnte mir nicht sicherer sein. Sie ist alles was ich will. Das würde natürlich heißen, Klara und Amelie müssten ausziehen. Ob ich das will weiß ich nicht so recht. Ich würde meine Kleine enorm vermissen. Vielleicht würden wir es ja auch hinkriegen, alle vier zusammen zu wohnen. Bei meinem Geburtstag haben sie sich alle kennen gelernt und gut verstanden. Es gab keinen Zickenkrieg. Michelle scheint Klara und Amelie zu mögen, trotz unserer Vergangenheit. Und umgekehrt genauso. Es könnte vielleicht klappen. Wir sind sowieso viel zusammen, es ist beinahe so als *würden* wir schon zusammen wohnen. Das ist natürlich ein großer Schritt und es gibt immer Risiken. Aber ich wäre bereit sie einzugehen. Vielleicht auch, weil ich nicht derjenige bin der umziehen müsste. Ich würde Michelle dabei natürlich nach Kräften unterstützen, aber für sie würde sich alles ändern. Für mich nicht viel. Nur, dass ich sie endlich jede Nacht bei mir hätte. Das stelle ich mir traumhaft vor. Jetzt bin ich meistens bei ihr, was auch schön ist. Aber meine Wohnung ist mir irgendwie lieber. Sie liegt zentraler. Und bei ihr sind mir zu viele Leute unterwegs. Auch wenn sie alle nett und interessant sind, die Zweisamkeit stören sie trotzdem. Das finde ich nicht immer so toll. Ich will mit Michelle am liebsten machen was mir gerade in den Sinn kommt. Dabei brauche ich keine Zuschauer.

Ich weiß nicht, ob ich es jetzt schon ansprechen soll. Ich will sie damit nicht überrumpeln. Andererseits wartet sie vielleicht schon da- rauf. Platz wäre bei mir genug. Sie müsste dann nur die Künstler sich selbst überlassen. Aber das wäre schon in Ordnung, denke ich. Sie sind ja alle erwachsen.

Wir sind bald zwei Monate zusammen, das werden wir feiern. Dann frage ich sie vielleicht.

18. Mai 2015

Der große Tag ist gekommen, heute haben meine Mutter und meine Tochter sich zum ersten Mal getroffen. Ich war mächtig aufgeregt. Es ist zwar nicht so als hinge viel davon ab – für mich ändert sich nichts, ob sie sich verstehen oder nicht. Wenn meine Mutter sich blöd benehmen sollte, war es das. So einfach. Das hat keine Konsequenzen für mein Leben. Es wäre nur schade für Amelie. Aber es lief überraschender-weise gut. Meine Mutter hat mit meiner Maus gespielt und wir haben uns ein wenig unterhalten – nicht sehr tiefgründig, aber recht nett.

Amelie scheint ihre Großmutter zu mögen, sie schreit zumindest nicht wenn sie bei ihr auf dem Arm ist. Das muss noch nicht viel heißen, die Kleine ist sehr umgänglich. Aber ich werte es mal positiv. Es war irgendwie ein schöner Anblick die beiden zusammen zu sehen. Bei mir ist fast ein Gefühl von Familienzugehörigkeit aufgekommen. Meine Mutter gehört zu uns und sie passt auch zu uns. Die neue, verbesserte Version von ihr. Sie ist milder und sanfter geworden – entweder durchs Alter oder durch ihren neuen Partner. Was auch immer es ist, es gefällt mir. Und ich bin meiner Tochter zuliebe gerne bereit, ihr eine Chance zu geben um dieses Treffen zu wiederholen.

Meine Therapeutin meint, ich kann stolz auf mich sein, dafür dass ich das zulasse. Nicht viele hätten nach der Vergangenheit mit einer Mutter wie ihr noch mal einen Versuch gestartet. Das ging auch nur, weil ich mich selbst komplett zurückgenommen habe. Ich habe das nur für meine Tochter getan und alles ausgeblendet, was ich sonst mit an Erinnerungen mit dieser Frau verbinde. Anders wäre das nicht möglich gewesen.

Ich weiß nicht, was passieren soll, damit sich die Lage noch mehr entspannt. Mein Bauchgefühl sagt mir, dass meine Mutter nicht selbstreflektiert genug ist, um zu erkennen was sie früher falsch gemacht hat. Sie wird daran keinen Gedanken verschwenden. Sonst hätte sie es schon angesprochen. So ein Paket trägt man nicht schweigsam mit sich herum. Wenn ich an ihrer Stelle über die Vergangenheit nachdächte, würde ich mich umgehend entschuldigen. Gerade weil sie jetzt anscheinend anders ist. Es muss ihr aber doch bewusst sein. Das kann man nicht einfach so ausblenden. Selbst sie nicht. Vielleicht ist es nur eine Frage der Zeit bis sie aufhört das alles zu verdrängen. Ich werde mich damit gedulden. Es eilt ja nicht. Obwohl es mit gut tun würde. Meine Therapeutin hingegen hat vorgeschlagen, dass ich meine Mutter einfach darauf ansprechen soll. Das wäre natürlich eine Option. Wenn von ihr weiterhin nichts kommen sollte, werde ich mir das überlegen. Wobei ich mir schon wünschen würde, dass es von ihr kommt. Aber es wird mir unter den Nägeln brennen, auch wenn ich nicht konstant daran denke. Und dann wird es wehtun. Das will ich vermeiden. Vielleicht ist der Frontalangriff doch die beste Methode um es aus der Welt zu schaffen. Ich werde noch mal darüber schlafen. Vielleicht auch öfter.

****

Meine Therapeutin und ich haben entschieden, dass wir meine Therapie beenden werden. Die letzten Male hatte ich nichts wichtiges zu besprechen. Die Themen die abgehandelt werden mussten haben wir bewältigt. Ich muss an nichts arbeiten. Das einzige was sie mir noch mit auf den Weg gegeben hat ist, dass ich meinen Perfektionismus weiter lockern muss. Aber da bin ich eigentlich schon auf einem guten Weg. Ich akzeptiere mich inzwischen so wie ich bin, bin zufrieden mit meinem Leben. Alles ist gut. Ab und zu habe ich noch mit Ängsten zu tun, aber das hält sich in Grenzen. Sie sind längst nicht mehr so schlimm wie vor ein paar Monaten, sondern um vieles milder. Es ist auszuhalten. Und ganz weggehen werden sie wohl nie. Also bleibe ich im Training und versuche, sie so klein wie möglich zu halten.

Ich weiß nicht, ob es schlau ist, die Therapie zu beenden, bevor ich das mit meiner Mutter geklärt habe. Aber das kriege ich auch ohne hin, denke ich. Es ist komisch jetzt wieder ganz alleine da zu stehen. Die Therapie war teilweise schon eine wichtige Stütze. Und Frau Piper kennt mich besser als die meisten Leute. Schade, dass wir nicht irgendwie Kontakt halten können. Aber es ist richtig so, ich bin soweit, wieder auf eigenen Beinen zu stehen, brauche nicht mehr behütet werden. Ich bin stark genug. Von hier an schaffe ich es.

24. Mai 2015

Vorhin habe ich meine Malutensilien geschnappt und bin in ein Diner gegangen. Dort habe ich mir erst einen total leckeren Burger genehmigt und dann gezeichnet. Wie ein echter Künstler. Das hat wahnsinnig Spaß gemacht. Wenn ich die Wahl hätte, würde ich immer so leben. Unabhängig und vogelfrei meiner Kreativität freien Lauf lassen. Manche Jungs wollen Feuerwehrmann werden, oder Polizist. Ich wollte schon seit der Grundschule immer nur zeichnen. Ich kann mir nichts Besseres vorstellen, um meine Zeit zu verbringen. Das Größte wäre, davon leben zu können. Den Traum gebe ich noch nicht auf. Irgend- wann kommt es vielleicht so. Davon erzähle ich aber keinem, das ist tief in mir verwurzelt und bleibt im Verborgenen. Ich möchte von niemandem für einen realitätsfernen Spinner gehalten werden. Das wäre aber zwangsläufig der Fall. Jeder Künstler wird vor seinem Durchbruch für einen Spinner gehalten. Die einzige Person die davon weiß ist Michelle. Weil sie mich versteht. Ihr kann ich einfach alles sagen. Deshalb liebe ich sie. Das habe ich ihr immer noch nicht gesagt, aber ich fühle es. Sehr stark sogar. Ich weiß nicht, wann der richtige Zeitpunkt dafür ist. Das kann man nicht planen. Aber sobald es die Situation hergibt, werde ich es ihr sagen. Je länger ich es hinauszögere, desto wahrscheinlicher ist es, dass auch sie Liebe empfindet. Obwohl sie mir schon sehr viel davon schenkt. Und das hoffentlich auch weiterhin wird. Es sei denn, ich vermassele es bis dahin. Was ich nicht hoffe und mit allen Mitteln verhindern werde.

Eigentlich braucht sie es gar nicht aussprechen, sie hat mir ihre Liebe schon bewiesen, dadurch, dass sie den Tanzkurs abgeblasen hat. Auch wenn sie zuerst behauptet hat, es nicht meinetwegen getan zu haben, so hat sie später zugegeben, dass es so war. Sie hat gemerkt, dass mir das zu schaffen macht und wollte mir das nicht antun. Deshalb hat sie darauf verzichtet, auch wenn es ihr Spaß gemacht hat. Das zeigt mir, dass ich ihr viel bedeuten muss. Dieser Konflikt hat die Richtung bestimmt, in die sich unsere Beziehung jetzt bewegt. Es wird immer enger und vertrauter. Das fühlt sich ganz wunderbar an. Früher hätte mich das geängstigt und verschreckt. Vergrault sogar. Aber heute weiß ich das zu schätzen. Es soll immer so bleiben. Ich genieße jetzt das, wovor ich früher immer weggerannt bin. Ich konnte es nicht zulassen glücklich zu sein. Bis Klara kam. Sie hat mich auf viele Arten geheilt. Aber erst mit Michelle habe ich wahres Glück kennen gelernt. Denn jetzt kann ich Glück genießen. Seinen Wert richtig erfassen. Ich will sie nie wieder verlieren. Sie tut mir gut, gibt mir genau das was ich brauche. Es ist wie bestellt. Wie in einem zu schönen Traum. Dieser Topf hat seinen Deckel gefunden.

30. Mai 2015

Michelle und ich sind heute zwei Monate zusammen. Unsere ersten Treffen fühlen sich an als wären sie in einem anderen Leben gewesen. Sie empfindet das genauso. Wir haben unsere Leben gegenseitig optimiert. Ein gemeinsamer Neustart.

Ich hatte mir für heute vorgenommen, sie zu fragen, ob sie bei mir einziehen möchte. Dann habe ich Schiss bekommen. Ich war mir nicht sicher, ob es der richtige Zeitpunkt ist. Es sollte nicht übereilt wirken. Aber wenn zwei Menschen das gleiche wollen, kann es nicht verkehrt sein. Wenn sie es auch will ist es richtig. Nach dem tollen Abend den wir verbracht haben musste ich es einfach wagen. Ich wollte sie entscheiden lassen und zu meiner großen Freude hat sie zugestimmt. Sie hat sich enorm über mein Angebot gefreut.

Michelle wird also bei mir einziehen. Nicht sofort, aber bald. Platz ist genug, auch wenn Klara und Amelie bleiben. Was sie voraussichtlich werden. Ich möchte die Nähe zu meiner Kleinen nicht verlieren. Und Michelle kann mit der Situation umgehen. Das wird gut funktionieren, denke ich. Klara wird damit auch einverstanden sein. Sie war schließlich diejenige die mich nicht mehr wollte, also macht ihr das keine Probleme. Sie hatte in letzter Zeit auch einige Dates und ist aktiv auf Partnersuche, sie ist definitiv über uns hinweg. Ich bin wirklich wahnsinnig froh, dass es so gut läuft. Wir sind cool miteinander, wirkliche Freunde. Es ist auch nie unangenehm, wenn sie über andere Männer redet oder wenn ich über Michelle rede. Das stecken wir beide ganz locker weg. Wahrhaftig und nicht nur zum Schein. Wir sind wirklich entspannt. Als wir noch zusammen waren, mit all den Streitereien, hätte ich das nie für möglich gehalten. Aber diese Zeiten scheinen für immer aus unserer Vergangenheit gelöscht. Ich denke gar nicht mehr daran. Was zählt ist nur die Gegenwart. Und die meistern wir bestens.

Ich weiß nicht, wie lange wir alle unter einem Dach wohnen werden. Irgendwann wird Klara einen Mann kennen lernen und bei ihm einziehen wollen; spätestens dann muss ich mich von meiner Kleinen verabschieden. Aber ich hoffe, dass das noch lange hin ist, Klara und Michelle sich weiterhin gut verstehen und wir harmonisch zusammen leben werden.

Wenn ich an meine Zukunft denke, bin ich inzwischen einfach nur noch gespannt. Früher war das für mich ein schwarzes Loch. Ich hatte wahnsinnige Angst vor neuen Ufern, war verkrampft und konnte mir eine Zukunft einfach gar nicht vorstellen. Mittlerweile sehe ich da Michelle und alles ist entspannt. Solange sie an meiner Seite ist kann eigentlich nichts schief gehen. Sie gibt mir Kraft, Selbstwert und Zuversicht. Und sie glaubt an mich. Noch vor zwei Jahren hatte ich Panikattacken wenn ich an später dachte. Alles war ungewiss, bedrohlich. Ich hatte zwar Job und Freundin, aber ständige Angst, eines davon, oder beides, zu verlieren. Jetzt ist meine Lage eigentlich viel ernster, weil ich länger nicht mehr im Berufsleben stand. Eigentlich wäre es jetzt an der Zeit, Panik zu schieben. Aber so ist es nicht. Im Gegenteil. Ich bin sehr zuversichtlich, dass sich alles ergeben wird. Ich werde schon irgendwo landen. In einer Woche geht erstmal meine Maßnahme los, auf die ich schon sehr gespannt bin. Und auf die Leute die mit mir teilnehmen. Ich hoffe es sind nicht zu viele Nervensägen dabei.

01. Juni 2015

Wenn ich darüber nachdenke, dass die Maßnahme bald losgeht, muss ich mir eingestehen: Ich bin zwar gespannt darauf, aber eigentlich habe ich inzwischen gar keine rechte Lust mehr darauf. Bis vor ein paar Wochen wollte ich unbedingt zurück in die Berufswelt, konnte es kaum abwarten bis die Maßnahme losgeht. Aber mittlerweile habe ich mich so an das Leben eines Künstlers gewöhnt, dass ich es gar nicht mehr anders möchte. Natürlich fehlen mir die Kontakte, weiterhin. Wenn man den ganzen Tag nur allein zu Hause ist und zeichnet, kann das ziemlich einsam sein. Aber ich werde es vermissen viel Zeit für mich zu haben, zu tun und zu lassen was mir gefällt. Das wird wieder eine ganz schöne Umstellung.

Wovor ich auch ein bisschen Bammel habe ist, dass ich vielleicht nicht genug Energie haben werde um das Programm zu meistern. Bei der Belastungserprobung, die ja auf einen Monat begrenzt war, also mit bald absehbarem Ende, hatte ich schon meine Probleme. Nachmittags war ich kaputt und zu nichts mehr zu gebrauchen. Meistens bin ich gegen 20 Uhr auf dem Sofa eingeschlafen. Ich hoffe wirklich, dass es jetzt anders läuft. Mir geht es besser als damals, ich hoffe das reicht als Grundlage. Die Zeit mit Michelle möchte ich nicht reduzieren. Ich möchte auch fit für sie sein. Wenn unsere Beziehung leiden würde, könnte ich mir das nicht verzeihen.

Ich muss die Unlust einfach irgendwie abschütteln und positiv darauf zugehen. Es wird bestimmt auch Spaß machen. Und ich werde einiges über mich lernen. Darauf freue ich mich. Ich werde mich locker machen, es auf mich zukommen lassen. Und was die Energie angeht – wenn ich merke, dass es nicht mehr läuft, dann werde ich die Fachleute fragen was ich machen kann. Vielleicht kann ich dann ab und zu mal nur für einen halben Tag kommen. Wenn das dann bedeutet, dass ich später nur halbtags arbeiten kann, ist das eben so. Damit kann ich leben.

Ich merke, ich mache mir schon wieder viel zu viele Gedanken. Das macht mir ein wenig Sorge. Es ist lange nicht so schlimm wie früher, zum Glück. Aber es wurmt mich, dass ich die Dinge nicht völlig locker auf mich zukommen lassen kann. Einfach mal abwarten was passiert. Vielleicht wird es ja gar nicht so schlimm. Sicher, es ist normal, da- rüber nachzudenken, was auf einen zukommt. Aber ich male mir schon wieder Szenarien aus, die so wahrscheinlich gar nicht eintreffen. Ich werde es sehen. Ich weiß aber, was ich da erreichen will und hoffe, dass es klappt. Was das Arbeitsleben angeht muss ich lernen Nein zu sagen und zu deligieren, anstatt alles immer selbst zu machen. Das habe ich schon über mich gelernt. Nun muss ich das noch verinnerlichen. Sowie die Tatsache, dass es ok ist Fehler zu machen. An- statt immer zu versuchen perfekt zu sein muss ich mir eins klar machen: Ich bin auch mit Fehlern liebenswert, im Job und privat.

03. Juni 2015

Meine Mutter und ich waren heute einen Kaffee trinken, ohne Amelie. Ich habe bei ihr angerufen und sie um ein Treffen zu zweit gebeten. Ich wollte diese Sache gerne vor meiner Maßnahme aus der Welt schaffen, damit ich mich voll und ganz darauf konzentrieren kann. Mein Kopf muss dafür frei sein.

Meine Mutter hat nicht geahnt worum es gehen könnte, sie war gespannt auf meine Gründe. Umso überraschter war sie, als sie er- fahren hat. Mein Eindruck, dass sie mit der Vergangenheit vollständig abgeschlossen hatte war richtig. Für sie hat mit ihrer neuen Beziehung ein neues Leben begonnen. Alles war früher war hat da kein Gewicht mehr. Für mich aber schon, daran hat sie anscheinend keinen Gedanken verschwendet. Ich habe also all meinen Mut zusammen genommen, ihr offen und ehrlich zu sagen was mich beschäftigt. Dass ihre Ausbrüche von früher Schaden bei mir angerichtet haben und immer noch unser Verhältnis stören, auch wenn sie lange her sind. Sie war darüber baff, daran habe ich gemerkt, dass sie sich dessen wirklich nicht bewusst war. Was mich sehr wundert. Sie scheint wirklich nicht darüber nachgedacht zu haben, dass die Vergangenheit eines Kindes Folgen für das Erwachsenenleben hat. Sie schien zu denken, dass zwischen uns alles ok ist. Schon seltsam, wie unterschiedlich man eine Situation betrachten kann. Vielleicht ist das bei ihr auch ein Schutzmechanismus. Wenn sie sich wirklich darüber im Klaren wäre, was sie bei mir alles verkorkst hat, könnte sie wahrscheinlich nachts nicht mehr schlafen. Ich wollte ihr das auch nicht aufs Butterbrot schmieren, mein Anliegen ist es ja nicht, dass sie sich schlecht fühlen soll, sondern dass ich mich besser fühle. Ich habe also nicht mit Schuldzuweisungen gearbeitet, sondern ihr gesagt, wie ich mich fühle, beziehungsweise gefühlt habe. Ich bin auch ein wenig ins Detail gegangen, habe ihr gesagt, wie sehr mich ihr ständiges Kritisieren in den Perfektionismus getrieben und wie stark es mein Selbstbewusstsein geschädigt hat. Das tat ihr leid. Ich glaube, die Mutter von vor drei Jahren hätte das nicht sagen können. Aber heute, nach den Veränderungen, die es seit- dem in ihrem Leben gab, kann sie es und meint es auch.

Ich weiß nicht, in wie fern ich nachtragend bin. Ich habe ihre Entschuldigung zwar angenommen, die muss allerdings erst sacken. Später, denke ich, kann ich darüber hinweg kommen. Ich bin ein harmonieliebender Mensch, also werde ich ihr von jetzt an mehr entgegen kommen. Sie ist, trotz aller Probleme, meine Mutter. Davon bekommt man nur eine im Leben und ich liebe sie auch. Sie hat nicht versucht sich zu rechtfertigen. Das rechne ich ihr hoch an. Obwohl es vielleicht zu meinem Verständnis beigetragen hätte. Ich glaube, dass sie damals einfach nicht glücklich war. Das hat sich eben so gezeigt. Damit will ich sie nicht entschuldigen, aber versuchen, sie zu verstehen. Jetzt zeigt sie, dass es anders geht. Hätte sie damals schon eine glückliche Beziehung geführt, wäre vielleicht einiges besser gelaufen. Sie ist nur mit meinem ersten Stiefvater zusammen geblieben, weil ich mit einer Vaterfigur aufwachsen sollte, nicht weil sie mit ihm glücklich war. Am Anfang schon, aber das hielt nicht lange an, dann gab es nur noch Streit. Ich war dabei immer außen vor, so als wäre ich gar kein Teil dieser Familie. Und ich musste mich enorm zurücknehmen, habe nie über meine Probleme geredet, weil dafür kein Raum war. Das alles hat mir Schaden zugefügt. Aber ich will nicht in der Vergangenheit wühlen. Nur so viel wie nötig ist, um meiner Mutter meine Lage zu erklären. Und sie hat es begriffen. Sie hat nicht geweint, zum Glück, aber es schien sie sehr zu berühren. Ihre Entschuldigung war aufrichtig. Deshalb denke ich, dass ich es ad acta legen und nach vorne schauen kann. In eine harmonische Zukunft. Mit einer halbwegs heilen Familie und ganz viel Liebe.

07. Juni 2015

Meine Maßnahme ist gestern gestartet. Ich war vorher ungewohnt gelassen, konnte die Nacht gut schlafen und bin ganz entspannt hingekommen – mit dem Rad, damit ich fitter werde. Es lag vielleicht auch daran, dass ich die Nacht davor mit Michelle verbracht habe, das gibt mir immer unglaubliche innere Ruhe. Auf jeden Fall war ich startklar, bis auf die Tatsache, dass ich immer noch keine rechte Lust hatte. Ich musste erst mal umschalten. Jetzt habe ich wieder ein Programm das ich meistern muss, werde beschäftigt, daran muss ich mich noch gewöhnen.

Die Leute machen eigentlich alle einen netten Eindruck. Wir sind vier Männer und acht Frauen. Drei davon sind im meinem Alter, eine ist jünger, der Rest ist über 40. Das ist an sich eine gute Mischung. Von der Verfassung her scheinen wir auch alle auf dem gleichen Niveau zu sein. Wir sind alle fit, aber noch nicht einhundert prozentig belastbar. Und wir wissen alle noch nicht recht, in welche Richtung es für uns gehen soll.

Endlich fühle ich mich damit nicht mehr allein. Wenn man ständig von anderen hört, die beruflich angekommen sind, also eine sichere Zukunft vor sich haben, kann das ganz schön am Ego kratzen. Aber hier, unter meinesgleichen, fühle ich mich gut aufgehoben. Abgesehen davon habe ich heute auch schon einige gute Gespräche geführt. Auch wenn ich in größeren Gruppen noch immer meine Probleme habe. Ich werde immer hibbelig und nervös. Bis jetzt wusste ich nicht warum. Aber die Gruppengesprächsrunde heute hat mir die Augen geöffnet. Wir haben über Traumata gesprochen. Darüber, dass jeder sie hat, mehr oder weniger schlimm. Das hat bei mir einen Gedankenprozess in Gang gesetzt.

Ich habe in der Schule ein Trauma erlebt. Als ich in die Pubertät kam habe ich 20 Kilo zugenommen, durch meinen Sportunfall. Und ich hatte Akne. Deswegen würde ich viel und oft gehänselt, auch in meiner Klasse. Da habe ich mich immer unwohl gefühlt. Und dieses Gefühl trage ich noch heute in größeren Gruppen mit mir rum, denn größere Gruppen sind nicht kontrollierbar. Es gibt meistens jemanden, der gegen einen schießen will. Mir kommt dann immer der Gedanke: *Ich will weg.* Ich kann mich dann nicht fallen lassen oder auf das Gesagte konzentrieren, kann nichts aufnehmen, nichts zum Gespräch bei- tragen, weil mich mein Gefühl zu sehr ablenkt. Der Zusammenhang zu meiner Schulzeit ist mir noch nie aufgefallen, bis heute. Jetzt weiß ich woran das alles lag. Dieses Wissen gibt mir unglaublich viel Gelassenheit. Dadurch konnte ich die Gruppentherapie heute fast schon genießen, sonst wäre sie für mich einfach zur Qual geworden.

Gestern war es noch so. Da war ich nachmittags, als wir durch waren, auch extrem erschöpft. Auf dem Nachhauseweg hatte ich Panik, obwohl ich mit dem Fahrrad unterwegs war und sportliche Betätigung ja eigentlich Panik verhindert. Aber jetzt, da ich weiß wo dieses Unwohlsein herkommt, kann ich damit besser umgehen. Ich sage mir, es hat nichts mit heute zu tun, es lauert keine Gefahr. Das alles rührt von damals her, jetzt ist jetzt – es ist vorbei! Die Hänseleien finden nicht mehr statt, ich bin da rausgewachsen. So gelingt es mir vielleicht, die Panik abzuschütteln. Heute hat es jedenfalls geklappt. Das war ein unglaublich befreiendes Gefühl. Ich habe zwar noch die Angst, dass mich das Unwohlsein wieder einholt – Panik vor der Panik – aber ich denke, dass ich Fortschritte gemacht habe. Ich kann durchatmen wenn ich an die Zukunft denke. Ich werde es schaffen, Situationen die ich sonst als belastend empfunden habe gut auszuhalten.

Ich bin verblüfft, warum mir der Zusammenhang noch nie aufgefallen ist. Manches kann so einfach sein. Da braucht es nur einen winzig kleinen Gedankenanstoß und so vieles wird in Gang gesetzt. Wenn es so weiter geht bin ich in ein paar Monaten ein ganz neuer Mensch.

Ich bin dazu bereit, generalüberholt zu werden. Alles Negative aus meinem alten Leben soll verschwinden. All die Reste die noch übrig sind. Das ist vielleicht ein hochgestecktes Ziel, aber ich denke, dass es so kommen wird. Michelle hat das alles ja schon durch. Sie meinte, dass es bei ihr auch einiges verändert hat. Ich bin gespannt.

12. Juni 2015

Ich bin wieder entscheidungsfreudig, das merke ich momentan sehr stark. Wenn ich überlege, wie es mir noch vor knapp zwei Jahren ging, als ich das erste Mal im Krankenhaus war, dann ist das ein ziemlicher Sprung. Damals konnte ich nicht mal die kleinsten Entscheidungen treffen. Ich weiß noch, dass ich gefühlt stundenlang vor dem Wasserspender stand, weil ich nicht wusste, ob ich Wasser mit oder ohne Kohlensäure trinken wollte. Hinter mir hatte sich schon eine Schlange gebildet. Eine Krankenschwester schaute mich böse an. Als ich das bemerkte, habe ich einfach irgendwas genommen. Etwas später hatte ich Lust auf einen Apfel. Es stand eine ganze Schale vor mir und ich konnte mich einfach nicht entscheiden, welchen ich nehmen sollte. Nichts ging mehr, so schlecht war es um mich bestellt. Wenn ich das mit heute vergleiche, liegen Welten dazwischen. Heute muss ich Entscheidungen treffen wie: mit wem möchte ich mein Leben verbringen oder wie soll meine berufliche Zukunft aussehen. Das wäre damals nie denkbar gewesen. Heute habe ich das wieder drauf und ich bin heilfroh darüber. Daran merke ich, wie gut es mir wieder geht. Das ist unheimlich beruhigend. Es gab Zeiten, da dachte ich, dass ich nie mehr so werden würde wie früher, dass die Krankheit mich fest in ihren Klauen und für immer verändert hat. Aber zum Glück ist das nicht der Fall. Ich bin wieder hergestellt, sogar noch ein besserer Mensch als früher. Ich habe viel gelernt. Unter anderem, dass dieser Spruch wirklich stimmt: An Krisen wächst man. Ich bin innerlich gereift, fühle mich stabiler als eh und je.

Ohne diesen Zusammenbruch hätte das sicher noch einige Zeit gedauert. So habe ich mich intensiv mit mir beschäftigt und mich wie im Zeitraffer entwickelt. Ich weiß nicht, ob ich unbedingt weiter bin als die Leute in meinem Alter, aber manchmal habe ich das Gefühl. So ging es mir auch in der Schule schon. Damals war ich meinen Altersgenossen voraus, weil ich auch schon sehr früh einiges durchgemacht hatte. Allerdings wird das immer wieder in Perspektive gesetzt, wenn ich die Geschichten der anderen Teilnehmer höre. Einige von ihnen haben in ihren Beziehungen Gewalterfahrungen gemacht – auch Männer. Eine sollte von ihren Eltern zwangsverheiratet werden. Sowas musste ich zum Glück nie erleben. Auch wenn in meinem Elternhaus einiges schief gegangen ist und ich mich teilweise für meine Mutter geschämt habe. Ich konnte nie

Freunde mit nach Hause nehmen, weil man nie wusste wie meine Mutter drauf ist. Sie hatte auch vor Fremden Probleme damit sich zu beherrschen. Bis auf ein Erlebnis als kleines Kind musste ich allerdings nie dauerhaft reelle Ängste ausstehen. Wenn man die unberechenbaren Ausbrüche meiner Mutter mal außen vor lässt. Das ist doch schon mal etwas.

Ich versuche alles, um mich durch meine Vergangenheit nicht runterziehen zu lassen. Die beste Methode dafür ist, einfach nicht mehr darüber nachzudenken, es als vergangen abzuhaken. Man muss lernen, seine Gedanken zu steuern, auf die positiven Dinge. Das kann ich inzwischen, unter anderem durch das klärende Gespräch mit meiner Mutter, was mir Erleichterung verschafft hat. Es bringt nichts über Vergangenes zu jammern, das verdirbt einem auch noch die Gegenwart. Das will und werde ich nicht zulassen. Nicht die Zukunft durch alte Geschichten aufs Spiel setzen, davon hat keiner etwas. Ich bin erwachsen und das alles ist lange her, ich kann das hinter mir lassen. Es ist allerdings auch gut zu wissen, woher die Probleme mit denen ich mich heute noch rumschlage resultieren. Aus Traumata der Kindheit. Durch dieses Wissen kann ich die Ängste von heute besser einstufen. Die Hilflosigkeit, die ich dann normalerweise empfinde, verliert sich ein Stückchen. Es ist einfach nicht real. Nicht mehr.

Inzwischen kommuniziere ich mit meiner Angst. Ich begrüße sie. Ich sage: *Ich freue mich, dass du da bist!* Denn manchmal ist sie das nicht ohne Grund. Oft schon, dann schicke ich sie weg. Aber meistens will sie mir etwas sagen, zeigt mir, dass gerade etwas schief läuft. Ich habe gelernt damit zu leben und mache mich, denke ich, ganz gut. Meine Therapeutin hat diese Ansicht auch unterstützt. Sie meinte, ich besitze gute Selbstheilungskräfte, tue also instinktiv das Richtige. Ein- mal hat sie mir sogar gesagt, dass sie mir gar nicht hilft. Sie schaut mir einfach nur dabei zu, wie ich mir selbst helfe und bestätigt mir dann, dass ich alles richtig gemacht habe. Das tat gut. Und ich glaube, dass sie damit Recht hat. Es macht mich stolz und ich bin sehr froh, dass es so ist. Ich vertraue mir wieder, das stärkt mein Selbstvertrauen ungemein. Wer weiß wo ich jetzt wäre, auch was die Beziehung zu Michelle angeht, wenn dem nicht der Fall wäre. Ich fühle mich wieder stark – stark genug, um eine Schulter zum Anlehnen zu sein, wenn es mal gebraucht wird. Das hat mir auch Klara bestätigt. Sie meinte neulich sogar, dass ich jetzt so bin wie sie es sich immer von mir gewünscht hätte: einfühlsamer, kommunikativer. Da wird nie wieder etwas laufen, aber es tat gut das von ihr zu hören.

Ich fühle mich komplett. Nicht zuletzt durch meine Beziehung zu Michelle. Aber selbst ohne sie würde es mir gut gehen, denke ich. Auch wenn die Einsamkeit mir schon zu schaffen machen würde. Ich will sie um nichts in der Welt missen, nur um da nicht falsch verstanden zu werden. Es gibt Männer, die ihre Freiheit für nichts und niemanden aufgeben würden. So einer bin ich nicht mehr. Ich weiß die Vorzüge einer guten Beziehung zu schätzen.

Es gab Zeiten, da stand ich mir ständig selbst im Weg. Das gehört zum Glück der Vergangenheit an. Es ist ein wahnsinnig gutes Gefühl wieder verliebt zu sein. Und ich bin froh, es mir einer so tollen Frau er- leben zu dürfen. Bei ihr habe ich nicht die Befürchtung, dass beim Ab- nehmen der rosaroten Brille eine böse Überraschung auf mich wartet. Ich liebe sie, auch wenn ich mich immer noch nicht getraut habe ihr das zu sagen. Ich weiß nicht warum. Eigentlich erwarte ich da nichts Schlimmes, denn ich denke, dass sie das gleiche fühlt. Aber es soll etwas Besonderes sein, zu einem besonderen Zeitpunkt. So wie ich sie kenne ist sie da geduldig mit mir und setzt mich nicht unter Druck. Ein weiterer Grund warum ich sie liebe.

Ich hoffe, das mit uns geht bis ans Lebensende. Ich könnte es mir sehr gut vorstellen. Wir beide zusammen auf der Veranda unseres Hauses, jeder eine Zeitung in der Hand und den Morgenkaffee auf dem Tisch. Ab und zu liebevolle Blicke von vertrauten Augen, die hinter der Zeitung hervorschauen.

Manchmal überkommen mich meine Gefühle so stark, dass ich ihr am liebsten sofort einen Heiratsantrag machen würde. Aber das hat noch viel Zeit. Wir genießen die Tage so wie sie kommen. Alles weitere lassen wir erstmal noch offen. Vielleicht würde sie sich freuen, das alles von mir zu hören, obwohl ich ihr auch oft genug sage wie viel sie mir bedeutet. Und wie gerne ich mit ihr zusammen bin. Aber wie gesagt, das hat noch Zeit. Ich will nichts überstürzen.

17. Juni 2015

Im August bin ich sieben Jahre rauchfrei. Na ja, ich war es bis heute. Ich bin rückfällig geworden. Ich vermute es hat etwas mit dem Stress zu tun den die Maßnahme und die dort gewonnenen Erkenntnisse bei mir verursachen. Auch wenn es positiv ist, so ist es doch sehr anstrengend in seiner Psyche zu wühlen – und nicht immer nur heilsam. Ich brauchte ein Ventil.

Nachdem ich immer wieder vom Rauchen geträumt hatte und aufgewacht bin mit dem Gedanken *zum Glück war das nur ein Traum*, hat sich die Schmacht danach irgendwie verselbstständigt. Auch im wachen Zustand habe ich immer wieder daran gedacht und hatte so meine Probleme, den Gedanken wegzuschieben. Meine Vernunft hatte allerdings immer das letzte Wort, bis mir der Gedanke kam, dass ich wenn ich rauche weniger Lust auf Süßes haben würde. Und ich so vielleicht endlich abnehmen würde. Auch wenn ich wieder regelmäßig Sport treibe, so kriege ich meine Essanfälle einfach nicht ganz unter Kontrolle. Ich esse wieder viel und ungesund, kann mich einfach nicht beherrschen. Irgendwann im Laufe des Tages finde ich mich im Super- markt wieder und kaufe letztendlich Eis, Süßigkeiten, Chips. Es ist als wäre ich ferngesteuert. Ich habe das gar nicht in der Hand. Meine Selbstbeherrschung verabschiedet sich in solchen Momenten vollends. Um das zu steuern schien mir das Rauchen ein gutes Mittel zu sein. Wenn ich Japs auf Süßes habe, rauche ich einfach eine und es geht weg. Das scheint mir ein guter Weg zu sein, zumindest vorerst.

Trotzdem finde ich Rauchen nach wie vor widerlich. Aber der Kör- per kann den Teer von einer Zigarette am Tag abbauen. Viel mehr soll es auch gar nicht werden. Tagsüber kann ich mich ziemlich gut zurückhalten. Aber abends wird es schwer. Wenn ich mir in solchen Momenten eine Kippe anzünde hilft das vielleicht. Ich muss sie auch nicht zuende rauchen. Wenn der Japs dann später wieder kommt rauche ich die angefangene Zigarette weiter. So hält sich der Konsum in Grenzen, verfehlt aber nicht seine Wirkung. Ich weiß nicht ob die Rechnung aufgeht. Vielleicht bin ich in einem Monat schlanker, vielleicht auch wieder ein Raucher. Das werde ich sehen. Aber mein Leidensdruck ist groß genug. Ich wiege bei 1,87 m inzwischen 112 Kilo. Das ist deutlich zu viel. Ich fühle mich so einfach nicht wohl. Da muss sich etwas ändern. Und nur mit Willenskraft schaffe ich es nicht. Also muss ich eine Schwäche zur Stärke machen – Rauchen als Diät. Mir ist klar, das klingt bescheuert, aber ich weiß wirklich nicht weiter.

Ich habe mal gehört, dass sich der Körper alle sieben Jahre gravierend verändert. Vor sieben Jahren habe ich mit dem Rauchen aufgehört, davor war ich sieben Jahre Raucher. Ich will nicht hoffen, dass ich da wieder hinkomme, obwohl ich die Gefahr natürlich sehe. Aber sobald sich eine Wirkung einstellt und ich endlich diese Medikamente weiter reduzieren kann, werde ich wieder aufhören. Ich habe es einmal geschafft und schaffe es auch wieder. Da bin ich sicher.

21. Juni 2015

Heute war die Fete de la Musique in der Stadt – eine Party, bei der in der gesamten Innenstadt Bühnen aufgebaut sind, auf denen viele gute, wenn auch unbekannte, Bands spielen. Ich war mit Michelle und Amelie da. Es hat richtig Spaß gemacht. Wir haben getanzt, mitgesungen und es uns einfach gut gehen lassen. Es war sehr entspannt. Ich hatte, auch wenn wir unter vielen Menschen waren und es teil- weise sehr turbulent zu ging, keine Panik. Darauf war ich sowas von stolz.

Ich musste die letzten Tage allerdings etwas feststellen: Das mit der einen Zigarette am Abend klappt nicht. Inzwischen denke ich genauso obsessiv ans Rauchen wie vorher ans Essen. Ich denke ständig darüber nach, wann ich endlich die nächste rauchen kann. Ich finde es auch nicht mehr so ecklig wie noch vor ein paar Tagen. Das macht mir ein wenig Sorge. Auch warte ich nicht mehr bis es Abend ist, ich rauche schon direkt nach dem Aufstehen die erste. Ich würde also sagen, ich bin wieder Raucher. Darüber bin ich nicht gerade froh, ich bin sogar ziemlich enttäuscht von mir. Es weiß auch noch niemand davon, ich schäme mich zu sehr um es jemandem zu sagen. Ein klares Zeichen großer Schwäche. Ich habe mir etwas vorgemacht mit dem Gedanken ich könnte Gelegenheitsraucher sein. Das funktioniert bei mir einfach nicht, entweder ganz oder gar nicht. Damit bin ich nicht glücklich, aber was soll ich machen, ich will einfach nicht weiter zunehmen. Dafür nehme ich es in Kauf, meine Gesundheit zu schädigen, zumindest zeitweise. Auch wenn das dumm klingt, so ist es für mich doch die einzige Chance vom Essen wegzukommen. Eine Sucht ersetzt die andere.

Ich habe deswegen ein total schlechtes Gewissen. Es ist nicht so, dass ich das Rauchen genieße. Ganz im Gegenteil. Ich weiß, dass es mir schadet und es kostet mich Überwindung, den Rauch in meine Lunge zu lassen. Aber es ist, selbst in der kurzen Zeit, schon wieder zu einem

Zwang geworden. Eben eine Sucht. Ich will es eigentlich nicht, aber ich kann mich nicht beherrschen. Das kann nicht gut gehen. Ich hoffe sehr, dass ich wieder damit aufhören kann, wenn mein Ziel erreicht ist. Ich will kein Raucher sein. Alles in mir wehrt sich dagegen. Wie ernst es mit dem Rauchen ist habe ich gestern deutlich gemerkt. Michelle war bei mir und so sehr ich mich auch darüber gefreut habe, so konnte ich es doch nicht abwarten bis sie weg war und ich endlich wieder eine durchziehen konnte. Wenn das so weiter geht habe ich wirklich bald ein ernstes Problem. Wenn das weiter ausufert werde ich die Reißleine ziehen und aufhören. Dann ist mir mein Gewicht auch egal. Bis dahin hoffe ich allerdings, ein wenig abzunehmen.

Michelle weiß nichts von meinen inneren Kämpfen. Aber sie hat neulich etwas sehr Süßes gesagt: Liebe kennt keine Konfektionsgrößen. Damit hat sie Recht. Aber das nützt mir nicht viel, wenn ich mich nicht wohl fühle.

Seit der Pubertät hatte ich keine Gewichtsprobleme mehr. Ich fühle mich in letzter Zeit sehr in die damalige Phase zurückversetzt. Ich war unglücklich, hatte Liebeskummer, ein gebrochenes Bein und habe angefangen zu futtern, aus Frust. Meine Klassenkameraden haben mich damit aufgezogen und das hat alles noch verschlimmert. Ich habe mich mit Essen getröstet. Sonst war da nichts und niemand. Im Studi- um war es anfangs auch so, ich war angespannt und konnte nicht denken. Nur Essen hat mich etwas beruhigt. So sehr hatten mich die Hänseleien von früher geprägt. Wie auch anfänglich in der jetzigen Gruppe – ich war nervös und wollte einfach nur weg. Das hat mich ziemlich erschöpft und sehr belastet. Aber ich habe etwas dagegen unternommen. Ich habe das Gespräch mit einzelnen Teilnehmern gesucht und so meine Ängste überlistet. Ich habe gemerkt, dass sie mich mögen und ich mir keine Gedanken darüber machen muss, dass es anders ist.

Streckenweise dachte ich schon, ich hätte eine soziale Phobie. Aber diese Befürchtung konnte mir mein Reha-Psychologe nehmen. Er meinte, Leute mit dieser Störung wären gar nicht in der Lage einen Realitätscheck zu machen. Sie sind so sehr gefangen in ihrer Angst, dass sie sowas gar nicht fertig bringen. Ihnen würde nicht mal der Gedanke kommen. Das hat mich doch sehr beruhigt.

Das Thema wird mir mit Sicherheit im Berufsleben wieder begegnen, aber jetzt weiß ich woher es kommt. Vor allem weiß ich, dass es kein permanenter Zustand ist, sondern nur anfänglich ein Problem. Das entspannt mich.

26. Juni 2015

Bei Avanti haben wir heute eine Übung gemacht. Es war ein Problemgespräch zwischen zwei Kollegen. Der eine machte eine Fortbildung, wegen derer er regelmäßig früher Feierabend machte, dafür aber früher im Büro erschien. Der andere störte sich daran. Ich habe Ersteren gespielt. Und es ging darum, ein zivilisiertes Gespräch zu führen, aber seine Bedürfnisse und Ziele im Auge zu behalten. Es endete damit, dass ich nachgegeben habe, weil die andere Person mein Beziehungsohr angesprochen hat. Mein Gegenüber meinte, dass mein früher Feierabend bei den anderen zu mehr Stress führt. Er hat sogar mit der Chefetage gedroht. Im Sinne des Allgemeinwohls habe ich mich also gefügt. Das sage viel über mich aus, meinte unsere Anleiterin. Nämlich, dass ich ins Kinder-Ich gerutscht bin und mich hilflos gefühlt habe. Ich konnte es nicht ertragen, dass die anderen meinetwegen Probleme haben. Ich wollte den Konflikt so schnell wie möglich beilegen. Auch wollte ich die Harmonie wiederherstellen, auf meine eigenen Kosten. Das passiert mir im Leben öfter. In normalen Situationen befinde ich mich immer auf der sachlichen Ebene, aber mit Konflikten kann ich nicht gut umgehen. Die Leiterin meinte, das liegt an der Kindheit. Ich war früher schon immer der

Friedensstifter, ob zu Hause oder anderswo. Zu Hause habe ich in jedem Fall meine Prägung bekommen und es im Leben sehr oft angewandt. Daran muss ich unbedingt arbeiten, denn es macht mich zu einem leichten Opfer. Normalerweise bin ich mir meiner Bedürfnisse bewusst und kann mich auch durchsetzen. Aber wenn mein Gegenüber bei mir die richtigen Knöpfe drückt, kann er von mir fast alles bekommen. Ich bin leicht manipulierbar. Das gefällt mir nicht. Ich muss wirklich lernen, mich besser abzugrenzen und egoistischer zu sein.

Ein anderes Thema die Woche war das Bewerbungs-schreiben, beziehungsweise der Lebenslauf. Die meisten von uns haben Lücken, in denen sie einfach nur krank waren. Das sieht nicht gut aus, also muss man sich etwas einfallen lassen. Dazu gibt es die unterschiedlichsten Ansichten. Unsere Leiterin meinte, man solle ehrlich sein und offen mit seiner Lebensgeschichte umgehen. Einfach sagen, dass man erkrankt war, inzwischen rehabilitiert ist und nun wieder einsatzbereit. Unser Rehaberater meinte, wir sollen lügen. Es gibt für ausgeschriebene Stellen etliche Bewerber, deshalb sollte man den Vorgesetzten in Spe keinen Grund liefern, aussortiert zu werden. Er meinte, wir sollen sagen, dass wir gereist sind oder einen Angehörigen gepflegt haben, etwas in der Art. Ich tue mich mit beidem schwer. Ich möchte nicht, dass mein neuer Arbeitgeber gleich mit meinen Schwächen konfrontiert wird. Obwohl es natürlich auch eine Stärke ist, nach einer Krankheit wieder Fuß zu fassen. Auch möchte ich mein neues Arbeitsverhältnis nicht auf einer Lüge aufbauen, die möglicherweise früher oder später eh aufgedeckt wird. Da steht für mich die ganze Tätigkeit gleich nicht mehr unter einem guten Stern. Ich habe für mich einen anderen Weg gefunden. Ein Zwischending zwischen Wahrheit und Schwindel. Ich werde einfach schreiben, dass ich mir einen Lebenstraum erfüllt und eine Auszeit zum Zeichnen genommen habe. Das stimmt zum Teil ja auch, nur dass es keine bewusste Entscheidung war. Ganz gelogen ist es jedenfalls nicht. Das ist für mich ein guter Kompromiss. Auch wenn ich dadurch vielleicht mutiger erscheine als ich eigentlich bin. Ich hätte nie den Hintern in der Hose gehabt, meinen Job an den Nagel zu hängen um als Künstler zu leben. Auf dem Papier sieht es jetzt so aus und ich denke es ist vielleicht nicht das Schlechteste. Ich werde noch sehen wie es ankommt, aber so werde ich es machen. Beschlossene Sache.

29. Juni 2015

Es ist schon fast Monatsende und wenn ich keine Rücklagen hätte, würde ich nicht wissen, wie ich meine Miete bezahlen soll. Während der Maßnahme werden die Zahlungen vom Arbeitsamt eingestellt, man bekommt ja Übergangsgeld vom Kostenträger, in meinem Fall die Rentenversicherung. Den Antrag habe ich schon vor einem Monat gestellt, aber ich habe noch nichts von der zuständigen Stelle gehört. Ich weiß weder, ob mein Antrag genehmigt wird, noch ob sie alle Unterlagen haben die sie brauchen. Wäre ich auf ein monatliches Ein- kommen angewiesen, wäre ich jetzt ziemlich gearscht, denn sie zahlen immer zum 15. Den anderen Teilnehmern geht es genauso. Das ist ein großes Problem. Es ist einfach nicht verständlich, dass sie sich so lange Zeit lassen. Es geht hier schließlich um Menschen mit seelischer Erkrankung, um deren Grundsicherung. Das letzte was wir gebrauchen können sind Geldsorgen.

Gestern habe ich bei der Versicherung angerufen, um mal den Stand der Dinge zu erfragen. Nach etlichen Versuchen hatte ich endlich jemanden an der Strippe, der mir dann mitteilte, dass meine Akte momentan nicht an ihrem Platz sei, also irgendjemand damit arbeitet. Er könne mir aber keine Auskunft über Vollständigkeit geben und mich auch nicht weiterverbinden. Das war nicht gerade zufriedenstellend. Jetzt heißt es für mich also weiter warten bis etwas passiert. Ich hoffe, dass bald alles seine Wege geht.

01. Juli 2015

Vorhin habe ich eine Unterhaltung mit einem anderen Teilnehmer geführt, die mich ein wenig aufgewühlt hat. Er hat durchblicken lassen, kein Verständnis für Menschen zu haben, die in einer schweren Krisensituation auf Tabletten zurückgreifen – also auf Antidepressiva oder Neuroleptika. Ich fand seine Ansicht sehr radikal, rückschrittlich und offen gesagt ziemlich dumm. Er meinte, er hätte sich in seiner Krisenzeit verstärkt mit sich selbst auseinander gesetzt und hätte keine Medis gebraucht. Von seinem Standpunkt aus denkt er nicht, dass andere unbedingt Tabletten nehmen müssten. Er meint, das würde von der Pharmaindustrie vorangetrieben, die den Leuten einreden, sie bräuchten die Dinger, obwohl es in Wahrheit gar nicht der Fall ist. Und Ärzte würden bestochen, damit sie die Patienten ordentlich damit versorgen. Es gibt möglicherweise Fälle in denen das vorkommt, aber meine Meinung dazu ist eine ganz andere. Die habe ich ihm auch mitgeteilt, da mich seine Worte ziemlich wütend gemacht haben. Es gibt Lebenslagen, die, wenn sie akute Depressionen oder ähnliches mit sich bringen, unbedingt mit Medikamenten behandelt werden müssen. Bei mir wäre es gar nicht anders gegangen, ich wäre ohne meine Tabletten ziemlich aufgeschmissen gewesen. Ich war zu nichts mehr in der Lage, habe nur noch an Selbstmord gedacht, konnte nicht mal die kleinsten Entscheidungen treffen, hatte alles verzehrende Ängste und wollte einfach nicht mehr leben. So einen Zustand hätte man mit ein bisschen Selbstreflektion nicht wieder gerade biegen können.

Ich bin mit Sicherheit niemand der gerne oder schnell Tabletten schluckt, aber in dieser Situation gab es einfach keinen anderen Weg. Das ist leicht von außen zu verurteilen. Wenn jemand nicht weiß, wie schlecht es einem gehen kann, kann er das auch nicht einschätzen, geschweige denn beurteilen. Mein Resumé des Gesprächs war einfach, dass er höchstens eine depressive Verstimmung hatte, aber keinesfalls eine echte, klinische Depression. Da wäre er nur mit Willenskraft nicht alleine rausgekommen. Ich finde es einen interessanten Ansatz, eine Therapiemethode zu finden, die die Einnahme von Medikamenten unnötig macht. Ich weiß aber definitiv, dass es die noch nicht gibt. Zumindest nicht in unseren Breitengraden. Aus anderen Kulturen kann man mit Sicherheit viel lernen, aber das Leben dort ist eben auch anders als hier. Ich weiß nicht, ob deren Methoden bei uns ausreichen würden. Und wäre der Typ an meiner Stelle gewesen, mit meinem Krankheitsbild, wäre er vor die Hunde gegangen. Er scheint immer noch zu denken, dass er unverwundbar ist und alles in der Hand hat. Er weiß nicht wie es ist, wenn man komplett die Kontrolle verliert. Offensichtlich nicht, sonst würde er nicht solche Sprüche klopfen.

Das Ganze hat mich ziemlich aufgebracht. Selbst jetzt noch, während ich darüber nachdenke. Er hat auch gemerkt, dass er mir mit seinen Ansichten auf den Schlips getreten hat und sich dafür entschuldigt. Das macht es aber nicht besser. Ich wünsche das was ich durchgemacht habe niemandem, aber bei ihm würde ich fast eine Ausnahme machen, einfach um es ihm zu zeigen. Ich muss mich nicht rechtfertigen dafür dass ich Tabletten nehme, aber irgendwie hat er mir das Gefühl gegeben, es doch zu müssen. Ein ganz unangenehmes Gefühl. In solch eine Situation wollte ich mich eigentlich nie wieder bringen lassen. Aber egal, ich nehme meine Medikamente weiter und denke, ich muss mich auch nicht dafür schämen – im Gegenteil. Es gehört eine Menge Selbsteinsicht dazu, das so durchzuziehen. Unzählige Leute setzen ihre Tabletten einfach ab, ohne Rücksprache mit ihren Ärzten. Das würde ich nie tun, dazu bin ich viel zu verantwortungsbewusst. Auch weil ich weiß, dass sich die Krankheit durch das Absetzen verschlimmern kann. Beim nächsten Schub würden mehr, schwerwiegendere Symptome auftreten. Das würde ich nie riskieren. Da ist es besonders schlimm wenn man an jemanden gerät, der das sozusagen als verwerflich ansieht. Egal, ich blende den Typ einfach aus und versuche, nicht mehr darüber nachzudenken. Er ist unwissend und ein wenig naiv, das kann ich ihm nicht verübeln. Vor meiner Krankheit konnte ich das alles auch nicht richtig verstehen. Es ist nur traurig, wenn man bei so einer Maßnahme auf derartige Unwissenheit trifft. Aber gut. Er steht damit in diesem Rahmen relativ allein da. Und ehrlich gesagt, noch bevor ich wusste, dass er keine Medikamente nimmt, dachte ich schon, dass er ziemlich negativ auftritt und eigentlich mal seine Dosis erhöhen könnte. Jetzt, wo ich weiß, dass er nichts nimmt, macht das alles sehr viel Sinn für mich. Er ist ständig am Lamentieren, nur am Rumnörgeln, hat gedrückte Stimmung, ist am Grübeln und hat nur sich selbst im Kopf. Das ist kaum auszuhalten. Es geht im schlecht und er merkt es gar nicht. Klarer Fall. Er kann nichts dafür, aber sich dann aufzuspielen und zu sagen, er schaffe das ja alleine, auch ohne Medikamente, ist dann schon recht dumm.

Egal, er ist erwachsen und muss wissen was er tut. Ich werde von jetzt an auf jeden Fall versuchen ihm aus dem Weg zu gehen. Ich werde mir seine Stories nicht mehr anhören.

12. Juli 2015

Das mit dem Rauchen funktioniert nicht. Ich habe nicht weniger Lust auf Süßes, im Gegenteil, manchmal sogar mehr Appetit. Ich habe weiterhin Fressattacken, futtere wechsel-weise Fettiges oder Zucker in mich rein und jetzt habe ich noch ein weiteres Laster. Eigentlich wollte ich das eine durch das andere ersetzen, aber das scheint mir nicht vergönnt zu sein. Ich bin mit mir überhaupt nicht zufrieden, fühle mich fett und schwabbelig. Dabei sollte ich glücklich sein.

Ich habe Michelle vor ein paar Tagen das erste Mal gesagt, dass ich sie liebe und sie hat es erwidert. Was das angeht bin ich enorm glücklich, aber das überträgt sich blöderweise nicht auf alle Lebensbereiche.

Wir waren gestern im Varieté, da war ein Haufen richtig durchtrainierter Männer, ich kam mir dagegen wahnsinnig unattraktiv vor. Kein gutes Gefühl. Besonders, weil Michelle einen richtig guten Körper hat. Gegen sie wirke ich unfit wie nichts Gutes.

Es muss einen anderen Weg geben, das Rauchen ist jedenfalls nicht der richtige. Ich finde es wieder extrem ekelhaft. Und denke, ich werde die Packung die ich noch zu Hause habe aufrauchen, aber dann ist Schluss. Nicht zuletzt, weil Michelle bald bei mir einzieht und ich nicht weiß, wie ich es dann noch vor ihr verstecken kann. Ich habe ein richtig schlechtes Gewissen deswegen, weil ich ihr neulich noch gesagt habe, dass ich auf keinen Fall wieder anfangen werde. Das alles habe ich über Bord geworfen und ich fühle mich deswegen unheimlich mies. Naja, einen Versuch war es wert. Jetzt bin ich schlauer.

16. Juli 2015

Ich traue es mich fast nicht zu sagen, aber ich rauche immer noch. Bin alles andere als stolz darauf. Es wird auch immer mehr, aber ich brauche das irgendwie. Die Zeit bei Avanti ist recht anstrengend, weil ständig über Probleme gesprochen wird. Das kostet Nerven. Rauchen und Essen fangen das irgendwie auf. All das hat selbstverletzende Tendenzen, was mir natürlich bewusst ist. Aber ich versuche, mich deswegen nicht fertig zu machen. Der Psychologe der Maßnahme meinte, dass ich nicht so streng mit mir sein sollte. Wenn ich momentan derartige Hilfsmittel brauche, um durch den Tag zu kommen, dann ist das eben so. Ich habe es schon mal geschafft mit dem Rauchen aufzuhören und werde es auch wieder schaffen, wenn die Zeit reif ist. Daran glaube ich auch und versuche, das jetzt einfach als gegeben hinzunehmen.

Besonders die letzten Tage waren anstrengend. Jemand hat seine Kindheit thematisiert und eins führte zum anderen, so dass ich auch von meiner erzählt habe. Dabei habe ich nichts ausgelassen. Als ich fertig war, waren alle betroffen und meinten, sie wollen mir irgendwie helfen. Ich habe nie Halt und Sicherheit erfahren, daher rühren meine Ängste. Wir haben also eine Übung gemacht. Ich musste mich auf den Boden setzen und ein paar Leute haben sich um mich versammelt. Sie haben mich umarmt, meinen Kopf gehalten, gegen meine Beine und meinen Bauch gedrückt und ich habe erlebt, wie gut sich das anfühlt. Dieses Gefühl sollte ich mir merken, um es in Angstsituationen abzurufen. Das versuche ich.

Als ich fünf Monate alt war hatte ich eine Hirnhautentzündung. Ich war wochenlang im Krankenhaus, in einem Einzelzimmer, unter Quarantäne. Meine Familie durfte mich nur durch ein Fenster sehen, direkten Besuch durfte ich nicht haben. Ich war völlig isoliert, ohne Körperkontakt und Zuneigung. Das habe ich allerdings gut überstanden, meinte meine Mutter. Mein Glück war, dass meine Meningitis durch Bakterien verursacht wurde, nicht wie in den meisten Fällen durch Viren. Dadurch war sie gut behandelbar. Meist bleiben nach dieser Krankheit schwere Hirnschäden zurück. Bei mir glücklicherweise nicht.

Ich war schon damals sehr tapfer und habe mein Schicksal hingenommen. Meine Mutter meinte, ich hätte nicht ein einziges Mal geweint. Als ich ein Jahr alt war kam dann die große Tragödie. Die Mutter meines Vaters verstarb an Krebs, das löste bei ihm eine schwere Krise aus. Von da an war er zu nichts mehr zu gebrauchen. Entweder saß er apathisch und depressiv zu Hause rum und spielte Schornstein. Oder er wurde manisch, verschenkte unsere Einkäufe an wildfremde Menschen, ließ sich Geschäftsideen einfallen, mit denen er dann auf die Nase fiel. Oder er hatte Verfolgungsangst. Ich durfte zeitweise nicht in den Kindergarten, weil er dachte jemand wolle mich umbringen und ich wäre dort nicht sicher. Auch glaubte er, dass wir beschattet würden, von Spähflugzeugen, die uns ans Leben wollten.

Er war ein sehr dominanter Mensch, der sich von seinen Überzeugungen nicht abbringen ließ. Zeitweise war er im Krankenhaus, dann kehrte zu Hause Ruhe ein. Sobald er wieder draußen war, setzte er seine Medikamente ab und das Chaos ging von vorne los. Meine Mutter machte das eine Zeitlang mit, bis sie irgendwann die Scheidung einreichte. Als sie dies meinem Vater verkündete, war er darüber so fassungslos, dass er ausgerastet ist. Ich habe davon auch einiges mitbekommen. Am Höhepunkt der Auseinandersetzung hat mein Vater meine Mutter angegriffen und sie fest gewürgt. Ich erinnere mich daran als wäre es gestern gewesen.

Nach dem Angriff versuchte er, mich zu entführen, was von wachsamen, hilfsbereiten Nachbarn gerade noch verhindert wurde. Ich wurde etwas später zu ihnen gebracht, damit meine Eltern in Ruhe reden konnten. Und ich weiß noch genau, wie ich im Bett lag und Angst hatte. Angst, dass mein Vater meiner Mutter etwas antut. Angst davor, dass ihm, sollte ich es jemandem sagen, etwas passiert. Ich war hin und her gerissen, wusste nicht was ich tun sollte. Also beschloss ich, ganz genau hinzuhören. Und sollte ich irgendetwas aus der Wohnung mitbekommen, sofort Alarm zu schlagen. Es passierte nichts mehr. Aber das war das erste Mal, dass ich das Gefühl kennen lernte, was mich mein Leben lang begleiten sollte: Angst. Ich war fünf.

Als Kind erlebte Angst, die nicht verarbeitet wird, wird mit den Jahren mächtiger. Oft bricht sie erst richtig aus wenn man älter ist. Deshalb sind meine Panikattacken erst im Erwachsenenleben aufgetreten. Jetzt weiß ich Bescheid.

Das mit der Scheidung ging dann ziemlich schnell. Meinem Vater wurde das Sorgerecht entzogen und jeglicher Umgang verboten. Das ließ er natürlich nicht auf sich sitzen. Zu Beginn tat er alles Mögliche um mich zu sehen. Aber es ging ihm dabei nicht wirklich um mich, sondern um sein

Recht. Rücksicht hat er dabei nicht genommen. Er kam oft zu uns nach Hause und machte an der Tür Randale. Wieder hatte ich Angst vor ihm. Meine Mutter war eine kleine zierliche Frau, ich wusste, dass sie uns nicht verteidigen konnte. Umso glücklicher war ich, als mein erster Stiefvater bei uns einzog. Er gab mir, zumindest anfangs, ein Gefühl von Sicherheit. Das hielt eine Weile an, bis klar wurde, dass er ein Kinder hassender Choleriker war, dem man es nicht recht machen konnte. Er und meine Mutter waren ein Traumpaar. Es gab viel Streit zu Hause.

Er hat nie die Hand gegen mich erhoben, aber viel hat in manchen Situationen nicht gefehlt.

****

Die Welt ist so klein wenn man ein Kind ist. Und meine war ein Kriegsgebiet. Damals lernte ich, mir eine Fantasiewelt zu erschaffen in die ich mich oft zurückzog. Ich malte viel. Familien, Eltern und Kinder mit glücklichen Gesichtern. Heile Welt, die ich nur von Erzählungen kannte. Der Avanti-Therapeut sagte mir, dass es ein Wunder sei, dass ich ein so normaler Mensch geworden bin, bei dem Wahnsinn in dem ich groß wurde. Und dass ich unter diesen erschwerten Bedingungen sehr viel erreicht habe. Immerhin das Abi und einen Studienabschluss.

Ich denke, ich kann stolz auf mich sein, bin es aber viel zu selten. Heute allerdings schon. Ich habe mich in den letzten Tagen gezwungenermaßen viel mit meinem Vater auseinandergesetzt. Bei den wenigen Kontaktaufnahmen haben wir nie über früher geredet. Das eine Mal, als ich es versucht habe, hat er die Vergangenheit abgetan und meinte, man solle nach vorne schauen und nicht zurück. Mit Hilfe der Avanti-Gruppe habe ich das allerdings getan und festgestellt, dass mir der Kontakt zu ihm nicht gut tut. Ich muss aufhören Verständnis und Mitleid mit ihm zu haben. Ich muss endlich meine Wut zulassen. Jetzt schaue ich nach vorne, aber ohne ihn. Heute habe ich ihm einen Brief geschrieben, der alles ausdrückt was ich ihm noch zu sagen habe.

Hallo Lutz,

vorab eine Warnung, dies wird kein netter Brief.

Ich bin seit zwei Jahren wegen einer schweren psychotischen Depression in Behandlung und habe mit schweren Angstzuständen zu kämpfen. Du trägst einen Teil Schuld daran. Für deine Persönlichkeit kannst du nichts und dafür hatte ich immer Verständnis, aber durch die verantwortungslose Art in der du mit mir umgegangen bist, hast du bei mir großen Schaden angerichtet. Das nehme ich dir übel.

Du hast mir durch dein krankhaftes Verhalten viele Steine in den Weg gelegt, die ich in harter Arbeit und mit viel Mühe beseitigen musste und noch muss. Du hast mir nie Liebe gezeigt, nur Wahnsinn oder Gleichgültigkeit. Das hätte alles nicht sein müssen. Als ich einen Vater brauchte, warst du nicht für mich da. Im Gegenteil, du hast mich Kraft gekostet. Kraft, die ich für andere Dinge, andere Menschen brauchte. Es ist zu viel Schlimmes passiert, das kannst du nicht wiedergut- machen. Das was du angerichtet hast ist nicht entschuldbar und nicht verzeihbar. Du bedeutest mir nichts mehr und ich wünsche keinen Kontakt mehr zu dir.

Mark.

Den Brief habe ich heute abgeschickt. Er hat meine Adresse nicht, also kann er mir nicht zurück schreiben. Und das ist so gewollt. Allerdings hat er meine Telefonnummer.

Ich bin gespannt, ob er meinen Wunsch respektiert oder ob er an- ruft. Wenn er es tut, werde ich nicht rangehen. Wenn er mich in Ruhe lässt, bin ich froh.

23. Juli 2015

Die Avanti-Gruppe ist inzwischen richtig zusammen gewachsen. Wir sind wie eine Familie, eine Familie wie sie sein sollte. Jeder vertraut jedem und geht respektvoll mit dem andern um. Wir können uns alles sagen und tun das auch. Keiner wird mit seinen Problemen allein gelassen, alle fühlen sich gut aufgehoben. Hier ist die Welt definitiv in Ordnung. Aber wie in jeder guten Familie gibt es auch hier Quertreiber, ergo eine Teilnehmerin, die ein wenig Ärger macht. Fast alle, bis auf mich, sind schon mit ihr aneinandergeraten, weil sie andere nicht ausreden lässt. Alles muss bis ins kleinste Detail ausdiskutiert werden, vorher gibt sie keine Ruhe. Mir geht sie einfach nur auf die Nerven, weil sie extrem viel Raum einnimmt. Das unterbindet unser Psychologe in letzter Zeit recht oft, was ich ziemlich gut finde. Und sie lässt es zu, was noch besser ist. Wir hatten neulich eine Gruppensitzung in der wir ihr alle die Meinung gesagt haben, das scheint auch in ihr zu arbeiten. Neulich hat sie sogar eingestanden, dass sie weiß, dass sie schwierig ist und sehr froh, dass wir alle ihr eine Chance geben. Das wird schon noch mit ihr. Der Pillengegner hat übrigens abgebrochen. Anscheinend braucht er das alles nicht.

Mit Michelle läuft es prima. Sie ist in der schweren Zeit für mich da, gibt mir Halt und ganz viel Zärtlichkeit. Wir unternehmen auch viel zusammen, das finde ich großartig. Ich würde am liebsten der ganzen Welt zeigen, mit was für einer tollen Frau ich zusammen bin. Und das tue ich auch. Ich bin wahnsinnig stolz auf sie. Sie macht eine Umschulung zur Industriekauffrau und hat sich da super gut eingefunden, im Kollegenkreis und in ihren Aufgaben. Sie meistert ihr Leben wieder bestens und hat ihre Krise weit hinter sich gelassen. Ihre depressive Verstimmung gehört der

Vergangenheit an. Allerdings ist sie nicht besonders glücklich darüber, dass ich noch immer Medikamente nehme. Sie vertritt da ein wenig die Meinung des Typen aus der Maßnahme, wenn auch nicht so radikal, und hält es für ungesund. Sie findet das im Notfall ok, meint aber auch, dass man damit seine Probleme nur unterdrückt, sie aber nicht aufarbeiten kann, was man irgendwann muss. Ich sehe das anders und versuche, sie zu über- zeugen. Die Tabletten geben mir genug Sicherheit, um meine Probleme anzugehen. Und für manche Probleme sind sie auch zeitweise einfach die Lösung. Ich habe durch sie nicht das Gefühl, abgestumpft zu sein, sie verändern nicht meine Persönlichkeit, sie sind nur ein sehr gutes Hilfsmittel. Und ich brauche sie einfach, damit die chemischen Prozesse in meinem Gehirn richtig laufen. Ist einfach so. Sie kann das einerseits nachvollziehen, andererseits auch nicht. Das ist auch schwierig für jemanden der nicht das durchgemacht hat was ich durch habe. Ich weiß, dass ich meine Medikamente momentan und auch in nächster Zukunft noch brauchen werde. Wenn ich alle Traumata verarbeitet habe kann ich sie vielleicht irgendwann absetzen. Aber das hat nicht höchste Priorität bei mir. Wichtig ist, dass ich seelisch gesund bin. Und wenn das nur mit Hilfe von Medikamenten möglich ist, dann muss das eben sein.

Abgesehen davon ist Michelle der beste und liebevollste Mensch der mir passieren konnte. Bald zieht sie bei mir ein, ich kann es kaum erwarten. Im Moment sehen wir uns ein Mal unter der Woche und das ganze Wochenende. Das ist mir eigentlich nicht genug. Aber sie hat einen weiten Anfahrtsweg zur Arbeit, von meiner Wohnung aus ist er noch weiter, deswegen ist das momentan ein bisschen auf Spar- flamme. Wenn sie erstmal hier ist wird alles anders. Dann können wir jeden Abend nebeneinander einschlafen. Darauf freue ich mich schon tierisch.

Bisher haben wir uns noch nie wirklich gestritten. Ok, wir sind frisch verliebt, aber ich denke, dass wir es auch zusammen packen können wenn es mal schwierig wird. Wir können sehr gut miteinander reden und aufeinander eingehen. Das sind, meiner Meinung nach, die besten Voraussetzungen. Ich glaube wir können alles schaffen. Diese Beziehung wird sehr sehr lange halten. Wir würden beide nichts tun was sie gefährden könnte. Dazu wissen wir beide nur zu gut was wir aneinander haben.

Ich war noch nie in meinem Leben so glücklich. Nicht mal mit Klara. Und das will schon einiges heißen, denn mit ihr war ich sehr glücklich, zumindest die erste Zeit. Ich hoffe wirklich, dass das noch ganz lange so anhält, auf beiden Seiten. Sie ist meine absolute Traumfrau, äußerlich und charakterlich, einfach perfekt. Wie für mich gemacht. Ich weiß, dass ich mir meiner Sache sehr sicher bin. Ich will sie heiraten. Aber nicht sofort. Der Grundstein für eine gemeinsame Zukunft ist bald gelegt. Und so wie ich das sehe, haben wir noch sehr viele gemeinsame Jahre vor uns, da können wir es ruhig langsam angehen lassen. Heben wir uns ein paar Highlights für später auf.

29. Juli 2015

Mein Vater hat ein paar Mal versucht mich zu erreichen. Ich bin nicht drangegangen. Er hat mir auch eine Nachricht hinterlassen. Es hat recht lange gedauert, bis ich die Nerven und den Mut hatte sie mir anzuhören. Er ist in keiner Weise auf meinen Brief eingegangen. Er hat nur nach der Telefonnummer meiner Mutter gefragt, das war alles. Wie immer sehr enttäuschend, aber etwas anderes habe ich von ihm auch nicht erwartet. Das passt ins Bild. Und es zeigt mir, dass meine Entscheidung die richtige war. Ich kann nicht sagen, dass ich das Ganze auf die leichte Schulter nehme. Mir ging es ein paar Tage richtig schlecht. Ich bin es nicht gewohnt so hart zu sein und jemanden aus meinem Leben zu kicken. Das geht ganz schön an die Substanz. Aber Michelle war an meiner Seite und hat mir Kraft gegeben. So konnte ich es einigermaßen ertragen. Ich weiß nicht, was er aus der Angelegenheit macht, wie er es nimmt. Vielleicht hat er die ganzen letzten Jahre damit gerechnet, dass sowas passiert. Vielleicht ist er sehr überrascht. Ich weiß es nicht und es sollte mich auch ehrlich gesagt gar nicht interessieren. Das ist sein Problem.

Das Gute an der Sache ist, dass es mich inspiriert. Ich nehme meine Traurigkeit und mache das Beste daraus. Ich habe in den letzten Wochen viel gezeichnet und hatte eine Idee, die vielleicht Abnehmer finden könnte. Da ich so viel mit Ängsten zu tun habe und mich darin bestens auskenne, nehme ich dieses Gefühl und drehe es um, gehe auf die humoristische Schiene. Ich zeichne ein Cartoon über einen Neurotiker mit unendlich vielen Ängsten, seinen Gedanken und Befürchtungen, den Abgleich mit der Realität und wie er sich darin zurechtfindet. Das was ich bisher habe gefällt mir ganz gut, ich zumindest finde es lustig. Michelle mag es auch. Ich werde am Ball bleiben. Ich mache mir nicht zu viele Hoffnungen, es passiert nur recht selten, dass ein Comic wirklich veröffentlicht wird. Dazu gehört viel Talent aber fast noch mehr Glück. Man muss zur richtigen Zeit an den richtigen Verleger geraten.

Aber ich werde es auf jeden Fall versuchen, mal sehen was daraus wird. Träumen ist ja erlaubt. Und ich werde mich nicht darin verlieren – vor allen Dingen bin ich Realist. Viel Geld steckt nicht in der Branche. Also egal was passiert, ich mache meine Umschulung zum Verwaltungsfachangestellten, beziehungsweise erstmal mein Praktikum beim Umweltschutzbund. Das geht im Oktober los und ich freue mich schon darauf.

4. August 2015

Gestern ist etwas passiert was mich sehr verunsichert hat. Ich war mit Michelle frühstücken und es gab da einen Kellner, der sie total angebaggert hat – obwohl ich dabei war. Sie hat über alles gelacht was er gesagt hat und konnte ihre Augen kaum von ihm nehmen. Sie meinte auch, dass er echt gut aussieht, dafür aber gar nicht eingebildet wirkt, was sie total toll findet. Und das gleiche Essen mochten sie auch noch. Das hat mich so dermaßen angekotzt, dass mir fast die Luft wegblieb. Er war zudem noch extrem gut gebaut. Ich hatte das Gefühl, sie wäre mich lieber los gewesen, um mit ihm in Ruhe Nummern zu tauschen. Ich bin mir nicht mehr sicher, ob sie mich wirklich noch liebt, ob wir tatsächlich alle Krisen überstehen können.

Wir haben den Abend nicht zusammen verbracht. Ich bin zu Hause geblieben, sie war bei sich. Eigentlich hatte ich seit einer Woche nicht mehr geraucht, aber ich habe mir wieder eine Packung besorgt und sie fast geleert. Geweint habe ich auch. Sie hatte ein bisschen zu viel Interesse an diesem Typen. Ich weiß, dass ich im Moment nicht aus- sehe wie ein Adonis, ich kann da nicht mithalten. Trotzdem möchte ich nicht die zweite Wahl für sie sein, oder irgendeine Übergangslösung. Ich möchte mit einer Frau zusammen sein, für die ich der Hauptgewinn bin. Und ich glaube nicht mehr, dass das der Fall ist. Ich verliere gerade den Glauben an unsere Beziehung. Wenn ein Außenstehender da so einfach reinfunken kann, kann es nicht das Richtige sein. Ich bin nach der Sache mit meinem Vater nicht stabil genug für weiteren emotionalen Stress. Ich habe das Gefühl, wieder den Halt zu verlieren. Zudem wird noch alter Schmerz aufgewühlt. Meine erste richtige Freundin, die ich mit einem anderen Mann erwischt habe, hat vorher auch mit dem Typen geflirtet und ich habe es mitbekommen. Damals habe ich mir nichts dabei gedacht, ich habe ihr blind vertraut. Aber jetzt bin ich wachsam. Das Ganze erinnert mich sehr stark daran. Ich stand ein klein wenig unter Schock damals. Ich habe ihr keine Szene gemacht, dafür bin ich nicht der Typ. Ich bin einfach gegangen, nach Hause, und habe mich wie tot gefühlt. Das Gefühl hat sich gestern auch wieder eingestellt.

Etwas Gutes hat das Ganze allerdings – mir ist komplett der Appetit vergangen. Ich muss mein Gewicht reduzieren, damit ich wieder mehr

Selbstbewusstsein bekomme und wenn das der erste Schritt dahin ist, umso besser.

Musik hilft. Ich höre die ganze Zeit die Manic Street Preachers und singe laut mit. Das ist mein Ventil, das hält mich einigermaßen auf- recht. Diese Band habe ich als Teenager viel gehört, als ich orientierungslos und ein wenig depressiv war. Das passt. Ich fühle mich in diese Zeit zurückversetzt. Jetzt gilt es, nicht abzurutschen. Die Gefahr ist groß. Das war schon immer so. Ich kann einiges ab, musste in meinem Leben auch schon viel aushalten, aber mit Liebesdingen kriegt man mich. Das reißt mir immer den Boden weg. Sonst bin ich wieder stark, aber das ist mein wunder Punkt.

Ich muss versuchen, den Kopf über Wasser zu halten. Und mir meiner Gefühle klar werden. Will ich wirklich mit einer Frau zusammen sein, die eigentlich auf einen ganz anderen Typ Mann steht? Die sich vielleicht schon nach Alternativen umsieht? Tut mir das gut? Wäre ich nicht alleine besser dran? Auch wenn das einsam wird. Aber dann habe ich zumindest keinen Stress... Will ich die Beziehung weiter- führen? Wenn ich so darüber nachdenke kommen noch ganz andere Gedanken in meinen Kopf. Will sie mich noch? Wenn ich das mit Nein beantworte wird mir ganz schlecht. Ich will nicht wieder der sein der verlassen wird. Ich will keine weitere Trennung durchmachen. Ich will einfach nur geliebt werden, für das was ich bin. Ich weiß nicht ob ich ihr Verhalten als Ausrutscher werten soll oder als klares Zeichen.

****

Ich hatte eben ein gutes Gespräch mit Peter, der sein neues Leben immer noch bestens im Griff hat. Er meinte, sie mag mich und ich mag sie, wir sollen miteinander reden und das aus der Welt schaffen. Das ist grundsätz- lich ein weiser Rat. Kommunikation ist in einer Beziehung ja das

Wichtigste. Aber ich weiß nicht, ob man das aus der Welt schaffen kann. Das war von ihr ziemlich rücksichtslos. Sie hat sich mir in einem ganz anderen Licht gezeigt. Das hat mich nicht nur verletzt sondern auch ziemlich erschreckt. Vielleicht bin ich zu sensibel, vielleicht mache ich ein Fass auf, aber ich tendiere dazu auf mein Bauchgefühl zu hören. Und das sagt mir momentan, ich sollte besser die Finger von der Sache lassen. Wenn sie sich jetzt schon nach anderen Männer umsieht, was soll dann erst werden, wenn bei uns die erste Verliebtheit weg ist? Dann war es das wahrscheinlich mit uns. Und dann tut es noch viel mehr weh, dann haben wir uns wahrscheinlich schon etwas zusammen aufgebaut. Dann würde die Trennung noch schmerzhafter. Und ich habe das Gefühl, dass ein Teil von mir sich schon von ihr getrennt hat. Etwas ist kaputt gegangen, das Vertrauen ist angeknackst. Ich will momentan nichts von ihr hören und will sie auch nicht sehen. Einerseits will ich, dass sie um mich kämpft, aber andererseits würde ich ihre Versuche wohl abblocken. Was mich irritiert ist, dass sie es nicht mal versucht und es nichts abzublocken gibt. Vielleicht haben wir einfach beide gemerkt, dass sie gesteigertes Interesse an anderen Männern hat und ich nicht wirklich das bin was sie will. Und für sie ist es die Sache nicht mehr wert darum zu kämpfen. Das tut wahnsinnig weh. Vielleicht war es ein Moment der Wahrheit, den wir beiden nicht verleugnen können.

Tief in meinem Herzen möchte ich sie nicht verlieren. Ich werde sie, wenn ich mich ein wenig beruhigt habe, vielleicht einfach darauf ansprechen und gucken was dabei rum kommt. Und ob ich ihr noch glauben kann, dass sie mich will.

Erstmal muss ich den Schrecken allerdings verdauen. Wie lange das braucht werde ich sehen.

06. August 2015

Michelle und ich haben heute Abend geredet. Sie hat mich gefragt, ob ich Lust habe spazieren zu gehen. Ich hatte keine, aber habe zugesagt. Wir haben alles in Ruhe besprochen. Erst wollte ich gar nicht kommen. Irgendwie hat mir die Kraft gefehlt, ich hatte einfach kein gutes Gefühl. Aber während ich noch überlegt habe, hat sie mich angerufen und gefragt, ob wir uns früher treffen können. Da habe ich spontan zugesagt und dann musste ich auch schon los.

Zum Glück habe ich sie gesehen, denn es ist alles wieder gut. Ich habe ihr ganz ruhig meinen Standpunkt erklärt, ihr gesagt, dass ihr Interesse an dem Kellner mich extrem irritiert und auch verletzt hat und dass sie damit genau in meinen wunden Punkt gezielt hat. Ich habe ihr auch klar gemacht, dass mir, mit Abstand betrachtet, klar ist, dass das mein Problem ist und ich nicht von ihr erwarte, dass sie irgendetwas ausbadet was eine andere bei mir versaut hat. Aber dass ich jemanden brauche, der was das Thema betrifft ein bisschen Rücksicht nimmt. Dass ich nicht mit einer Frau zusammen sein will, oder kann, die mich verletzt.

Sie war daraufhin ein bisschen sprachlos, meinte dann aber, dass sie überrascht ist, was für Gedankengänge sie bei mir ausgelöst hat – mit einer so belanglosen Begegnung. Sie fand den Typen gar nicht so toll, findet mich viel besser. Sie kenne mich als starken Mann und hätte nie gedacht, dass mich sowas so erschüttern kann. Sie hat zugegeben, dass sie mich ein bisschen necken, sozusagen aus der Reserve locken wollte, dass sie aber keine bösen Absichten hatte und mich auf keinen Fall verletzen wollte. Sie gab zu, dabei ein bisschen übers Ziel hinausgeschossen zu sein. Das tat ihr leid. Sie will, dass es mir gut geht, dass ich glücklich bin. Ihr geht es sehr gut und das wäre zu großen Teilen nur meinetwegen der Fall. Aber sie kann nur richtig glücklich sein, wenn es mir auch gut geht. Von jetzt an wird sie nur noch flirten, wenn ich nicht dabei bin. Damit kann ich leben.

Das war eigentlich alles was ich hören musste. Es geht mir wieder gut. Ich hab jetzt auch ein wenig das Gefühl, dass ich übertrieben habe. Es war schon ein bisschen irrational aus so einer im Grunde kleinen Sache ein so großes Ding zu machen. Aber das habe ich gefühlt und gegen Gefühle kann man nichts ausrichten. Und wenn man mit seinem Partner nicht über Ängste reden kann, mit wem dann? Trotzdem, vielleicht sollte ich mit meiner Therapeutin noch mal genauer auf dieses Trauma gucken, um das aus der Welt zu schaffen. Ich sollte mir doch noch mal einen Termin besorgen.

Ein Gutes hat das alles doch, es hat mich und Michelle nicht entzweit, im Gegenteil, es hat uns näher zusammen gebracht. Sie ist alles was ich will und alles was ich mir erträume. Die Zeit mit ihr ist wunderschön. Ich kann mir ein Leben ohne sie gar nicht mehr vorstellen. Sie bringt mich zu strahlen. Und sie gibt mir einen riesen Haufen Kraft und Energie. Wäre sie nicht mehr da, würde mir unheimlich viel fehlen.

Ich will mit ihr alt werden, Kinder mit ihr bekommen. Aber eins nach dem anderen. Nächste Woche wird sie bei mir einziehen und dann sehen wir weiter. Ich freue mich schon riesig darauf, dass sie endlich ein fester Bestandteil meines Alltags wird.

Alles wird gut werden, dessen bin ich mir sicher. Ich höre Zukunftsmusik und sie klingt himmlisch.

19. August 2015

Michelle wohnt jetzt schon seit ein paar Wochen bei mir. Es ist so wie ich es mir vorgestellt habe. Allerdings musste ich endgültig mit dem Rauchen aufhören, weil ich auf keinen Fall wollte, dass sie davon erfährt. Das war nicht so leicht, aber ich habe es bisher geschafft darauf zu verzichten. Ich tue es für sie, sie ist meine Motivation. Dieses Opfer bin ich gerne bereit zu bringen, für unser Glück.

Wir verstehen uns blendend. Alles ist harmonisch. Auch wenn wir jetzt unseren Alltag zusammen verbringen, stellt sich zwischen uns keiner ein. Bei mir kribbelt es immer noch wie verrückt. Ich liebe sie jeden Tag mehr. Wir werden uns mit Sicherheit auch streiten, uns vielleicht auch verletzen. Aber ich denke, dass es keine Hürde gibt, die wir nicht nehmen können, dafür lieben wir uns zu sehr. Keiner von uns würde einfach so die Flinte ins Korn werfen, wir meinen es beide es viel zu ernst miteinander. Das ist ein wahnsinnig gutes Gefühl. Und es wird von Tag zu Tag intensiver, unfassbar. Dass das gehen würde habe ich kaum für möglich gehalten. Hätten wir vor zwei Wochen nicht unsere Krise gehabt, wären wir uns vielleicht noch nicht so nahe.

Am Wochenende waren wir zusammen am Timmendorfer Strand. Es war großartig. Tagsüber waren wir am Meer und haben es uns gut gehen lassen, sind spazieren gegangen, haben Crépes gegessen. Zwischendurch waren wir im Hotel, haben uns geliebt, abends am Strand gepicknickt und uns unendlich lange geküsst. Mein Herz hat so gerast, dass es mir fast aus der Brust gesprungen wäre. Ihr ging es ähnlich. Diese Liebe beflügelt mich so sehr, dass ich Bäume aus-reißen könnte. Kaum zu glauben, wenn ich bedenke wie schlecht es mir noch vor einem Jahr ging. Hätte mir damals jemand gesagt, dass ich noch mal so glücklich werden würde, ich hätte es niemals geglaubt. Ich kann gar nicht in Worten ausdrücken was in mir vorgeht. Und das allein wegen dieser wundervollen Frau. Die Liebe ist die beste Sache der Welt. Ich bin wahnsinnig froh, dass mir so ein Glück vergönnt ist. Irgendwas muss ich in meinem Leben richtig gemacht haben, um das zu verdienen. Ich hoffe es geht nie vorbei.

06. September 2015

Bei Avanti ging es letzte Woche um Berufsfindung. Jeder von uns hat sich in einer Präsentation vorgestellt – was wir bisher gemacht haben, was wir mögen, was wir uns für die Zukunft vorstellen. Dabei habe ich ziemlich klar gesagt, dass ich nicht mehr so viel mit Menschen arbeiten möchte, weil mich das zu sehr stresst. Meine Ängste haben auch damit zu tun. Obgleich ich ihnen inzwischen auf den Grund gegangen bin, habe ich sie doch noch hin und wieder. Ganz werde ich sie nie abstellen können, deshalb mein Beschluss. Ich hatte in meinem Job oft Kontakt mit den verschiedensten Menschen und einige von ihnen haben sich nicht gerade besonders gut benommen. Manche waren aggressiv, übellaunig. Einer hat mir sogar mal Prügel angedroht. Deshalb möchte ich das nicht mehr. Nicht, dass ich ein Feigling wäre oder mich nicht wehren könnte, aber solche Aggressionen sind etwas was man nicht kontrollieren kann. Das macht ein wenig hilflos. Damit fühle ich mich nicht wohl, also möchte ich es so gut ich kann vermeiden. Sie sind auch ziemlich überflüssig.

Der Psychologe und die Chefin meinten, dass ich mir dadurch ganz viele Wege verbaue. Auch meinten sie, an der Art wie ich darüber geredet habe zu erkennen, dass meiner Abneigung ein Trauma zugrunde liegt. Ich habe mit meiner Therapeutin darüber gesprochen und wir wollen das angehen. Wir haben jetzt wieder wöchentliche Sitzungen vereinbart. Eine davon war heute.

Frau Piper fragte, welche Situation in meiner Vergangenheit diese Störung hervorgerufen haben könnte, beziehungsweise wann ich meine erste Angsterfahrung gemacht habe. Daran kann ich mich ziemlich genau erinnern. Es war mit fünf, als mein Vater meine Mutter würgte. Meine Therapeutin meint dazu, dass ich in unberechenbaren Situationen, die ich nicht kontrollieren kann, immer wieder in mein Kinder-Ich zurück falle. Mich genauso hilflos und klein wie damals fühle. Diese Angst übermannt mich und macht mich handlungsunfähig. Ich muss mir in solchen Momenten darüber klar werden, dass ich dieses Gefühl nicht werde abstellen können, aber gedanklich dagegen steuern kann, indem ich mir bewusst werde, dass ich nun erwachsen bin und ich Situationen beeinflussen kann. Es verlangt eine Menge harter Gedankenkontrolle, aber es ist machbar. Das beruhigt mich. Vielleicht kann ich im Job doch wieder mit Menschen zu tun haben, wenn ich das lange und hart trainiert habe. Auch wenn es nie leicht sein wird. Aber ausschließen würde ich es jetzt nicht mehr. Und das ist gut so.

****

Meiner Therapeutin ist es gelungen, eine weitere große Angst einfach wegzuwischen. Seit ich das erste Mal im Krankenhaus war und mir nach zwei sehr oberflächlichen Minuten die Diagnose Schizophrenie gestellt wurde, die später in der Tagesklinik sowie von meinem Psychiater revidiert wurde, habe ich Angst, dass sie sich irren und ich es doch habe. Ich habe es wohl nicht, aber ich war definitiv psychotisch, wenn auch nur im Rahmen einer schweren Depression. Es ist nicht dasselbe Krankheitsbild, aber es beinhaltet ähnliche Symptome. Das hat mich die letzten zwei Jahre sehr beunruhigt. Ich habe einfach Angst davor, doch noch Schizophrenie zu bekommen oder allgemein wieder psychotisch zu werden. Ich habe die Krankheit wie ein unberechenbares Monster betrachtet, dass mich jeder Zeit wieder übermannen könnte. Aber Frau P. hat mir klar gemacht, dass diese Angst völlig unbegründet ist. Mein Leben läuft momentan in so ruhigen Bahnen, ich bin glücklich und stabil. Die Gefahr, jetzt einen Rückfall zu bekommen ist nicht gegeben. Nur in Situationen von höchstem Stress und großer Belastung muss ich aufpassen – die habe ich inzwischen gelernt zu meiden. Was ich im Job hoffentlich auch schaffe.

In den letzten Monaten habe ich oft an mir und meiner geistigen Gesundheit gezweifelt. Gerade zurzeit, da meine Neuroleptika reduziert werden, hatte ich riesige Angst vor einem Rückfall. Aber auch die ist unbegründet, das weiß ich jetzt. Meine Therapeutin hat das mit so einer Überzeugung rübergebracht, dass ich wieder angstfrei bin. In seltsamen Situationen zweifle ich nicht mehr an mir selbst, sondern an anderen Menschen.

Wie neulich. Ich saß in der Bahn, in meine Gedanken vertieft, da hörte ich plötzlich jemanden lachen. Ich sah mich um, entdeckte aber niemanden der diesen Anschein machte. Dann hat jemand gesprochen, aber weit und breit saß nur eine Frau für sich allein. Ich dachte ernsthaft: *Ok, jetzt ist es soweit, du hörst zum ersten Mal Stimmen.* Bis ich die Frau dann dabei erwischt habe, wie sie mit sich selbst redete und über das Gesagte lachte. Eindeutig ein Fall von schräger Wahrnehmung. Ich war so sehr davon überzeugt, dass bei mir was falsch läuft, dass ich darauf gar nicht gekommen bin. Man kann sich vorstellen wie erleichtert ich war. Sowas passiert mir jetzt auf jeden Fall nicht mehr. Was das angeht bin ich inzwischen völlig entspannt. Schon bemerkenswert, was ein paar treffende Worte an der richtigen Stelle bewirken können. Ich bin heilfroh, dass die Therapie noch weiterläuft. Ich merke, dass ich die Sitzungen immer noch brauche. Und ich bin froh, dass sie weiterhin bezahlt werden. Da lobe ich mir wirklich das deutsche Gesundheitssystem. Nicht auszudenken, wie es wäre, wenn ich in den Staaten leben würde oder anderswo. Ich frage mich, wie Leute wie ich da zurechtkommen. Darüber mag ich gar nicht nachdenken.

19. September 2015

Ich wundere mich, wie stabil ich wieder bin. Ich schaffe es, jeden Morgen um acht Uhr aufzustehen, zur Maßnahme zu gehen, halte die sechs Stunden durch und schaffe es nachmittags meist noch, Sachen zu erledigen oder ein wenig zu zeichnen. Es überrascht mich fast ein wenig, dass ich so viel Energie habe. Das liegt zu großen Teilen an Michelle. Aber ich denke, es ist auch ein Zeichen dafür, dass ich endlich aus dem Tal raus bin. Ich blicke voller Zuversicht in die Praktikumszeit.

Ich mag die Phase in der ich momentan bin, auch die Leute mit denen ich sie verbringe, aber ich kann es kaum erwarten, dass ein neues Kapitel beginnt. An manchen Tagen geht mir alles auf die Nerven. Die anderen Teilnehmer sind tolle Menschen, aber sie alle haben Dinge an sich, die mir manchmal tierisch aufstoßen. Sei es die Art wie sie reden – einer räuspert sich dauernd, eine sagt immer „Ehm", eine andere wirft dauernd ihre Haare zurück, eine atmet immer laut hörbar. Das kann einem auf Dauer ganz schön auf die Nüsse gehen. Aber so ist das halt, wenn man täglich zusammen ist. Da kommen die Eigenarten der Anderen zum Vorschein und nerven ein bisschen. Was mir auch langsam zu viel wird sind die ständigen Ge- spräche darüber, wie es uns geht. Jeden Morgen gibt es das Blitzlicht, in dem wir alle sagen was uns beschäftigt. Ich fasse mich da immer recht kurz. Berichte auch mal von schönen Sachen die mir passieren, meist im Zusammenhang mit Michelle. Viele andere nutzen das aber eher als Chance mal richtig zu jammern. Das kann ich langsam nicht mehr hören. Auch habe ich es ein wenig satt, ständig in meiner Psyche rumzugraben. Das belastet mich mehr als dass es mir gut tut. Zu Beginn war das anders, aber ich glaube, mittlerweile bin ich wieder gesund genug um das nicht mehr zu brauchen. In zwei Wochen geht mein erstes Praktikum los. Ich bin absolut reif und bereit dafür. Ich kann es gar nicht erwarten endlich wieder ein richtiger Teil der Gesellschaft zu sein, meinen Beitrag zu leisten. Endlich wieder richtig im Leben zu stehen. Es ist Zeit, die richtige Zeit. Viel früher hätte ich es wohl gar nicht geschafft. Aber jetzt möchte ich endlich wieder durchstarten.

Die meisten anderen sind noch schwer damit beschäftigt eine Praktikumsstelle zu finden. Ich habe meine schon. Eine beim Umweltschutzbund in der Verwaltung und eine bei der Stadtverwaltung Berlin. Ich freue mich darauf, obwohl ich auch ein wenig Schiss habe. In der Welt der Kranken komme ich sehr gut klar. Aber wie sieht es in der Welt der Gesunden aus? Das gilt es herauszufinden, da mache ich mir ein wenig Sorgen. Ich habe Angst, dass ich da nicht bestehen kann. Und ich habe Angst, noch mal auszubrennen. Zwar habe ich schon einiges dazugelernt, mir privat viel Gelassenheit angeeignet. Aber wie es sein wird, wenn wieder ein gewisser Druck auf mir lastet, kann ich nicht einschätzen. Ich werde es sehen. Das Gute ist, dass es nicht gleich in den Job geht, es geht in ein Praktikum, in dem ich mich erproben soll, nicht beweisen muss. In dem es noch nicht um sehr viel geht, das ich auch jeder Zeit abbrechen kann, wenn es nicht mehr klappt.

Auch wenn meine Arbeitgeber das nicht wissen, denn ich bin nicht offen damit umgegangen in welcher Lage ich mich befinde. Bei den Vorstellungsgesprächen war das kein Thema. Die Chefs waren froh über eine einigermaßen kompetente, kostenlose Arbeitskraft. Sie haben sich nicht so sehr für meine Vergangenheit interessiert. Das war mein Glück. Ich weiß, dass ich offener damit umgehen sollte, das wäre wohl fair, aber ich möchte mir meine Chancen nicht verbauen. Es kann ja sein, dass aus dem Praktikum ein Job entsteht. Wenn der künftige Arbeitgeber von vornherein weiß, dass ich krank war, lege ich mir selbst Steine in den Weg. Meine Befürchtung ist, dass ich mich dadurch disqualifiziere. Burnout ist heutzutage zwar eine anerkannte Volkskrankheit, längst nicht mehr so verpönt wie noch vor ein paar Jahren. Obwohl es Trittbrettfahrer gibt, die sich selbst diagnostizieren und die Krankheit dadurch ins Lächerliche ziehen. So sehr das Verständnis in der Gesellschaft auch gewachsen ist, weiß man nie, wie zukünftige Chefs entscheiden, wenn sie eine Auswahl treffen müssen. Und gewisse Schwachpunkte offenbart man dadurch einfach. Gegen einen guten Mitarbeiter ohne eine derartige Krankheitsgeschichte könnte ich nicht anstinken. Ich will einfach Chancengleichheit und ich denke, dass ich sie nur so erlangen kann.

Privat gehe ich ganz anders mit dem Thema um. Mit guten Bekannten rede ich inzwischen ganz offen darüber. Damit habe ich überhaupt kein Problem mehr. Mit Klara war das noch schwieriger. Bei ihr kam mir die Krankheit wie ein Makel vor. Aber mit Michelle habe ich eine ganz andere Basis. Wir haben ein engeres Vertrauensverhältnis, was ich sehr wichtig finde. Wir tauschen uns aus, ohne uns vollzujammern, dadurch wissen wir, was bei dem anderen los ist. So können wir uns gegenseitig unterstützen.

Ich stehe also zu meiner Krankheit. Aber nicht im Job, da ziehe ich die Grenze. Wenn das Thema irgendwann mal aufkommen sollte, würde ich es vielleicht Kollegen erzählen. Aber erst wenn ich einen Fuß in der Tür habe, gut etabliert bin. Vorher nicht. Was das angeht weiß ich ganz klar was ich will. Dabei bin ich auch nicht für Tipps oder Kritik offen. Anders würde ich mich einfach nicht wohl fühlen. Mag unreif sein, ich weiß es nicht. Es ist ja eigentlich nicht schlimm, wenn man mal Probleme hatte, solange man daraus lernt – was ich ja tue. Möglicherweise wäre das für einen Arbeitgeber auch gar kein so großes Problem. Es wäre ja denkbar, dass ein Chef das sogar gut findet, weil es Stärke beweist. Immerhin habe ich eine Krise über- standen und bin daraus hervorgegangen – wie Phoenix aus der Asche sozusagen. Aber das müsste schon ein sehr anständiger Chef sein, der nicht nur an seine Profite denkt, sondern menschlich etwas drauf hat. Ich werde es sehen. Zwischen dem Berufs-förderungswerk und den Praktikumsbetrieben wird noch ein Vertrag abgeschlossen. Spätestens dann wissen die Arbeitgeber Bescheid. Sollten sie nach- fragen, werde ich einfach erklären, dass ich an einem Programm für Menschen, die länger aus dem Job raus sind teilnehme. Warum werde ich nicht erwähnen. Da wird auch keiner nachfragen, es ist ja nur ein Praktikum. Ich kann ja sagen, dass ich nicht im Knast war. Vielleicht reicht das. Zur Not sage ich, der Grund war eine Krankheit, aber nicht psychischer Natur. Sollte ich an jemanden geraten, der das Berufs- förderungswerk kennt, muss ich wohl oder übel in den sauren Apfel beißen. Dann werde ich die Karten auf den Tisch legen. Aber das ist Zukunftsmusik. Darüber mache ich mir noch keine Gedanken. Ein Schritt nach dem anderen, jetzt steht erstmal noch Avanti an. Obwohl ich mich da jetzt ziemlich langweile. Die anderen suchen noch nach Stellen, während ich Solitär spiele und im Netz surfe, um die Zeit rumzukriegen. Das ist schon ok, aber ich fühle mich unterfordert. Ich würde viel lieber zu Hause sein und entspannen oder zeichnen. Aber es ist so wie es ist, da muss ich jetzt durch. Ich werde mir die Zeit schon vertreiben. Nicht zuletzt durch nette Gespräche mit meinen Mitstreitern. Mit einigen von ihnen kann man auch gut Blödsinn machen. Das ist der einzige Grund hier überhaupt noch her zu kommen. Das werde ich vermissen – unter Gleichgesinnten zu sein. Auch wenn sie ab und zu Trübsal blasen. Aber wir sitzen alle im gleichen Boot, das verbindet. Wenn wir dann bald in alle Richtungen ausströmen, werden sich einige Kontakte sicherlich verlieren. Mit ein paar von ihnen werde ich hoffentlich weiter in Verbindung bleiben. Die allmonatlichen Praktikumstreffen werden auch dafür sorgen, dass wir zumindest in den nächsten Monaten noch voneinander hören. Das wird noch spannend werden, zu erfahren wie es den anderen in ihren Praktika ergeht.

30. September 2015

In der Therapie geht es momentan um den Verlust meines besten Freundes. Frau Piper und ich finden, es ist höchste Zeit, dass ich mich damit auseinandersetze. Ich wollte das auf jeden Fall vor meinem Praktikum angehen.

Ich habe wirklich Probleme damit, auszudrücken, was sein Verlust mit mir gemacht hat. Wir waren so unglaublich eng. Das hatte ich sonst mit niemandem. Erst mit Michelle erlebe ich das wieder. Wir kannten uns seit dem Kindergarten, haben uns alles anvertraut und so viel zusammen gemacht. Er war der Bruder, den ich mir immer gewünscht hatte. Sein Tod hat mich traumatisiert. Es fällt mir unglaublich schwer darüber zu reden. Meine Therapeutin ist der erste Mensch mit dem ich das versuche. Bei

Klara habe ich völlig dicht gemacht, selbst mit Michelle spreche ich nicht wirklich darüber. Dabei wäre das genau das richtige, meint Frau Piper. Man kann so etwas erst sacken lassen und verstehen, wenn man darüber spricht. Sie meint, ich solle über- legen mich einer Selbsthilfegruppe anzuschließen. Die heilsame Wirkung dessen wird oft unterschätzt, ist aber eine Tatsache. Mit verständnisvollen Menschen darüber zu reden, seine Erinnerung zu bewahren, mich langsam von ihm zu verabschieden könnte bei mir einiges ausrichten.

Er wurde so überraschend aus dem Leben gerissen, dass ich es immer noch nicht ganz begreifen kann. Ein Tod ist unheimlich schwer zu akzeptieren, besonders der von einem so jungen Menschen. Und es gibt leider nichts womit man den Schmerz lindern kann, auch wenn die Selbsthilfegruppe beim verarbeiten hilft. Ich wünschte, dafür würde mal jemand eine Pille entwickeln. Aber da muss ich einfach durch. Der Schmerz wird nie ganz weggehen, aber er wird leichter zu ertragen, irgendwann gewöhnt man sich an ihn, meint meine Therapeutin.

Aber meine Wut auf den Typen der das angerichtet hat wird dagegen wohl nie nachlassen. Zumindest weiß ich, dass er zu einer sehr langen Haftstrafe verurteilt wurde. Trösten kann mich das nicht. Der Kerl verdient es nicht zu leben, das ist alles was mir dazu einfällt. Frau Piper meint, ich muss für meine Wut ein Ventil finden. Ich solle ihm einen bösen Brief schreiben und allem Ausdruck verleihen was ich auf dem Herzen habe. Meinen Hass raus lassen. Ob ich den Brief dann abschicke oder nicht steht auf einem anderen Blatt. Außerdem soll ich mehr Sport machen, um meine Aggressionen abzubauen. Das ist in letzter Zeit wieder zu kurz gekommen. Ich werde wieder anfangen zu schwimmen. Das habe ich mir fest vorgenommen. Vielleicht sollte ich auch mit Kickboxen anfangen und mir vorstellen ich dresche auf das Arschloch ein.

Es gibt also noch einige Baustellen in meinem Leben, die ich angehen muss. Ich beginne mit dem Brief.

Du mieses Stück Scheiße!

Ich hasse dich aus tiefster Seele. Du hast mir meinen besten Freund genommen. Und dafür gibt es noch nicht mal einen triftigen Grund. Was war das für ein Gefühl, ein anderes Leben auszulöschen? Hast du dich stark gefühlt? Hat es dir einen Kick gegeben? Du bist der letzte Abschaum! Du verdienst dafür einen langen, qualvollen Tod. Und ich hoffe, den bekommst du auch! Wenn ich dich in die Finger kriegen würde, hättest du die Garantie dafür! Sei bloß froh, dass du in Sicherheit bist.

Ich hoffe du verrottest im Knast und kriegst dort keinen Fuß auf den Boden! Ich gehe nicht davon aus, dass du ein Gewissen hast. Aber falls doch, wünsche ich dir, dass es dich plagt wie die Pest und dass es dich zerstört. Du bist die Zeilen die ich dir schreibe eigentlich nicht wert.

Ich wünsche dir nur das Schlechteste!

Ich überlege ernsthaft, den Brief abzuschicken. Verdient hätte er es. Am liebsten würde ich ihm jeden Tag einen hasserfüllten Brief schreiben. Ihn kaputt machen. Aber ich befürchte, der Typ ist schon so kaputt, dass es nicht viel ändern würde. Einem kaltblütigen Mörder ins Gewissen zu reden ist wahrscheinlich vertane Mühe. Auch wenn es für mich eine gute Therapiemethode wäre. Die paar Zeilen haben mir schon etwas Erleichterung verschafft. Meine Wut soll auch den treffen, der sie verursacht hat. Am liebsten würde ich ihn mir schnappen und ihm Schmerzen zufügen, so lange, bis er völlig am Ende ist. Da ich diese Möglichkeit nie bekommen werde, muss ich mich mit etwas anderem begnügen. Ihn systematisch zu zerstören klingt für mich eigentlich ganz gut. Ich wünschte ich hätte Kontakte zu Leuten im Gefängnis – ich würde dafür sorgen, dass er jeden Tag verprügelt wird und alle ihn fertig machen. Dafür würde ich auch gerne eine Menge Kohle hinblättern, wenn es sein muss. Ich habe noch nie zuvor in meinem Leben so viel Hass empfunden. Die einzigen Menschen, die ihn ein wenig lindern können sind meine Tochter und Michelle. Wenn ich die beiden nicht hätte wäre ich schon völlig durchgedreht.

****

Meine Kleine ist jetzt fast zwei Jahre alt und entwickelt sich prächtig. Sie hat ordentlichen Appetit, läuft viel herum und erzählt gerne. Sie ist mein kleiner Sonnenschein. Mein Herz geht auf jedes Mal wenn ich sie sehe oder an sie denke. Es ist unglaublich, wie viel Liebe man empfinden kann. Das hätte ich nie für möglich gehalten. Ich bin so wahnsinnig froh, diese Erfahrung machen zu dürfen. Und ich bin sehr froh darüber, wie locker Michelle damit umgeht. Es ist sicherlich nicht einfach für sie, mit meiner Exfreundin und unserer gemeinsamen Tochter unter einem Dach zu wohnen. Aber sie macht deswegen nicht den geringsten Stress. Das zeigt mir immer wieder, wie ernst es ihr mit mir ist und wie stark unsere Liebe ist. Sie glaubt an uns, da kann niemand dazwischenfunken. Auch niemand aus der Vergangenheit. Andererseits bin ich froh, dass sie kinderlos ist und mit keinem Ex mehr wirklich Kontakt pflegt. Ich wüsste nicht, ob ich damit so locker umgehen könnte wie sie. Zum Glück wird das nicht getestet.

08. Oktober 2015

Gestern war mein erster Praktikumstag. Ich war die Nacht vorher so unglaublich nervös, habe mir den Kopf zerbrochen darüber wie es wohl wird – ob ich mich gut anstelle, ob ich belastbar genug sein werde oder mir das alles zu viel wird. Ich habe mich damit halb verrückt gemacht. Es ist immerhin zwei Jahre her, dass ich die letzten Erfahrungen im

Berufsleben gemacht habe. Und mein Ausstieg war nicht gerade erfreulich. Zwar denke ich, dass ich stabil genug bin, aber wissen tue ich es erst wenn ich mich ausprobiere. Ich habe wahnsinnige Angst davor, nicht belastbar genug zu sein. Das war letzte Woche auch Thema in unserer Gruppensitzung. Dabei ist aber leider nicht viel rumgekommen, was mich wundert, denn wir waren immerhin in einer beruflichen Reha. Ich hatte mir erwartet, besser auf das Praktikum vorbereitet zu werden. Aber das war leider nicht der Fall. In meinem Abschlussgespräch hat mir der Psychologe allerdings etwas mit auf den Weg gegeben. Ich solle mir auf die Fahne schreiben, nur 80 Prozent zu geben, nicht hundert. Das würde bei meinem Leistungsniveau locker ausreichen. Außerdem sollte ich immer daran denken, meinen Perfektionismus am Arbeitsplatz zu lockern, was privat schon prima klappt. Fehler – die ich auf jeden Fall machen werde – soll ich mir verzeihen. Es ist nur ein Praktikum, ich muss niemandem etwas beweisen. Ich soll jeden Abend reflektieren wie der Tag war und wie es mir geht. Wenn ich auf dem Zahnfleisch nach Hause krieche, keine Energie mehr für mein Privatleben habe, ist es zu viel. Dann soll ich mich melden.

****

Mein Einstieg beim Umweltschutzbund war bisher sehr positiv. Ich wurde herzlich aufgenommen und mit einem Willkommensgeschenk begrüßt. Das war wirklich nett. Insgesamt ist es eine gute Truppe. Ich denke, ich werde mich mit allen gut verstehen. Von meiner Maßnahme oder meiner Vorbelastung habe ich aber niemandem erzählt. Und zum Glück hat die Chefin meinen Vertrag ohne Nachfrage unterschrieben. Mir ist es überaus wichtig, als Mark wahrgenommen zu werden, nicht als der Depressive. Ich möchte einfach nicht mit anderen Augen gesehen werden als die anderen, oder strenger unter Beobachtung sein. Das würde mich verrückt machen und noch mehr Druck aufbauen. Obwohl die Wahrheit zu sagen natürlich schlau wäre, wenn ich momentan akut krank wäre. Da ist es schon besser mit offenen Karten zu spielen, das erleichtert einfach vieles. Aber jetzt geht es mir gut – ich möchte das hinter mir lassen.

Meine Aufgaben sind bisher Telefondienst, E-Mailverkehr und Post. Das ist machbar. Nebenbei lese ich mir noch alle möglichen Infos zu Umweltthemen durch, um im Bilde zu sein. Ich komme ganz gut rein, scheue mich auch nicht davor ans Telefon zu gehen, auch wenn ich noch nicht gerade ein Fachmann bin.

Nach den ersten beiden Tagen muss ich allerdings sagen, dass ich schon recht erledigt bin. Ich hatte mir eigentlich vorgenommen, abends noch zum Sport zu fahren, habe das aber nicht geschafft. Ich bin k.o., aber auch nicht mehr als es ein gesunder Mensch es wäre. Neue Leute, eine neue Umgebung und neue Aufgaben sind für jeden eine Herausforderung. Da ist Erschöpfung ganz normal. Ich mache mir deswegen noch keine Gedanken. Bisher hatte ich auch noch keine Panikattacke, das beruhigt mich ungemein. Ich fühle mich dort wohl. Nur mit einem Kollegen könnte es Probleme geben. Er wirkt sehr streng, leicht genervt und autoritär. Das schüchtert mich ein. Ich weiß noch nicht genau wie ich damit umgehen soll. Eigentlich sollte ich nicht allzu viel mit ihm zu tun haben, von daher hoffe ich, dass ich mich mit ihm nicht auseinander setzen muss. Obwohl es natürlich eine gute Übung wäre. Aber für den Anfang vielleicht etwas zu viel. Ich versuche, ihm erstmal aus dem Weg zu gehen, bis ich mich richtig eingewöhnt habe. Dann lege ich mir eine Strategie zurecht. Bis dahin halte ich mich an die anderen.

Meine Anleiterin ist ein Jahr jünger als ich und sehr sympathisch. Wir verstehen uns gut. Ich gehe gerne hin, freue mich, endlich wieder im Beruf zu stehen, auch wenn ich keinen eigenen Posten besetze. Aber morgens aufzustehen und zur Arbeit zu fahren ist ein echt gutes Gefühl. Ich gehöre wieder dazu, bringe mich ein. Es tut meinem Selbstbewusstsein gut wieder gebraucht zu werden.

Vorher war ich noch nie ohne Job, ich habe immer irgendwas gearbeitet, seit ich 16 bin. Habe mein Studium komplett selbst finanziert und bin immer für mich selbst aufgekommen. Es war für mich ein hartes Brot, nichts leisten zu können, der Gesellschaft mehr oder weniger auf der Tasche zu liegen. Auch wenn ich es nicht selbst verschuldet habe. Natürlich hat mit die Erholung gut getan, wann bekommt man schon mal zwei Jahre frei. Aber ich hatte auch immer ein schlechtes Gewissen deswegen, obwohl mir immer wieder gesagt wurde, dass ich das nicht haben muss. Aber man kann eben nur in gewissem Maße seine inneren Dämonen überwinden. Und das war für mich eine unerklimmbare Hürde. Auch als es mir hundsmieserabel ging. Aber das gehört nun endgültig der Vergangenheit an. Es geht mir wieder gut. So wird es hoffentlich bleiben. Ich werde auf mich achten.

19. Oktober 2015

Ich habe die unglaublichste Nacht überhaupt hinter mir, es war wie im Traum. Michelle ist der beste Sex den ich je hatte. Am Anfang war es schon gut, aber es wird immer besser. Und sie ist mir noch dazu eine wundervolle Partnerin. Ich bin wirklich der glücklichste Mann auf Erden.

Wir haben vorsichtig übers Heiraten gesprochen. Wir wollen beide keine große Hochzeit, am liebsten zu zweit in die Karibik fahren und uns am Strand das Jawort geben. Hinterher würden wir dann mit Freunden eine große Feier machen, mit einer kleinen Zeremonie. Da sind wir uns absolut einig. Von mir aus könnten wir das sofort planen. Ich bin bereit. Glücklicher kann ich nicht werden. Sie ist für mich der absolute Lottogewinn.

Auch im Praktikum läuft es bestens. Ich war diese Woche einen Tag lang allein für die Verwaltung zuständig, habe die Post gemacht und den Telefondienst. Mir sind ein paar kleine Fehler passiert, was völlig normal ist. Es kam eine Lieferung Broschüren, die ich angenommen habe – zwei Paletten, die ich erstmal vor der Haustür geparkt hatte, weil ich davon ausging, dass sie in den Keller sollen. Als dann der autoritäre Kollege dazukam hat er fast einen Schreikrampf bekommen. Die Broschüren sollten in die Garage, jetzt wäre der Lieferant weg und wir hätten keinen Hubwagen. Wir mussten dann in Kette die ganzen Kartons in die Garage verfrachten. Das war ein dummes Missgeschick, obwohl ich es nicht besser hätte wissen können. Mir hatte niemand Bescheid gegeben. Früher hätte mich das tagelang fertig gemacht, ich hatte regelrecht Angst vor Fehlern. Ich dachte immer, wenn ich nicht perfekt bin, besser als die anderen, dann bin ich nicht gut. Aber das habe ich hinter mir gelassen, mittlerweile sehe ich das nicht mehr so eng. Ich merke, dass ich mir inzwischen verzeihen kann.

Früher hatte ich wahnsinnige Angst vor einer Kündigung, weil ich dachte, Erwartungen nicht gerecht zu werden. Diese Angst hat mich tagsüber gestresst, abends konnte ich nicht abschalten. Doch dieses Muster habe ich abgelegt. Wie ich das geschafft habe? Es liegt zum Teil an meinem Alter, ich bin einfach gelassener. Außerdem habe ich schon mal alles verloren. Damit bin ich klar gekommen. Was kann Schlimmeres passieren?

Etwas anderes hilft mir auch sehr. Wenn man geliebt wird, für was man ist, mit allen Fehlern angenommen wird, gibt einem das viel Kraft. Lange Jahre hatte ich nur meinen Job, der hatte absolute Priorität. Wenn es da nicht geklappt hat, hatte ich nichts worauf ich zurückfallen konnte. Das habe ich jetzt schon. Mein Job ist mir trotzdem noch wichtig, aber er ist nicht mehr das Wichtigste. Er hat keine Monopolstellung mehr. Wenn es auf der Arbeit nicht klappt, geht die Welt nicht mehr unter. Das Leben bietet so viel mehr. Man sollte im Job nicht seine Selbstverwirklichung suchen, das macht auf Dauer nicht glücklich. Man sollte seine Arbeit ernst nehmen und versuchen sie gut zu machen, aber sie sollte nur den

Stellenwert haben, einem ein gutes Leben zu ermöglichen. Sie sollte nicht so wichtig sein, dass man sein Leben über den Job definiert. Das ist ein Fehler, den viele machen und den auch ich gemacht habe. Aber man kann immer etwas ändern.

Mit dem anstrengenden Kollegen habe ich mich in dieser Woche auch auseinandergesetzt und gemerkt, dass er eigentlich ganz nett ist – vor allem einen tollen, sehr trockenen Humor hat. Das ist die Ebene die wir beide gefunden haben. Humor. Ich hatte große Probleme in seiner Gegenwart. Er hat mir wirklich ein wenig Angst gemacht. Ich dachte, ich könne neben ihm nicht bestehen. Aber dann habe ich herausgefunden, dass wir am gleichen Tag Geburtstag haben und es ihm gesagt. Das hat uns irgendwie verbunden. Wir haben eine menschliche Ebene gefunden. Ich denke, ich bin für ihn nicht mehr länger ein weiterer Praktikant, der bald wieder weg ist, sondern ein Mensch mit dem man sich ruhig abgeben kann. Er hat sogar schon ein paar Aufgaben an mich deligiert, das zeigt mir, dass ich seinen Respekt gewonnen habe.

Was mir auch auffällt ist, dass ich mir Zeit lasse. Früher wollte ich alle mir aufgetragenen Tätigkeiten in einem Mordstempo erledigen. Das mache ich nicht mehr. Ich mache mir selbst keinen Druck mehr und halte mich an das Sprichwort: In der Ruhe liegt die Kraft. Damit fahre ich gut. Ok, das was ich mache ist „nur" ein Praktikum und ich weiß nicht, ob es im richtigen Berufsleben auch so wäre – das gilt es noch herauszufinden. Wenn ich eigenverantwortlich arbeite und bezahlt werde, bekomme ich doch etwas mehr Druck zu spüren. Aber deshalb bin ich ja vorerst noch nicht wieder auf dem Arbeitsmarkt. Ich habe die Möglichkeit mich auszuprobieren und mir einen Arbeitsethos anzueignen, mit dem ich später gut fahre. Den muss ich jetzt so gut ich kann verinnerlichen, damit ich, wenn es ernst wird, auf ihn zurückgreifen kann.

Am Donnerstag habe ich mich einer meiner größten Ängste gestellt. Es war Infa in Hannover. Die Kollegin die eigentlich den Stand betreuen sollte war krank. Da wurde ich gebeten einzuspringen. Früher hatte ich nie Probleme mit größeren Menschenmengen, es sei denn ich musste vor ihnen reden. Ich war mehrmals bei Rock am Ring und anderen Konzerten, das war kein Ding. Aber in den letzten Jahren habe ich eine Agoraphobie entwickelt, die auch mit meiner Depression zusammenhängt. Je schlechter es mir ging, desto schlimmer wurde sie. Auch jetzt habe ich noch damit zu tun, obwohl ich sie gut im Griff habe. Aber eine Messe ist eine große Herausforderung. Doch ich habe mich ihr gestellt.

Michelle hat etwas ganz Süßes gemacht. Da sie von meinen Ängsten weiß und mich unterstützen wollte, ist sie an dem Morgen nicht zur Arbeit gefahren, sondern hat mich nach Hannover begleitet. Das war ein wundervoller Liebesbeweis. Wir sind vor meinem Arbeitsbeginn ein bisschen über das Gelände gelaufen und haben uns ein paar Stände angeguckt, damit ich mich daran gewöhnen konnte. Das war gut.

Es war noch ein Ehrenamtlicher und eine Praktikantin aus einem anderen Zentrum an unserem Stand, also war ich nicht allein. Der Tag lief überraschend gut. Es kam nie Langeweile auf, wir waren immer beschäftigt – haben Fragen beantwortet und Dinge verkauft. Aber es war nicht wirklich stressig, es hat sogar Spaß gemacht. Ich denke, es hatte viel damit zu tun, dass ich dort einen so schönen Start hatte, mit Michelle zusammen. Aber es liegt sicherlich auch daran, dass ich gefestigt bin. Ich denke, ich kann stolz auf mich sein, dafür, dass ich mich getraut habe. Es war eine gute Erfahrung. Hinterher war ich recht erschöpft, aber auch glücklich. Ich bin stabil genug um wieder richtig im Leben zu stehen. Und ich habe schon seit einem Jahr keine Verwendung mehr für meine Bedarfsmedikation. Sie ist zur Sicherheit immer in meinem Rucksack, aber ich nehme sie nicht. Darüber bin ich heilfroh und ich denke, ich kann wirklich stolz auf mich sein. Es hat sicherlich auch mit den Medis zu tun, die das alles abschwächen, aber auch mit meinem erfolgreichen Angsttraining, wie ich denke.

23.Oktober 2015

Trotz aller glücklichen Fügungen schlägt der graue Herbst mir aufs Gemüt. Nicht so sehr, dass ich es nicht mehr aushalten kann, aber ich merke doch eine Veränderung. Die Sonne fehlt einfach. Morgens fällt es mir recht schwer aufzustehen. Ich würde am liebsten den ganzen Tag im Bett bleiben. Deshalb bin ich schon zweimal zu spät zur Arbeit gekommen – was nicht so wild ist, wir haben Gleitzeit. Schön finde ich es trotzdem nicht. Ich habe schon überlegt, mal ins Solarium zu gehen, aber ich möchte meiner Haut keinen Schaden zufügen. Deshalb habe ich mich nach Alternativen erkundigt. Es gibt Tageslichtlampen, die die Sonne ersetzen. In Skandinavien werden sie viel genutzt. Für hundert Euro werde ich mir eine besorgen. Im Krankenhaus gab es sie auch und ich bilde mir ein, dass es geholfen hat.

****

Heute war ich mit den Leuten von Avanti aus. Es waren nicht alle dabei. Von 11 Leuten sind nur sechs erschienen. Die anderen haben sich nicht mal zurückgemeldet, sie sind einfach in der Versenkung verschwunden. Aber es war trotzdem schön. Wir haben uns ausgetauscht, über unsere Erfahrungen im Praktikum, unser Befinden und haben dann allgemein geredet – über Beziehungen, Freundschaften und deren Endlichkeit. Es war ein wirklich netter Abend, auch wenn ich wieder mal gemerkt habe, dass ich in Gruppen weniger zum Zuge komme, selbst wenn ich mich wohl fühle. Ich bin recht zurückhaltend, lasse lieber den anderen den Vortritt, sage nicht allzu viel. Das ist einfach mein Wesen, es hat nichts damit zu tun, wie es mir geht. Das Zuhören ist auf Dauer anstrengend, gerade wenn die Themen nur mäßig interessant sind, was auch vorkam.

Das habe ich am Ende gemerkt. Trotzdem haben wir drei nette Stunden miteinander verbracht.

Es war schön die Leute mal wieder zu sehen. Irgendwie sind mir alle auf besondere Weise vertraut. Wir haben eine so intensive Zeit miteinander durch, das schweißt zusammen. Wirklich schade, dass ein paar von uns nicht so viel Wert auf weiteren Kontakt legen. Kann natürlich sein, dass es ihnen schlecht geht, das weiß man nicht. Bei einem zumindest ist das der Fall. Daniel hat die Maßnahme nicht mit uns beendet und ist momentan im Krankenhaus. Ich mache mir große Sorgen um ihn, obwohl er meint, dass er in guten Händen ist und es ihm schon besser geht. Aber ich kenne das Krankenhaus, es hat nicht den besten Ruf. Da sind die durchgeknalltesten Leute und das Personal lässt auch sehr zu wünschen übrig. Einer aus unserer Gruppe war selbst schon dort. Er hat sich vorzeitig entlassen, weil er es nicht ausgehalten hat. Aber ich werde Daniel besuchen, auf jeden Fall.

****

Obwohl wir uns jetzt täglich sehen, habe ich Michelle einen Liebesbrief geschrieben. Warum nicht? Ich habe ihn auf ihren Platz am Frühstückstisch gestellt. Im Brief habe ich ihr erklärt, dass alles was vor ihr war nicht mehr wichtig ist; dass ich das Gefühl habe, mit ihr alles zum ersten Mal zu erleben. Wie sehr ich mich auf unsere gemeinsame Zukunft freue. Und, dass ich angekommen bin. Sie ist mein Zuhause.

Sie hat ihn gelesen und mich breit angelächelt. Ich denke, der Brief hat ihr gefallen. Wir sind glücklich, sehr glücklich. Sie ist die Liebe meines Lebens. Ich kann an keine andere Frau mehr denken. Sie ist in meinem Kopf, meinem Herzen und in meiner Seele. Es geht mir wahnsinnig gut damit. Sie ist die Frau, die ich mir immer gewünscht habe. Die Eine. Der Sinn meines Lebens.

Neben Amelie natürlich. Auch sie macht mich wahnsinnig glücklich, ebenso ihre Mutter. Sie hat einen neuen Partner – Alex. Er ist ein Guter. Ich denke, sie hat einen guten Fang gemacht. Meinen Segen hat sie jedenfalls. Der einzige Nachteil ist, dass sie vielleicht zusammen ziehen wollen. Dann würde sie mit Amelie gehen. Aber wenn sie versucht in der Nähe zu bleiben wäre das in Ordnung.

Ich bin gespannt wie sich das noch entwickelt, aber ich wünsche ihr nur das Beste. Sie hat es verdient.

25. Oktober 2015

Meine Dosis wurde über die letzten Monate allmählich reduziert. Sie liegt jetzt bei 10 mg Zyprexa und 20 mg Citalopram – zu Beginn waren es 30 und 40. Die Reduktion habe ich bisher gut verkraftet, also denke ich, es war die richtige Entscheidung. Ich bin gespannt wie sich das auf mein Gewicht auswirkt. Inzwischen habe ich 25 Kilo zugenommen. Das ist wirklich viel! Ich fühle mich nur noch unwohl in meinem Körper. Es muss sich wirklich etwas tun. Die letzten drei Wochen habe ich den Sport enorm schleifen lassen, dafür war einfach keine Zeit. Das wird sich aber wieder ändern, ich habe es mir ganz fest vorgenommen. Denn mir fehlt der Ausgleich, den mir das Schwimmen bietet. Bald bin ich wieder vorbildlich. Mein Körpergefühl ist so unterirdisch, dass ich keine andere Wahl habe.

****

Vorhin habe ich Daniel besucht. Es tat mir weh ihn so zu sehen, er ist völlig am Boden. Sein Freund hat ihn verlassen, zudem ist ein altes Trauma bei ihm durchgebrochen. Das war zu viel für ihn, so hat er sich einweisen lassen. Ich bin froh, dass er jetzt darüber reden kann, denn lange Zeit wusste ich gar nicht was bei ihm los ist.

Mein Eindruck von ihm war allerdings nicht besser als bei unserem letzten Treffen. Er war nervös, fahrig, angespannt. Kurz: Er ist total im Eimer. Er bekommt wohl Schlafmittel, sieht aber trotzdem so aus als würde er die Nächte durchmachen. Und er hat deutlich abgenommen. Ich habe ihn fast zwei Monate nicht gesehen und zuerst kaum wieder- erkannt. Das alles macht mir Sorgen. Aber ich bin froh, dass er an einem sicheren Ort ist, vor sich und der Welt geschützt wird. Auch wenn das hier nicht gerade das Paradies ist, es wird auf einen aufgepasst. Dummheiten kann er so nicht machen, er ist auf der Geschlossenen, im Beobachtungszimmer.

Für mich war es komisch hier aus dem Bus zu steigen. Da kamen alte Erinnerungen hoch. Ich war damals im gleichen Klinikdorf. Am Wochenende durfte ich tagsüber nach Hause, ich kenne also die Strecke und war auf dem Weg hierher ein wenig nervös. Ich habe mich in meine damalige Lage zurückversetzt, auch wenn das lange her ist und es mir jetzt gut geht. Es war eben eine sehr intensive Zeit. Die Erinnerungen haben mich fast umgehauen. Borderliner würden es als Flashbacks bezeichnen. Mein Gefühl war so schlecht, dass ich fast wieder umgekehrt wäre. An der Haltestelle wurde ich auch gleich nett begrüßt, von einem Patienten, bei dem es mich wundert, dass er Freigang hatte. Er nannte mich Fotze. Als ich ihn irritiert ansah, fragte er mich, ob ich schlecht geschissen hätte. Naja, sowas habe ich hier irgendwie erwartet. Es passt ins Bild. Aber Daniel passt hier nicht her. Am liebsten würde ich ihn mit nach Hause nehmen und mich selbst um ihn kümmern. Aber das könnte ich gar nicht leisten, ich bin ja kaum dort. Alles was ich tun kann ist, ihm zuzuhören und ein wenig Kraft zu geben, durch meine Anwesenheit. Vielleicht durch ein paar aufbauende Worte. Er ist ein toller Mensch und ich will nicht, dass er vor die Hunde geht. Ich wünsche ihm so sehr, dass er aus dem Loch heraus- findet. Er ist eigentlich ein starker Mensch. Ich hoffe nur, dass er hier wirklich die Hilfe bekommt die er braucht. Und ich hoffe, dass er sich nichts vormacht, sondern bald bei sich ankommt. An einem sicheren, inneren Ort. Und er wieder in sich ruhen kann.

27. Oktober 2015

Ich bin etwas nervös wegen morgen – wegen der Urlaubsvertretung, die ich zwei Wochen lang machen werde. Das ist eine ganz andere Liga als ein Praktikum, das ist wie ein richtiger Job. Ich habe das Gefühl, dass ich ins kalte Wasser geschubst werde und noch nicht weiß, ob ich schwimmen kann. Meine Therapeutin rät mir, möglichst viel zu deligieren, möglichst wenige Entscheidungen selbst zu treffen, damit ich, falls etwas schief geht, nicht den Ärger bekomme. Ich soll mir so wenig wie möglich Verantwortung auflasten. Auch wenn mir das schwer fallen wird, weil ich anders veranlagt bin. Ich übernehme gerne Verantwortung, auch wenn es mir schadet, weil es Stress bedeutet. Ich frage auch nicht gerne wegen jedem Mist nach, ich treffe lieber eigenverantwortlich Entscheidungen. Das muss ich einstellen. Zumindest vorerst. Noch bin ich in der Erprobungsphase, da sollte ich mir nicht zu viel zumuten. Auch wenn ich eigentlich dankbar dafür bin, dass ich diese Chance bekomme. So kann ich mal wirklich antesten, was es bedeutet, wieder zu arbeiten, also einem größeren Erwartungsdruck ausgesetzt zu sein. In den letzten Monaten in meinem alten Job hatte ich wahnsinnige Angst vor der Verantwortung und Angst, den Erwartungen nicht gewachsen zu sein. Jetzt habe ich Angst, dass Druck entsteht und ich wieder blockiere. Dass ich Panikattacken bekomme. Aber die Chefin scheint es mir zuzutrauen und mir zu vertrauen. Ich möchte sie auf keinen Fall enttäuschen.

Heute genehmige ich mir ausnahmsweise mal ein Bier – zur Beruhigung und zur Feier, denn es ist ein besonderer Tag. Ich habe meinen Cartoon an verschiedene Verlage geschickt. Hoffentlich interessiert sich wenigstens einer dafür. Auch wenn ich mir keine große Karriere oder Reichtum verspreche, so wäre es doch schön, mit meiner Kunst Menschen zu erreichen. Ein wenig Anerkennung würde ich auch nicht ausschlagen. Was auch immer kommen mag, ich werde es sehen. Aber versuchen wollte ich es wenigstens, denn die Hoffnung stirbt zuletzt.

01. November 2015

Die erste Woche ist geschafft. Und ich denke ich habe sie gut gemeistert. Natürlich habe ich Fehler gemacht. Ich hatte jemanden am Telefon, dessen Frage ich nicht beantworten konnte. Im Stress habe ich ihn abgewimmelt. Das habe ich später bereut. Um das wieder auszubügeln habe ich mich im Nachhinein noch erkundigt und versucht, über den Namen seine Nummer herauszufinden. Den hatte ich mir notiert, die Nummer nicht. Aber das hat nicht geklappt. Darüber habe ich mich schon ein wenig geärgert, aber alles im Rahmen. Ich habe mich deswegen nicht fertig gemacht, wie ich es noch vor zwei Jahren getan hätte. Ich habe Besserung gelobt und von da an alles sehr gewissenhaft erledigt. Im Großen und Ganzen bin ich zufrieden mit mir. Der Kollege mit dem ich zu Beginn Probleme hatte – Karl, mein neuer Freund – den ich aber immer noch sieze, meinte, dass es so wirkt als ob ich alles im Griff hätte. Das hat mich sehr gefreut. Und er hat Recht, ich denke das auch. Es macht mir wirklich Spaß. Meine anfänglichen Ängste waren unbegründet. Schade, dass man sowas immer erst hinterher weiß und sich erstmal verrückt macht.

Ich denke ich kann inzwischen behaupten, den Weg zurück ins Berufsleben geschafft zu haben. Natürlich ist die Zeit meines Praktikums begrenzt und ich weiß, dass ein Ende abzusehen ist. Wenn ich wüsste, dass ich dort von jetzt an jeden Tag antreten müsste, wäre das vielleicht anders. Früh aufstehen, etwas repräsentieren, etwas leisten. Das wird sich noch zeigen. Aber ich bin auf einer guten Spur. Und mit dem Umweltschutzbund habe ich einen wirklichen Glücksgriff getan. Die Leute hier sind so nett, so menschlich korrekt, dass ich mir mittlerweile sogar vorstellen könnte, ihnen von meiner Krankheit zu erzählen. Wenn jemand dafür Verständnis hätte, dann Menschen wie diese. Sie würden mich nicht abstempeln oder mit anderen Augen betrachten. Da bin ich sicher. Hier hat man Ahnung vom Leben und weiß, dass Krisen manchmal dazu gehören. Das entspannt mich sehr. Mir wurde auch von Anfang an gesagt, dass ich mich nicht stressen lassen soll, dass auch mal was liegen bleiben darf. Und, dass ich natürlich jeden, jeder Zeit um Hilfe bitten kann.

Ich hoffe wirklich sehr, dass sich hieraus ein Job ergeben wird. Die Arbeit ist überschaubar und nicht sehr belastend. Ich nehme nach Feierabend nichts mit nach Hause und muss mir keine Gedanken darüber machen was am nächsten Tag anliegt. Es wiederholt sich vieles, man ist schnell im Thema. Es ist keine sehr große Herausforderung. Und das ist genau das was ich für den Start brauchte. Im Moment bin ich wirklich rundum zufrieden. Ein gutes Gefühl. Ich genieße es.

06. November 2015

Daniel geht es besser. Er postet auf Facebook wieder Bilder auf denen er lächelt. Darüber bin ich sehr froh. Er hat in der Klinik jemanden kennen gelernt und ist dabei, glücklich zu werden. Auch wenn solche Beziehungen meist zum Scheitern verurteilt sind, spätestens dann, wenn beide wieder in ihr normales Leben zurückgehen. Aber es macht ihn jetzt glücklich und hilft ihm über die schwere Zeit hinweg. Das ist alles worauf es ankommt. Was später ist wird erst später wichtig.

Im Praktikum bin ich diese Woche völlig auf mich allein gestellt. Der Mitarbeiter, den ich bisher noch alles fragen konnte, der sich mit allem auskennt, hat Urlaub. Es gab gestern eine Anruferin die mich zehn Minuten vollgetextet hat, die ich sonst weitergeleitet hätte, weil ich ihr nicht helfen konnte, die musste ich vertrösten. Wie auch einige andere.

Aber ich mache mich ganz gut und merke, dass ich mit Erwartungen und Verantwortung wieder umgehen kann. Ich bin gnädig mit mir. Das liegt mit Sicherheit auch daran, dass ich mit meinem Leben glücklich bin. Wäre das nicht der Fall, würde ich an die ganze Sache sicher anders herangehen. Aber ich bin gut drauf, kommunikativ – kurz: es läuft.

Ausgenommen einer Mitarbeiterin, die mir ständig ihre Ablage aufdrückt. Sie ist seltsam. Ziemlich unzugänglich. Mit ihr werde ich einfach nicht warm. Sie ist oft irgendwie verwirrt, brabbelt unverständliches Zeug vor sich hin und ist angepisst wenn keiner darauf eingeht. Aber man versteht sie einfach nicht. Und sie klingt immer so genervt und überfordert, dass man gar nicht nachfragen möchte. Ich würde sie als verhaltensauffällig einstufen. In jedem Fall ist sie mir total unsympathisch. Auf eine Art tut sie mir leid. Aber egal, ich bin kein Therapeut und werde mich ihrer nicht annehmen. Da muss sie allein durch. Früher hätte ich ihretwegen noch an mir gezweifelt, gedacht, dass meine Einschätzung falsch ist, dass *ich* falsch bin. Aber dem ist nicht mehr so. Sie ist die Komische von uns beiden und ich kann mich da ganz klar abgrenzen.

Heute war wieder Praktikumstreffen. Die meisten anderen waren da. Es tat gut die alt bekannten Gesichter mal wieder zu sehen. Allen anderen geht es mit ihren Praktika im Grunde auch gut. Einige hatten Startschwierigkeiten, die sie aber überwunden haben. Eine hat allerdings abgebrochen, weil es gar nicht ging und sie sich nicht wohl gefühlt hat. Sie hat aber schon eine andere Stelle gefunden. Da geht's ihr gut.

Die Rehaberaterin und der Psychologe sind auch zufrieden. Zufrieden mit mir. Sie meinten, dass mein Knoten geplatzt sei. Das, was mir eigentlich liegt, der Kundenkontakt, läuft wieder gut und ich kann mich darauf einlassen. Es macht mir sogar Spaß. Sie meinten auch, dass ich als Mann gereift bin, was eindeutig an der tollen Beziehung zu Michelle liegt.

Sie gibt mir so viel und ich habe ihr so viel zu verdanken. Dessen bin ich mir sehr bewusst. Ich wünsche mir nichts mehr als eine gemeinsame Zukunft mit ihr. Aber was das angeht sind wir auf einem guten Weg. Das Zusammenleben klappt. Wir sind uns in vielen Punkten ähnlich, ergänzen uns in den anderen, mögen die gleichen Sachen und reden offen und viel miteinander. Das möchte ich nie wieder missen. Ich bin mir sicher, ihr geht es genauso. Meine Therapeutin hat zu Beginn nicht an unsere Beziehung geglaubt, weil wir beide uns in einer Umbruchphase kennen gelernt haben, beide noch nicht wieder richtig im Leben standen. Aber wir haben das zusammen gemeistert und jetzt ist sie von unserem Glück überzeugt. Sie hat uns sozusagen ihren Segen gegeben. Das bestätigt mich. Und es beruhigt. Ich bin mir mittlerweile so sicher, dass ich beinahe bereit bin, ihr die große Frage zu stellen.

Bald feiern wir unser Achtmonatiges und wollen noch mal an den Timmendorfer Strand fahren. Ich plane schon etwas und denke, dass ich nichts zu befürchten habe. Wir lieben uns gleich stark und sie möchte auch heiraten. Dem sollte also eigentlich nichts im Wege stehen. Ich werde auf jeden Fall schon mal nach einem Ring Ausschau halten der ihr gefallen könnte. Dann sehen wir weiter. Ich weiß für mich jedenfalls, dass ich zu diesem Schritt bereit bin. Wenn das mit jemandem klappen kann, dann mit ihr. Nur mit ihr. Ich möchte sie nie wieder gehen lassen. Das weiß sie auch, aber ich möchte ihr beweisen, dass das nicht nur Worte sind. Ich möchte Taten folgen lassen. Ich möchte sie glücklich machen und denke das ist auch das was sie will. Was wir beide wollen.

15. November 2015

Mein Praktikum ging heute zuende. Die netten Leute werden mir fehlen. Es war eine schöne Zeit. In der letzten Woche hatte ich die Möglichkeit ein bisschen in die PR-Arbeit reinzuschnuppern. Das war sehr gut, denn so weiß ich, dass das nichts für mich ist. Auf eine Art macht es Spaß, man hat viel Kontakt mit verschiedensten Menschen, es gibt einen regen Austausch. Man kann sich kreativ betätigen – Pressemitteilungen schreiben zum Beispiel. Aber es ist eine Menge Arbeit. Und der Stresslevel ist ziemlich hoch. Man muss ständig zwischen den Themen hin und her springen, immer auf Zack sein. Wenn jemand anruft und eine Erklärung einfordert, muss man sofort die richtigen Worte parat haben. Außerdem muss man sich in allen Themen bestens auskennen. Das tue ich noch nicht, auch nicht nach sechs Wochen. Da gibt es einfach noch eine Menge zu lernen, das hört nie auf. Man muss ständig auf dem neuesten Stand sein, immer informiert. Um da richtig gut zu sein interessiert es mich einfach nicht genug, befürchte ich. Ich bin über die Erfahrung dennoch sehr dankbar. Und ich hatte ein sehr positives Abschlussgespräch. Die Chefin war mit meiner Arbeit sehr zufrieden. Wenn alles glatt läuft kann ich hier möglicherweise ab April eine Umschulung zum Verwaltungsange- stellten anfangen. Darüber reden wir später noch mal. Diese Aussicht stimmt mich aber sehr positiv.

Außerdem bin ich endlich dabei körperlich wieder fitter zu werden. Ich schwimme dreimal die Woche und habe schon fünf Kilo abgenommen. Mein Selbstwertgefühl steigt täglich. Das merkt auch Michelle. Sie hat mich immer geliebt und bei allem unterstützt, aber das war die eine Sache, die sie gestört hat. Die bin ich jetzt endlich dabei aus der Welt zu schaffen. Und es fällt mir leichter als gedacht. Ich habe Ehrgeiz entwickelt. Mein Schweinehund macht mir nicht mehr so zu schaffen. Ich wundere mich fast schon darüber und weiß gar nicht woran das liegt. Die faulen Zeiten sind jedenfalls vorbei. Ich kann mich fast nicht mehr in das Ich von damals reinversetzen. Ich bin ein neuer Mensch geworden. Noch der alte, nur verbessert. Deutlich verbessert.

In zwei Wochen fahren Michelle und ich wieder an den Timmendorfer Strand. Dort können wir in tollen gemeinsamen Erinnerungen schwelgen. Auch wenn das Wetter nicht mehr ganz so schön ist, werden wir sicher eine tolle Zeit haben. Egal wo ich mit ihr bin, es ist immer schön. Hauptsache sie ist bei mir.

30. November 2015

Heute ist unser Jubiläum. Zur Feier des Tages haben wir uns, nach einem ausgiebigen Frühstück, in die Wellnessanlage begeben. Wir wurden da richtig verwöhnt. Danach waren wir im Hotel und haben unsere Liebe gefeiert.

Abends waren wir essen. Da war der Moment gekommen. Ich habe meinen ganzen Mut zusammen genommen. Es war nicht so eine große Überwindung wie ich befürchtet hatte. Ich bin mir meiner Sache einfach sehr sicher. Auch wenn ich Michelle über alles schätze und manchmal denke, dass sie zu gut für mich ist. Sie war immerhin Model und könnte jeden anderen Mann haben. Andere Männer sehen das definitiv ebenso, sie hätte also alle Möglichkeiten. Aber sie hat sich für mich entschieden. Und ich mich für sie. Mit Haut und Haaren, allen Fehlern – auch wenn sie nur sehr wenige hat. Ihr Gesamtpaket stimmt. Und es ist das schönste Geschenk das ich je bekommen habe.

Auch wenn Michelle weiß, wie viel sie mir bedeutet, habe ich es ihr noch mal erklärt. Sie bedeutet mir alles. Ich möchte, dass wir noch mehr zusammen wachsen und den Bund des Lebens schließen. Aus meinem Ich ist ein Wir geworden, das möchte ich ganz offiziell machen. Es in die Welt heraus schreien. Am liebsten durch ein Megafon. Mit einem Ring unsere Verbindung symbolisieren. Es erscheint mir als das Natürlichste der Welt. Für mich gibt es keine Zweifel. Das ist das was ich möchte und nichts anderes.

Sie möchte es auch. Sie hat Ja gesagt. Seit dem gehe ich wie auf Wolken. Ich bin der glücklichste Mann der Welt mit der tollsten Frau überhaupt an seiner Seite. Das kann man nicht toppen. Alles Geld der Welt könnte mich nicht glücklicher machen. Ich könnte kein besserer Mann sein mit einer anderen Frau. Und nicht mehr Erfolg im Leben haben. Sie gibt mir alles was ich brauche und ich brauche alles was sie zu geben hat.

Wir haben noch einen Tag hier. Auch wenn es in Strömen regnet, es stört uns nicht. Ein Grund mehr im Hotelzimmer zu bleiben und es uns gemütlich zu machen, zu reden, uns zu lieben – einfach die Gegenwart des anderen genießen.

01. Dezember 2015

Ich habe gleich zwei tolle Nachrichten. Ich hatte mein Gespräch beim Umweltbund – mir wurde tatsächlich ein Ausbildungsvertrag angeboten. Ich kann mein Glück noch gar nicht fassen. Mein zweites Praktikum werde ich sausen lassen und mich in der Zeit stattdessen aufs Zeichnen konzentrieren, bis es im April losgeht. Denn: ich habe einen Verlag gefunden. Mein Cartoon über Depressionen wird veröffentlicht. Ich bekomme dafür nicht viel Geld, aber einen Vertrag für weitere Werke. Deshalb muss ich mich dranmachen. Ich werde davon nie leben können, das ist mir klar. Aber darum geht es auch nicht, sondern darum, das zu machen was ich liebe. Dafür ein wenig Anerkennung und gutes Feedback zu bekommen ist ein toller Nebeneffekt.

Ich kann gar nicht glauben welche Wendung mein Leben in den letzten Monaten genommen hat. Ich bin vom wohl unglücklichsten zum glücklisten Menschen überhaupt geworden. Ich hoffe wirklich und klopfe auf Holz, dass das so bleibt.

Die Medikamente werde ich noch eine Zeitlang nehmen müssen, damit es mir weiterhin gut geht. Sie geben mir Stabilität und Sicherheit. Auch wenn meine Gegenwart wunderschön ist, so lastet die Vergangenheit doch noch auf meiner Psyche. Das kann man leider nicht vollends wegtherapieren. Aber damit kann ich leben. Von meinen Zukunftsängsten bin ich zumindest endlich geheilt, durch das Leben. Ich blicke positiv nach vorn, denn ich bin wieder Optimist.

Sina Graßhof, Jahrgang 1981, ist studierte Literaturwissenschaftlerin. Sie lebt in Barcelona und Hannover.

Ihre beiden Werke „Passion!" und „Kobra Bar" sind ebenfalls im 26 Verlag erhältlich.